여행기? 그 이상!

혼 배낭
자

여행기? 그 이 상!

혼배낭

권현숙

헤르몬
HERMONHOUSE

✈

차 례

이 책은 소설의 메이킹 필름making film이다

생애 첫 (취재) 여행기를 내면서 새삼 알게 됐다. 내가 별별 데를 다 가고, 별별 사람들을 다 만났구나. 때로는 생명의 은인도 만났고, 군복으로 위장한 테러리스트들에게도 잡혔고, 장총 들이대는 (말로만 듣던) 사하라 떼강도들에게도 포위당했다. 취재여행은 여행이 아니었다. 유능한 가이드 없이, 의지할 일행도 없이, 혼자 겪는 위험과 감동의 여정이었다.

1989년 해외여행 자유화 첫해, 숨통이 트인 나는 배낭 메고 해외로 나갔다. 좁은 땅에서 우리 얘기만 하는 갇힌 소설에 답답함을 느낀 지 오래였다. 학생 때부터 읽고 배운 서구의 훌륭한 작가들의 토양을 직접 느끼고 호흡해 보고 싶었다.

저들의 두터운 문화지층에 대한 부러움과 열등의식은 역으로 우리 얘기를 세계화하자는 욕망으로 자리 잡았다. 그 첫 시도가 ≪인샬라≫였다. 아무도 모르고, 아무도 관심 없는, 극동의 작은 나라 분단 이야기를 세계인이 공감할 수 있는 작품으로 만들어 보자. 무대를 사하라로 옮겼다.

여행지에서의 인연은 여행이 끝나면 쉽게 잊힌다. 하지만 세월이 흐른 후에도 마음에 남는 장소와 사람들이 있다. 살아생전 다시 만날 일 없는 이방인에게 하루 양식 마른 빵을 뚝 떼어 준 사막의 한 소년, 토막 영어와 바디랭귀지로 소통을 도와준 현지인 친구, 동족이라는 이유만으로 작가의 무리한 부탁을 들어주신 해외 공직자분들… 이름은 잊었지만 따뜻한 마음은 잊히지 않는다.

그리고, 허물어진 폐허의 음악당에 울려 퍼지던 돌의 음향!
아~~~~ 무의미한 소리도 웅장한 응답으로 울려 퍼지던 그때,
이천 년 전 고도古都는 한 순간 부활한다. 불사조처럼, 신처럼.

이 책에는 취재의 징검돌이 되어준 사람들이 실명으로 나온다. 여
행 중 맞닥뜨린 사건들은 과장 없는 실화이다. 곳곳에 사진을 넣어두
었다.
그렇게 위험의 고비들을 넘기고야 비로소 - 여행지의 체취가 스민
한 줄의 문장을 얻고, 개성 뚜렷한 단단한 인물을 얻고, 스토리는 풍
부해졌다.

90년대 초부터 여행이 어려운 지역이라도 작품에 필요하면 갔다.
용감해서? 계산에 어두워서.
열정 하나로 눈가리개한 말처럼 현지로 달려갔다.

눈앞에 총구가 놓인 순간, 넘사벽넘四壁 앞에 선 순간, 몇 분 차이로
놓칠뻔한 증언자를 마주한 순간… '운이 좋았다'고 가슴을 쓸어내렸
다. 당시에는 몰랐다. 그것이 기적이었음을. 보이지 않는 큰손이 베
푼 사랑이었음을. 이제는 안다. 여행지에서 만난 좋은 사람들, 이해
할 수 없는 상황들, 생각지도 못한 좋은 운… 그 모두가 CAMEO 천
사들이었음을. 나는 그렇게 믿는다.

슈크란! شكرا !
물쭈메스크! Mulțumesc!
바야를라! Баярлалаа!

고마워요 CAMEO 천사님들~

반짝반짝 글로벌 KOREA의 눈물

내 무의식 속에 분단국 작가로서의 소명의식이 내재되어 있었나
보다.
의식도 의도도 하지 않았지만, 30년 시간의 간극이 있었지만
세 작품 모두 '분단의 눈물 DNA'를 내장하고 있었다.

분단이 일상화 된 지 꽤 오래다.
태어나 보니 분단국이었고, 가난했고, 후진국이었다.
요즘 말로 흑수저 of 흑수저. 사방이 막힌 섬 아닌 섬 나라.
북한 땅은 디뎌본 적도 없으니 분단이 딱히 불편하지도 않았다.

그런 우리나라가 경제대국, IT강국으로 세계 톱10에 진입했다.
개발도상국들의 롤모델 나라로 국가체급도 올라갔다.
몇 몇 분야에서는 1위를 차지하며 국가 호감도 급상승했다.
우리 콘텐츠 앞에 K-가 붙고 '글로벌 코리아'의 명성까지 얻은 대
한민국. 그러나...
빛나는 '글로벌 코리아'는 지구 유일의 분단국이다.

21세기는 개인이 존중받고 개인의 행복추구권이 주요 과제인 시
대이다.
전후세대는 '내 가족' '나 개인'의 행복추구를 당연한 권리로 누리
며 살아간다.
전쟁세대는 '내 가족'의 생사조차 모르는 한 맺힌 삶을 살아내고
있다.

누군가 묻는다. 여행기에 실린 소설들의 배경이 왜 다 외국인가?
우리는 우리 땅에서 헤어진 '사랑'을 만날 수 없기 때문이다.
전쟁피해자 이산가족 70년의 비극을 말하고 싶기 때문이다.
우크라이나 전쟁이 세계인의 일이 되었듯 남북한 분단도 인류
보편적 양식良識 선에서 풀어야 할 문제라는 자각 때문이다.
결국은 사랑 이야기이다.
사랑과 이별에 대한 질문의 한 형태이기도 하고….

세 작품은 앞서 말했듯이 분단 DNA라는 공통분모를 가지고 있다.
작가도 모르게 스스로 성장하고 모여서 우리의 주제를 완성했다.
　인기 없고 외면당하고 해묵은, 그러나 작가로서는 말하지 않을 수
없는 주제를 모아『분단3부작』의 이름으로 소개드린다. 그리하여,
　향과 결이 다른 세 책이『분단 3부작』으로 글로벌한 발걸음을 내
딛기를!
　세계 여러 나라들이 분단의 아픔에 공감하여 코리아의 손을 잡아
주기를!
　남북으로 나뉜 가족의 막힌 길을 열어젖히는 나비효과가 일어나
기를!

— 1 —

인샬라

프랑스가 알제리를 침략할 때 사막보다
전갈보다 더 두려워한 뚜아렉 전사들
나는 조용한 야수들의 체취를 맡았다.

-1993년. 사하라 취재노트 중에서-

인샬라

한겨레신문사가 펴낸 아주 특별한 사랑 이야기

상

권
현
숙

해방 50주년 기념
장편소설
공모당선작

한겨레신문사

소설 「인샬라」 앞표지

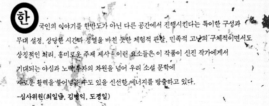 국인의 이야기를 한반도가 아닌 다른 공간에서 진행시킨다는 특이한 구성과
무대 설정, 상당한 시간과 정열을 바친 듯한 체험적 관찰, 민족적 고난의 구체적이면서도
상징적인 처리, 흥미로운 주제 제사 — 이런 요소들은 이 작품이 신진 작가에게서
기대되는 야심과 노력 투자의 차원을 넘어 우리 소설 문학에
새로운 활력을 불어넣을 수도 있을 신선한 에너지를 방출하고 있다.

-심사위원(최일남, 김병익, 도정일)

 프리카를 배경으로 펼쳐지는 장대한 스케일의 이야기를 찬연하기 그지없는
유려한 필체로 엮어나간 이 서사시를 통해 사막에 그려놓은 운명적인 한국인들의
사랑에는 전율을 느낄 수밖에 없다. 한국 소설문학에 이와 같은 작품이 있게 된 것에
찬탄을 보낸다.

-윤후명('95 이상문학상 수상자, 소설가)

 러가 창궐하는 알제리에 한국 사람이 들어왔다. 배낭 하나 달랑 메고
여자 혼자서. 자국민의 안전을 책임져야 할 대사로서 한국으로 돌아갈 것을
여듭 설득했으나 이 여성은 끝내 사하라행 비행기를 탔다. 사하라의 심장부인 호가르에
들어간다는 것도, 사막의 약탈 부족 투아레그와 함께 생활한다는 것도 엄두가 나지 않는
일이지만 이 당찬 여성은 그 모든 어려움을 이겨내고 한국문학을 빛내는 작품으로
그 결실을 맺었다.

-권인혁(전 알제리대사, 현 외무부 국제문화협력대사)

값 6,000원

```
9 788985 505321   03810
```

ISBN 89-85505-32-7
ISBN 89-85505-31-9 (전2권)

소설 「인샬라」 뒷표지

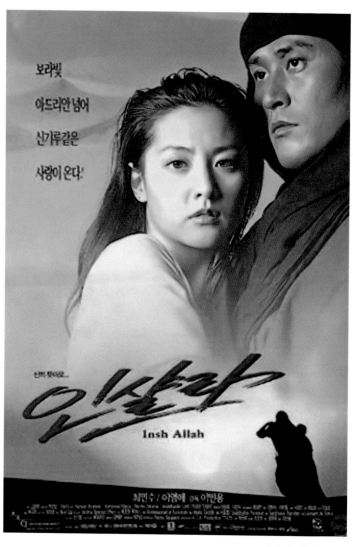

보랏빛
아드리안 넘어
산기루같은
사랑이 온다!

인샬라
Insh Allah

영화 「인샬라」 포스터

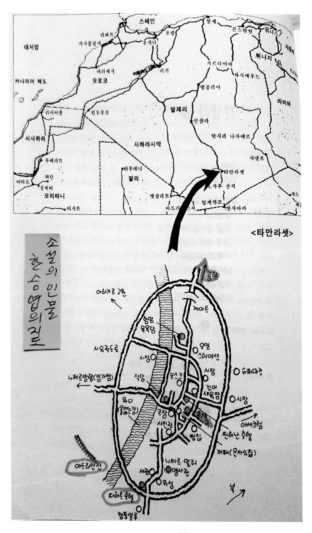

소설의 배경인 사하라 타만라셋 지도

알제 Algiers 첫날 1993. 10. 9.

"당신이 남자였다면 뺨이라도 때려서 당장 한국으로 돌려보냈을 겁니다." 대사님의 첫 마디였다.

아무리 테러가 심하다 해도 이게 무슨 결례란 말인가. 봉변을 당했다.

알제리에 오기까지 몇 년이 걸렸다. '알제리에서 조난되면 코리안은 무조건 노스 코리아—북한으로 넘겨진다' 그런 충격적인 현실을 모티브로 처음 작품을 구상한 것이 1989년이었다.

한국과 알제리는 1992년 1월 15일 수교했고, 같은 해 10월 주한 알제리 대사관이 문을 열었다. 근 3년 동안 작품의 대강 줄거리를 잡고 수교 될 날만을 기다려 어렵게 왔는데 이런 푸대접을 받을 줄이야. 나는 정신을 가다듬고 말했다.

"문의 편지에 답장도 안 주셨으면서 어떻게 그렇게 말씀하십니까?"

주 알제리 한국 대사관에 편지를 보냈었다. 본인(작가) 소개하고, 알제리에 가는 이유, 그곳 상황, 필요한 준비물 등을 물었다. 답장은 없었다.

"무슨 말씀입니까? 당연히 레터를 보냈지요."

대사님은 거의 화를 냈다.

"무슨 말씀이세요? 레터라니요?" 나도 발끈했다.

대사님이 서류철을 내 앞에 펼쳐놓았다. 꽤 긴 레터의 사본이었다.

> 궁중 쿠데타 이후 정부와 회교 원리주의 세력 간 대결이 격심하여 연일 4~5명의 **외국인**이 **살해**되는 등 정세가 매우 불안정한 상황입니다

외국인! 살해! 두 단어가 크게 보였다. 나도 잔뜩 화가 나서 다른 글자들은 눈에 들어오지도 않았다.

저 편지를 받았다면 나는 지금 이 자리에 있을까? 그런데 와버렸다. 실책은 또 있었다. 파리-타만라셋 직항편이 있는 걸 몰랐다. 사하라로 곧장 날아갔으면 이런 험한 꼴은 당하지 않았을 텐데.

"답을 받지는 못했지만, 아무튼 알겠습니다."

일어나야 할 타이밍이었다. 호텔 예약 정도는 부탁해도 되지 않을까? 입이 떨어지지 않았다. 특급 호텔은 외국 주요 인사들이 투숙해서 더 위험하다고 들었다. 현지 택시기사에게 물어보면 알아서 데려다주겠지. 벌떡 일어섰다. 하필 그때 커피가 나왔다.

"여장부가 오시는 줄 알았는데 아담한 여성분이 오실 줄은 몰랐습니다."

대사님이 웃으며 커피를 권했다. 나는 뚱한 얼굴로 마지못해 앉았다. 농담에 대꾸할 기분이 아니었다. 커피 맛도 느끼지 못했다. 급히 해결해야 할 문제들로 머릿속이 바빴다. 호텔 문제, 타만라셋 항공권 예약, 사막 호텔 예약… 현지 사정에 깜깜한 나로서는 무엇 하나 쉬운 일이 아니었다. 대사관에서 도와줄 의향이 없다는 것은 확인했다.

파리에서 알제리 항공권 예약한 날의 막막함이 되살아났다. 내키지는 않지만 대사관에 전화는 해두는 게 좋을 것 같았다. '서울에서 편지를 보냈었으니 내 이름 정도는 알고 있겠지' 하고 이름, 알제 도착 시간만 알리고 전화를 끊었다. 그 짧은 통화 중에도 직원이 당황해하는 게 느껴졌다. 답장도 없는 대사관에 전화하는 게 아니었는데, 후회했다.

"짐은, 그게 답니까?" 내 배낭을 보고 대사님이 물었다.

"네."

"아니, 옆 동네에 오시는 것처럼 배낭 하나 달랑 메고… 허어, 참… ."

"필요한 건 현지에서 사려구요."

대사님은 어이가 없는 듯 계속 '허어~' 실소만 연발했다.

실은 짐이 많았다. 파리에서 사하라에 가져갈 선물과 의약품 위주로 다시 짐을 싸고 내 옷가지 등은 지인에게 맡겼다.

"그래, 제가 뭘 어떻게 도와드리면 되겠습니까?"

대사님이 물었다.

호텔, 항공권, 또… 생각하는데 대사님이 먼저 말했다.

"호텔은 잡아놓았으니 오늘은 편히 쉬시고 천천히 생각하시지요."

휴~ 급한 불은 껐네. 근데 갈 곳도 많고 통역도 필요하잖아. 말은 하지 못했다. 대사님 방을 나오는 내 낯빛이 어두웠나 보다. 안내하던 직원분이 슬쩍 팁을 주었다.

"정 사무관님 찾아뵙고 인사드리면 좋아하실 거에요. 실질적인 도움을 주실 겁니다."

나는 뚝 떨어진 별채의 문을 노크했다.

휑한 사무실이었다. 정 사무관님이 반갑게 맞아주었다. '서울에서 손님이 왔다, 작가가 왔다,' 소문은 듣고 있지만 인사도 안 시켜주는 상황에서 그 손님이 제 발로 찾아온 것에 대한 반가움인 거 같았다. 기쁜 표정이 역력했다. 나는 '카스바'며 '사막'이며 산적한 질문들을 두서없이 꺼내 놓았다.

사무관님은 조용히 듣고 나서 하나하나 답해 주었다.

"까스바는 테러리스트들이 우글거리는 곳입니다. 언제 어디서 총알이 날아올지 몰라요."

그렇게까지? 그래도 포기가 되지 않았다.

"꼭 가셔야 한다면 대사님께 사람 하나 붙여달라, 말씀드려 보세요."

"대사관 직원을요?" 감히 생각지도 못한 제안이었다.

"여성 작가를 단독으로 '까스바'에 들여보냈다가 일 당하면 대사관 책임 아닙니까?"

아, 그렇게 생각할 수 있겠구나. 자국민 보호 차원에서 좀 뻔뻔하게 부탁해도 된다는 뜻으로 이해했다. 사무관님은 실질적 도움이 될 구체적인 절차들을 소상히 알려주었다.

"사막에 가시면 숙소부터 정하세요. 그 길로 경찰에 신고하시구요. 체류 기간, 체류 목적, 숙소 주소, 행동반경, 꼬치꼬치 물을 겁니다. 작가님을 보호하려는 거니까 협조하세요. '이 사람은 경찰에서 보호하는 외국인이다. 접근하지 말아라.' 현지인들을 향한 경고지요."

사무관님은 잠시 뜸을 들이다가 말을 이어갔다.

"사막부족 남자들, 사정 나쁘면 떼강도로 돌변합니다. 자동차가 목적이지요. 남자는 죽여서 사막에 버리고, 여자는 납치하고. 외국인 여자라도 예외는 없습니다.

한 마디로 사막은 무법천지라는 말이었다.

"꼭 유념해 두실 일이 있습니다."

나는 반쯤 얼이 나간 얼굴로 사무관님을 쳐다보았다.

"알제리와 북한이 긴밀한 관계인 것은 아시죠? 여기서는 한국 여권 소지자가 가장 위험합니다. 한국말로 접근하는 사람, 무조건 차단하세요. 북한 요원일 겁니다."

북한 요원? 내가 납치될 수도 있다는? 소설의 모티브가 곧 내게 닥친 현실이라는 말이었다. 벌써부터 전의戰意가 꺾이는 걸 느꼈다.

"대사님께 말씀드리세요. 불어 못한다. 통역직원이 필요하다."

"그런 부탁을… 드려도 될까요?"

"여자분이 혼자서 여기까지 오셨는데 생각보다 마음이 약하시네요. 미안해하지 마세요. 레터에서 보셨겠지만 알제리와 한국이 수교한 지 3년 차로 양국의 관계가 일천합니다. 소설에 알제리가 소개되면 홍보 효과도 있고, 공관 입장에서는 오히려 좋은 기회가 되지요."

그런 면이 있다고? 생각지도 못한 일이었다.

"혹시 사고가 나거나 나쁜 일에 엮이거나…, 우체국에 가서 이 번호로 연락하세요. 헬기 타고 구하러 가겠습니다."

아 정말요? 얼마나 든든한가. 얼마나 멋진가. 그 순간 철도 없지, 헬기로 구조되는 내 모습이 영화의 한 장면처럼 머릿속을 스쳤다. 사무관님 명함을 소중히 챙기고 사무실을 나왔다.

사무관님 조언이 아니었으면 영어도 안 통하는 사하라에서 나 혼자 어쩔 뻔했나. 알제리에서 코리아는 북한Coree du Nord이다. 사하라에 도착하면 절차가 복잡하다고 한다. '코리안'에게 약간의 문제라도 생기면 북한 대사관으로 넘겨버린다고 한다. '너네 나라 사람이니 너네가 알아서 처리해라.' 생각만 해도 오싹했다. 정신 바짝 차리자!

지중해가 보이는 알제 시내

알제의 여대생들

사막 투아레그 족 여성

문밖은 전쟁터

사하라에 동행할 직원에 대하여 미리 의논이 있었나 보다.

"작품에 필요하다면야 그보다 더한 것도 빌려드려야지요. 설마 소설에 대사가 악당으로 나오지는 않겠지요?"

대사님이 흔쾌히 승낙하셨다. 그것도 잠깐, 내가 카스바에 가겠다는 말을 꺼내자마자 분위기가 얼어붙었다.

"까스바요…." 대사님은 긴 침묵 후에 말했다.

"나도 문학을 좋아하는 사람입니다. 작가들 기질도 좀 알지요. 아이티 대사로 있을 때, 소설가 이병주 선생이 오셨어요. 프랑스 문학을 전공하신 분이죠. 낭만적이고 멋쟁이시고… 평소엔 그렇게 점잖고 화통하신 분이, 웬걸요. 작품에 관해서는 요지부동이더군요. 권작가님. 부디… 조심해서 다녀오십시오."

대사님의 마지막 말이 비장하게 들렸다.

'카스바'는 요새를 뜻하지만 알제에서는 마르티르순교자 광장 서쪽 비탈 구舊 시가지를 가리킨다. 프랑스 식민 시대부터 독립운동의 요람이어서 당시 독립투사들은 위급하면 카스바로 숨어들었다. 일단 들어가면 코끼리도 찾아내지 못한다는 미로 중의 미로. 현재도 무장 무자헤딘의 비밀 본거지로 우범지대다.

나는 카스바에 갈 채비를 하고 앞으로 나를 전담해줄 직원이 나타나기를 기다렸다. 해맑은 젊은 직원이 인사하며 다가왔다 "Mr. 서입니다." 자신을 소개하고는 대뜸 "알제에서 삼 년 근무 했지만 까스바에는 들어가 보지 못했어요." 역시 꺼린다는 뜻이었다. 어떡하지….

"작가님은 딱 봐도 외신 기자 같아요. 준비 좀 하고 가시죠."

오! 동행해 주겠다는 뜻? 슈크란! 메르씨! 땡큐! 나의 대변인, 나의 보디가드 Mr. 서. 잘 부탁드려요. 그날, 테러 사건이 터져서 카스바는 미뤄졌다. 호텔로 돌아왔다.

호텔 독방에 갇혀있는 동안 몸도 마음도 단세포로 진화해 갔다. 하루 한 끼 지하 레스토랑에 내려가 식사하고, 로비로 올라와 쓰디쓴 에스프레소 마시고, 독방에 들어가 불면과 싸운다. 나의 하루는 마흔네 시간. 책도 읽히지 않는다. Mr. 서가 전화했다. 사흘 만이었다.

"괜찮으세요?"

"그럴리가요."

"지금 상황이 너무 안 좋아요. 어제 또 일본 대사관 가족 두 사람이 납치됐어요. 생사는 아직 모르구요. 아무리 답답해도 호텔 문밖으로는 한 발짝도 나가시면 안 됩니다!"

마침 나는 호텔 로비에서 빤히 보이는 과일 리어카를 노리며 거리 상황을 살피고 있던 참이었다. 마치 보고 있는 듯 Mr. 서가 "현관 바로 앞도 안 됩니다. 아셨죠?" 다그치듯 말했다. 뜨끔했다. "알았어요." 얼른 대답했다.

총소리도 없는데 외국인에게 문밖은 전쟁터다. 테러리스트들은 외국인을 납치하거나 살해해서 현 정부를 외교적으로 곤경에 빠뜨리는 게 목적이라고 한다. 정신 바짝 차려야지. 섣불리 행동하다간 사막에 가보지도 못하고 죽을 수도 있겠다.

드디어 카스바로!

하얀 집들이 비탈에 다닥다닥 달라붙어 있는 카스바는 그 자체로 장관이었다. 좁고 가파른 돌계단이 골목과 골목을 실핏줄처럼 이어준다.

카스바 입구에 청년들이 군데군데 서 있었다. 그중 한 무리가 우리를 유심히 보고 있었다. Mr. 서가 시선을 앞에 둔 채로 빠르게 말했다.

"태연하세요. 주머니 손 빼세요. 빈손 보여주세요."

키 큰 남자 하나가 빠른 걸음으로 다가왔다.

Mr. 서가 재빨리 속삭였다.

"조넬리스트기자? '농no' 아시죠? 쌀라 마리 꿈."

내가 미쳐 대답할 새도 없이 Mr. 서가 키 큰 남자에게 인사를 건넸다. 남자는 한동안 우리를 훑어보더니 짧게 말했다. 낮고 가래가 끓는 듯한 목소리였다. Mr. 서가 재빨리 두 팔을 벽에 대고 엎드려 자세로 섰다. 온몸 구석구석 몸수색을 당한다, 범죄자처럼. 가래 끓는 목소리가 짧게 명령했다. 불어로 침을 뱉듯이.

"여자분은 손만 봐달라, 부탁했어요. 두 손 내보이세요."

나는 두 손을 활짝 펴 보였다. 남자는 물건 보듯 내 손을 앞뒤로 뒤집어가며 살펴보았다. 길쭉하고 예민해 보이는 손끝으로 내 손바닥과 손가락 하나하나의 결을 쓸어본다. 검은 손의 안쪽은 옅은 분홍빛이다. 나는 손톱을 괜히 바투 잘랐구나, 후회했다. 키보드 두드리는 기자 손으로 보일 우려가 있었다. 검사가 끝났다. 남자가 빠른 걸음으로 패거리에게로 돌아갔다. 우리도 재빨리 그 자리를 벗어났다.

"사진 찍지 말고 한 바퀴 돌아보고 빨리 나가래요. 저 친구 무자혜딘이에요. 무기도 가지고 있어요. 지금, 위험했는데… 작가님 운이 좋았어요."

악명 높은 카스바도 서민들의 여느 골목이나 다를 게 없었다.

길바닥에 향신료 봉지를 올망졸망 늘어놓고 파는 할아버지, 시뻘 건 양 한 마리가 통째로 내걸린 푸줏간, 시든 채소에 물을 뿌리는 채소가게 아저씨…, 우리네 재래시장 풍경과 별반 다르지 않았다. 오래된 아파트 베란다에서 가난을 고스란히 드러내는 낡고 헤진 빨래들이 만국기처럼 펄럭였다. 골목 개구쟁이들이 신기한 듯 우 리를 구경하고 있었다. 손을 흔들자 담 모퉁이로 숨어버린다.

눈치껏 사진도 찍고 사람들과 얘기도 나누었다. 알제 토박이 들이라고 한다. 길가에 쪼그리고 앉아 수다 떨던 아저씨들이 나 를 서방의 기자로 여겼는지 '물가가 나날이 올라 살기 어렵다' 푸념을 늘어놓았다. '식구가 열둘인데 방이 둘 뿐이에요. 다 큰 아들딸들이 부엌 바닥에서 잔답니다' 아저씨들은 아랍어 불어 섞어서 부패한 정부를 맹비난했다.

무자헤딘들은 골목 깊숙이까지는 들어오지 않았다. 우리는 잡화점에 들어가서 미지근한 음료수를 마시고, 그 집 아이들에 게 자기네 가게 물건들을 듬뿍 사주면서 이런저런 이야기를 나 누었다. 집구경을 하고 싶다는 내 청은 받아들여지지 않았다. 거의 이루어질 뻔했는데 막판에 마음이 돌아섰다. 가게를 나오 자 얘기 나누었던 아저씨들이 따라나섰다. 큰길까지 배웅해 주 겠단다. 아까 몸수색한 무자헤딘들이 우리를 지켜보고 있었다. 친절한 아저씨들 덕분에 무사히 골목을 빠져나왔다.

카스바 골목

바케트 사가는 소녀 (매끼 먹는 바케트 한 개는 당시 시세로 우리돈 200원 정도였다)

길모퉁이 돌 때마다 눈에 들어오는 푸르른 지중해. 세계 여러 나라에서 온 화물선들이 조용히 정박해 있는 바다, 언덕 위에서 아물아물 내려다보는 하얀 집들… 모든 정경을 눈 속에 새겨 넣었다. 이 평화로운 풍경과 총성은 어울리지 않는다.

골목 밖 큰길가에 제법 그럴듯한 베이커리가 보였다. 긴장한 탓인지 단 것이 당겼다. 우리는 선 채로 점원이 누런 종이에 얹어 건네는 케이크를 허겁지겁 먹었다. 달다. 이가 쩌릿하게 달다. 색깔 진한 예쁜 케이크들은 사흘 굶기 전에는 두 조각은 절대 못 먹는 독한 단맛이었다.

그 지긋지긋하던 호텔 독방이 이렇게 그리울 줄이야. 옷 입은 채로 쓰러졌다. 앗, 사진! 위험 무릅쓰고 찍은 사진들이 무사해야 할 텐데. 다행히 롤에 잘 감겨있었다. 필름을 빼서 통에 넣어 안전하게 보관했다. 다시 침대로 쓰러지면서 생각했다. 말로만 듣던 무자헤딘도 직접 보고… 나 정말 알제리에 왔구나!

사하라를 혼자서? 제정신이야?

친구들이 어이없어했다. 엄마에게는 입도 뻥긋 안 했다.

주한 알제리 대사관으로부터 '관용 통행증'을 발급해주겠다는 약속을 받았다. 알제리는 대리대사 파견 수준으로 아직 완벽한 신뢰 관계는 아니었다. 부타시 대리대사는 유독 파티를 자주 열었는데 매번 초청장을 보내왔다. 두 번 참석하고 가지 않았다. 대사관 로비 책꽂이에서 부타시 대리대사와 김일성 주석이 나란히 찍은 타임지 표지를 보고 깜짝 놀랐다. 대사가 자신을 과시하려는 의도인지는 모르겠지만 섬뜩했다. 정치적인 문제에 끌려 들어갈까 염려되었다.

우려는 현실로 나타났다. 대사관에서 '알제리 관용 통행증'을 받고 나오는데 검은색 승용차가 슬슬 따라왔다.

"권현숙 선생님이시죠? 가시는 데까지 모셔다드리겠습니다."

대뜸 내 이름이 불려서 깜짝 놀랐다.

내가 승차를 거부하자 차는 내 보폭에 맞춰 천천히 굴러오면서 열린 차창을 통해 대화를 시도했다. 또 놀랐다. 오늘 참석한 사람들-방송관계자, 정치인, 탤런트, 교수, 기자-소속과 이름들을 다 알고 있었다. 운전자가 덧붙였다.

"선생님을 한국 문화계 인맥으로 관리하고 있는 것 같습니다."

얼른 차 안을 살펴보았다. 모니터와 까만 전화기가 걸려있다. 보통 차에는 없는 장치들이다. 그뿐, 차 안은 건조하다. 차창 앞에서 달랑거리는 십자가도 묵주도 없다. 운전자가 열린 차창으로 불쑥 번호만 적힌 이름 없는 명함을 건넸다.

"다음에 오시면 이 번호로 참석자들 알려주십시오."

"다시 안 옵니다."

단호한 내 목소리가 내 귀에도 낯설었다.

검은 차는 그제야 속력을 내며 시야에서 멀어졌다.

오지 여행가들을 만났다. 손꼽히는 탐험가들이 무개념 나를 상대해준 것만으로도 고마운 일이었다. 베테랑들의 결론은 한결같았다.

"여자분 혼자서요? 절대 불가능합니다."

살아오기 어렵다는 말이었다.

나를 쫌 아는 친구들은 '사하라'라는 말만 듣고도 고개를 저었다. 그도 그럴 것이 내게는 치명적인 약점들이 있었으니….

태어나고 자란 서울에서도 헤매는 길치+벌레 공포증+초딩 식성+자외선 알러지

＝오지여행 부적합자.

테러국 알제리가, 사하라 사막이 위험하다는 것을 '나'라고 모를까. 하지만 그곳의 공기, 사막 사람들의 체취, 모래 섞인 빵 조각 하나 먹어보지 못하고 작품을 쓸 수는 없었다. 책상머리에

앉아서 남이 쓴 여행기나 뒤지고 자료나 검색하면서 내 책을 쓸 수는 없었다. 그렇게는 쓸 필요도 없었다. 현지에 가서 현지인처럼 살아보기로 한다. 혼자서. 왜?

취재 여행은 여행이 아니다. 일단 기한을 정할 수 없다. 생명을 위협받을 수도 있다. 열악한 환경에서 질병에 걸릴 수도 있다. 이런 상황에서 동행이 있으면 행동에 제약을 받는다. 서로를 배려해야 하고 그러므로 서로에게 민폐다. 취재 여행이 혼자일 수밖에 없는 이유다.

조용한 복도에서 간간이 아랍어가 들려왔다. 혀를 차는 듯한 생소한 아랍어를 음악처럼 음미하며… 아무도 걷지 않은 사구 위를 맨발로 걷는 꿈을 꾸었다.

사구 위를 맨발로

사구에서…

카사블랑카, 모로코

상황이 어려운 줄은 알았지만 이렇게까지 일 줄이야. 대우 직원 한 분이 피살당했다. 조간신문 가판대 앞에 차를 세운 순간, 무자헤딘이 차창 안으로 소총을 밀어 넣고 난사했다고 한다. 대사관은 교민의 참사에 큰 슬픔과 충격 속에 입장문을 발표하고 무거운 침묵에 휩싸였다. 내 맘대로 다니겠다고 나설 상황이 아니었다. 그렇다고 사막에 가기까지 호텔 방에만 갇혀있을 수도 없었다. 모로코로 피신 여행을 떠났다.

카사블랑카 거리를 몇 시간이고 걸었다. 갑자기 준비 없이 왔어도 불안하지 않았다. 테러의 총구에서 벗어나 거리를 활보하는 것만으로도 평화, 평화, 평화로다!

영화 '카사블랑카'에 나오는 바Bar를 찾아갔다. 사실 카사블랑카는 그 바를 직접 보고 싶은 마음에서 왔다. '바 카사블랑카'는 시내 한복판 하얏트 호텔 일 층에 있었다. 유리문을 밀치고 들어서자마자 우뚝, 섰다.

중절모에 트렌치코트, 무표정한 험프리 보가트. 눈물 그렁그렁한 큰 눈, 말을 할 듯 말 듯 약간 벌어진 입술, 비련의 그늘을 애써 감춘 잉그리드 버그만. 실물과 맞닥뜨린 기분이었다. 피아니스트 샘의 피아노가 놓여있는 구석 자리에 가 앉았다.

잉그리드 버그만

험프리 보가트

호텔 입구

갸르송이 주문을 받으러 왔다. 트렌치코트에 중절모, 험프리 보가트가 돌아온 것 같은 모습으로. 아메리칸 커피를 주문했다.

갸르송이 주방에 주문을 넣는다. 고개를 살짝 내밀고 주문받는 남자는 옛 프랑스 경감 복장을 하고 있다. 영화 속에 들어와 있는 착각을 일으킨다. 경감이 만들어 내준 커피를 험프리 보가트가 들고 왔다. 커피는 뜨겁고 까맣고 향이 짙다.

영화 '카사블랑카'에는 '바 카사블랑카'가 나오지 않는다. 릭의 '아메리칸 카페'가 무대다. 그것도 모로코 카사블랑카를 똑같이 재현한 할리우드 영화 세트의 한구석이다. 나는 어디에 와 있는 것인가. 찬찬히 바 안을 둘러보았다. 맞은 편 젊은 남녀에서 눈이 멎었다. 이별을 앞 둔 연인들인가. 말없이 서로의 얼굴을 바라보고 있다. 영화 속의 릭과 일자처럼.

일자가 샘에게 'As time goes by'세월은 가도를 쳐달라고 부탁한다. 샘은 주인 릭이 금지시킨 곡이지만 어쩔 수 없이 연주를 시작한다. 릭이 그 소리에 굳은 얼굴로 우뚝 선다. 언제나 마음속에서 떠나지 않는 멜로디. 릭이 괴로운 표정으로 샘에게 말한다.

그 곡은 치지 말라고 했잖아.

차마 말을 못 하는 샘의 시선을 따라가 본다. 거기, 꿈에도 잊지 못하는 일자가····.

환청처럼 들리는 샘의 피아노 연주를 들으며 문득 이상한 생각이 들었다. 나는 왜 이곳에 있나. 무엇을 보러 낯선 아랍 도시에 왔나. 많은 여행자들이 이 바를 찾아온다고 한다. 여행자들은 반세기 전 흑백영화의 흔적을 좇고 있는 것일까. 허상인 줄알면서 왜 영화 '카사블랑카'를 잊지 못할까. '잊지 못할 사랑과 이별을 간직한 릭과 일자'를 소환하여 자신만의 사랑과 이별을 반추하러 오는 것은 아닐까. 한잔의 커피에 추억과 환상을 섞어 파는 낭만적인 상술에 여행자는 잠시 피곤을 잊고 꿈에 잠긴다.

거리 곳곳에 공중전화 박스가 있었다. 전화카드를 사서 집에 전화했다. 모로코에 놀러 왔다고 둘러대는 데까지는 성공했는데 엄마 목소리에 근심이 가득하다. 강아지 루루가 밥도 안 먹고, 산책도 안 하고, 오줌도 며칠 째 안 누고 있다고. 내 침대 내 베개에 코를 묻고 꼼짝을 안 한다고.

루루는 개장수에게 팔려 가기 직전 구조해서 기르는 돌 지난 믹스견이다. 유독 나만 따르는데 내가 사라졌으니 불안이 극심하겠지. 큰일이네.

"엄마. 전화기를 루루 귀에 대주세요. 내 목소리 들으면 안심할 거야."

"루루야. 언니야. 조금만 기다려. 집에 가면 언니가 커피 많~이 줄게. 커피 알지? 산책도 많이 하자. 오줌 누고 엄마 말 잘 듣고 있어. 루루! 언니 말 듣고 있지? 루루야! 루루야!"

대답 없는 루루와 통화하는 사이 2만 원짜리 카드가 바닥이 났다. 다시 새 카드를 넣으려는데 앗, 뭐지? 까만 가죽점퍼 차림의 청년 둘이 공중전화 박스 문을 벌컥 열고 들어왔다. 다짜고짜 전화카드를 내놓으란다.

강도다!!

행인들은 공중전화 박스를 무심히 지나쳐가고 전화박스 안에서 나만 홀로 강도를 당하고 있다. 사람 많은 대로여서인지 강도들은 칼을 들고 있지는 않았다. "폴리스!" 내가 모기소리만하게 말하자 강도들이 "폴리스. 폴리스." 따라 하며 내 손의 카드를 빼앗았다. 다음엔 달러를 빼앗겠지. 평화로운 모로코 한낮 도로에서 나만 조용히 폭탄을 맞고 있다.

경찰차 사이렌이 들려왔다. 살았다! 강도가 탈출하려는 내 어깨를 꽉 잡았다. 뭐라고 말하며 내 얼굴을 똑바로 들여다본다. 부리부리한 눈으로 무섭게. 강도는 나를 길가로 돌려세웠다. 차도에서 남자 둘이 뒹굴며 몸싸움을 하고 있었다.

경찰의 설명에 의하면 택시 요금 시비가 붙었다고 한다. 모로코에서는 요금을 그때그때 흥정한다. 운전사가 터무니없는 요금을 불러서 싸움이 났고, 청년들은 경찰에 전화하려고 내 전화 카드를 강제로 빌렸다는 것. 한낮 강도 사건의 전말이었다.

공중전화 사건 이후 깜짝깜짝 놀라는 버릇이 생겼다. 거리에서 아무렇지도 않게 들어가던 공중전화 박스가 무서워졌다. 덥지만 멋으로 가죽점퍼를 입는다는 젊은 남자들이 다 강도로 보였다. 길을 묻는 것도 두려워 나만의 규칙을 정했다.

1번; 여학생. 2번; 할머니. 3번; 아주머니. * 남자는 제외.

괜히 길 물었다가 낯선 나라의 낯선 남자가 나를 어디로 데려갈지 누가 알아?

내 길치 실력을 아는 친구들은 무척 궁금해한다. '한국에서도 헤매면서 외국에서 어떻게 다니니? 어떻게 무사히 돌아오니? 정말 불가사리다.'

길치도 다 사는 방법이 있단다.

택시든 버스든 내리는 장소가 중요해. 계속 창밖을 째려보고 있다가 목적지 랜드마크가 보이면 '스톱!'을 외치지. 랜드마크라지만 별 건 아니야. 눈에 띄는 건물, 간판 그림, 분수대 그런 거. 잘 내리면 90퍼센트 성공이야. 거기서부터는 동네의 작은 랜드마크들이 인도하지. 가령, '의자 세 개 놓인 이발소' '파란 문 레스토랑' '할아버지 과일가게' 그런 거. 물론 맹점도 있어. 랜드마크 가게가 문을 닫거나 간판을 바꾸거나. 정말로 그런 일이 있었어.

분명히 이 골목인데 '할아버지 과일가게'가 없어졌다. 입구에서부터 눈이 번쩍하게 빨강, 파랑, 노랑 과일들이 보이면 다 온 거다. 들어가는 길에 과일도 사고, 할아버지에게 쇼핑한 물건들도 보여주고, 뜨거운 민트 차도 대접받고, 그랬던 가게가 사라졌다. 여기가 아닌가? 골목을 돌아 나와 택시 내린 곳까지 가서 되짚어 오기를 서너 번. 나중엔 지쳐서 골목 입구에 주저앉아 길을 물을 만한 대상을 기다렸다. 왔다, 1번 여학생. 다행히 영어가 조금 된다.

"할아버지 과일가게를 못 찾겠어. 과일가게가 어디지?"

"이브라힘 할아버지? 어제 돌아가셨어요."

여학생은 한참 설명했지만 다 알아들을 수는 없었다. 할아버지 성함이 '이브라힘'이었구나. 과일가게는 늘 열려있을 줄로만 알았다. 젊을 때 선원이었다는 할아버지와는 영어로 대화가 됐었다. 나는 '햄에그 샌드위치'의 포장을 벗겨서 가게 앞에 놓았다. 어차피 한 개는 할아버지 몫이었다. 맛있는 샌드위치 가게를 알려주셔서 '사다 드릴게요' 약속했었다. 할아버지가 웃으셨다. '약속하기는 구름. 약속 지키기는 비.' 함부로 약속하지 말라는 아랍속담이었다. '할아버지. 저 약속 지켰어요.' 마음속으로 말씀드리면서, 샌드위치가 상하기 전에 배고픈 길거리 강아지가 먹어주기를 바라면서. 여학생이 의아한 얼굴로 나를 쳐다보았다.

"그동안 친구가 되어주셔서 감사합니다, 그런 의미야."

이해했는지는 모르겠지만 고개를 끄덕였다. 여학생은 숙소 계단 앞까지 나를 데려다주었다. 초콜릿과 만화 캐릭터 볼펜을 손에 쥐어 주었다. 여학생은 내가 로비에서 방으로 올라갈 때까지 손을 흔들며 지켜보아 주었다. 사람은 사흘 동안에도 아니 십 분 동안에도 정이 드나 보다.

'페스'까지는 장장 여섯 시간, 대 장정이었다. 그것도 규정일 뿐 운전기사 맘대로다. 한 시간도 쉬고 두 시간도 쉬는 고무줄 시간. 아무도 불평하지 않는다. 기사가 쉬는 동안 승객들도 버스에서 내려 같이 쉰다. 뜨거운 차도 마시고 이야기도 나누고 간이식사도 하면서.

'카사블랑카-페스' 노선 중 절반은 '라바트'로 올라가는 해변 길이다. 고속버스가 바다에 바짝 붙어 달린다. 난간 같은 인공 구조물이 없어서 물 위를 달리는 것 같다. 쉬엄쉬엄 급할 것 없는 버스 차창 너머로 북아프리카의 야성적인 태양이 이글거리고, 짙푸른 대서양이 끝 간 데 없이 펼쳐져 있다. 대서양 잔파도들에 타이어를 적시며 달리는 이 순간, 꿈을 꾸고 있는 건 아니겠지. 바다 위를 달리는 이 버스 여행을 평생 잊지 못하리라.

페스의 '메디나'는 어마어마한 개미굴이었다. 알제 '카스바'가 졌다. 더 길고 더 복잡하고 더 다양하다. 호텔 프런트 맨에게 가이드 해 줄 사람을 부탁했다. '공식 가이드'라는데 글쎄… 아무튼 덕분에 사흘 머무르는 동안 모스크, 가죽 염색 공장, 시장 구경 등 볼만한 장소들은 다 돌아보았다.

당나귀 오줌 세례도 서너 번 당했다. 좁은 길에서 잔뜩 짐 실은 노새와 맞닥뜨리면 꼼짝없이 거센 오줌 세례를 맞는 수밖에. 바짓자락도 젖고 신발도 젖지만, 현지인들도 나도 그러려니 웃었다.

모로코 시장은 재미있는 곳이다. 외국인 여자 손님에게만 남발하는 립 서비스가 있다. 특히 양탄자 가게. 현란한 무늬에 혹하여 보고 있으면 백발백중 낚인다. 보스 아들?이라는 청년이 사업장에서 일 배우는 중이라며 무게도 크기도 엄청난 양탄자들을 쭉쭉 펼쳐서 보여준다. 아, 부담스러워.

'여행 중이라 못 사요' 일어서면,

'부쳐준다' 앉히고,

'비싸요' 그러면,

'스튜던트 할인해줄게' 또 잡아 앉힌다.

뜨거운 차를 대접하며 자꾸만 앉힌다. 보스 아들은 문득 미소를 지우고 진지한 얼굴이 된다. 크고 검은 눈동자로 그윽이 내 얼굴을 들여다보며 속삭인다.

"You are very sweet! like sugar! marry me!"

당신은 설탕처럼 달콤해요! 결혼해요!

농담도 격하게 하시네. 나는 못 알아듣는 척하고 일어섰다. 보스 아들이 "꼭 다시 오세요." 아쉬운 표정으로 명함을 건넨다. "네, 그럴게요." 헛약속을 하고 간신히 가게를 빠져나왔다. 시장을 돌아다니면 그런 프로포즈를 하루에 서너 번씩은 받는다. 스윗하다고? 상술인 거 알아도 기분은 좋네. 한국에서는 들어보지 못한 말이잖아.

모로코 국영 양탄자 가게

페스의 골목

일본 적군파赤軍派 여자를 잡아라

카사블랑카 공항에는 공중전화가 두 대 있었다. 동전 전용이었다. 일부러 전화카드를 샀는데 사용 불가다. 인상 좋아 보이는 공항 직원에게 사정 이야기를 했다. 아, 그 지난한 과정이라니. 친절한 공항 직원이 카드→(상점에서)현금→(화장실에서)동전으로 바꿔주었다. 슈크란! 슈크란!

드디어 집에 전화했다. 루루는 여전했다. 굶는 건 둘째고 오줌보가 터질까 봐 엄마 근심이 이만저만 아니었다. "동물병원에 데려가세요. 응급처치하고 링겔도 줄 거예요… 네? 꼼짝을 안 해? 만지지도 못하게 으르렁거리고? 그럼 만지지 말고 원장님께 왕진 부탁하세요." 무거운 마음으로 전화를 끊었다.

커피 마니아 루루. 커피포트에 손만 대도 뛰어온다. 하도 쳐다보고 침을 삼켜서 한 모금씩 주기 시작했더니 완전 커피 마니아가 됐다. 사람들이 '똥개'라고 무시하는 믹스견이 실은 얼마나 영리한지 키워본 사람만이 안다. 지금 루루는 내가 없어져서 공포에 사로잡혀있다. 내 침대에서 내려오면 다시 잡혀간다고 생각하나 보다. 마음이 너무 아프다.

슬픈 루루 (언니야 빨랑 와⋯)

루루 생일 축하 손님 조카와 함께

루루 커피잔(30년째 보관 중)

오만한 루루(맘에 안들어)

미소년 루루

전화 때문에 뛰어다니다가 아슬아슬 시간에 대 왔다. F 게이트 앞에 사람들이 여럿 있어 안심했다. 그런데 들리는 소리가 뭐 '그라나다?' 정신 번쩍! 게이트가 또 바뀌었다. 벌써 네 번째다. 모니터를 계속 체크하지 않으면 큰일 나겠다. 알제 가는 게이트 앞에 와서 숨을 돌렸다.

보딩 직전 내 표를 한참 들여다보던 얼굴 까만 여직원이 어딘가에 전화했다. 경찰 같은 제복 차림의 그 여직원이 줄에서 나만 빼내어 사무실로 가자고 한다.

"왜요? 나 지금 에어 알제리 타야 되는데요. 시간 없어요."

"조사할 게 있다. 잠깐이면 돼."

비행기 표는 그 여직원 손에 들어있다. 하는 수 없이 사무실로 따라갔다.

사무실에는 그 여직원과 똑같은 제복을 입은 남자 직원들이 여럿 있었다. 공항 경찰이랄까, 그런 사람들 같았다. 그때부터 영어, 불어 섞인 말로 심문이 시작되었다.

"왜 알제리에 들어가나? 한창 테러가 심한 알제로 가는 목적이 뭐야?"

갑자기 '대우'가 생각났다. '대우 직원이다. 모로코에 휴가 나왔다가 들어간다'고 둘러댔다.

"농! 유, 제페니스 레드 아미."아니. 너는 일본 적군파야.

The Japanese Red Army. 日本赤軍.

(제국주의에 반대하는 일본 공산주의 무장단체)

보통 일본사람도 아니고 뭐, 레드 아미? '너는 공산당 테러리스트다. 알제리로 들어가 활동하려는 거다. 일본 적군 여자 테러리스트가 입국했다는 정보도 입수했다.' 대략 그렇게 알아들었다. 한 직원이 내 손을 살펴보고 만져보며 조사했다. 아! 까스바에서도 무자헤딘이 손을 검사했었지. 순간 깨달았다. '단련한 손'인가 보는 거다. '레드 아미'라면 무술도 익히고 총도 쏘고 손에 훈련받은 흔적이 있을 테니까.

나는 대한민국 여권을 보여주며 강력히 부인했다. 소용없었다. 그중 계급이 높아 보이는 남자 경찰이 나를 데리고 온 여경에게 지시했다. 여경이 나를 작은 방으로 데리고 갔다.

"두 손 올려. 몸수색하겠다."

무슨 봉변인가. 어이가 없지만 따를 수 밖에. 여경은 내 몸을 쓸어 내려보고, 구부리고 앉아서 발목과 양말 속까지 샅샅이 뒤집어보고, 바지를 올려보기까지 한다. 칼이나 총을 숨기고 있지 않나 조사하는 모양이다. 영화에서 본 그대로다. 성과가 없자 속옷 검사를 하겠단다. 브래지어 속을 보겠다고 하는 것 같았다. 세상에, 세상에, 이런 날벼락이. 강하게 거부했다. 여경의 검은 손이 가슴을 향해 다가왔다. 내가 두 손으로 방어하며 소리쳤다.

"돈 터치 미! 돈 터치 미!"

여경도 물러서지 않았다. 힘으로 제압하려고 한다.

내가 큰 소리로 말했다.

"이것은 외교문제다. 네 이름, 소속, 말해라. 모로코 정부에 항의한다. 알제 대사관에 문의해라. 내 신분 알려줄 거다."

급하니까 아는지도 몰랐던 단어들이 막 튀어나왔다. 말이 되든 말든 그런 뜻으로 말했다. 여경은 약간 수그러들며 허리 백을 뒤진다. 권총을 기대하나? 여경 얼굴에 낭패감이 역력하다. 보딩 시간을 꼴깍 넘겼다. 여경이 우물쭈물하는 사이 떨리는 마음을 감추고 화난 표정으로 방문을 박차고 나왔다. 큰 방에서 기다리고 있던 남자 경찰들이 일제히 나를 쳐다보았다. 눈 마주칠까 봐 외면하고 재빨리 나왔다. 자칫 잘못하면 감옥에 갈 수도 있다. 외국인이 현지인의 사정에 못 이겨 카트에 짐 하나 실어주었다가 밀수로 잡혀 감옥에 가는 경우도 드물지 않다고 한다. 그렇게 엮여도 무서운데, 레드 아미? 뛰기 시작했다. 벌컥 문이 열리고 경찰들이 튀어나올 것만 같았다. 바닥이 미끄러워 넘어졌다. 창피한 줄도 아픈 줄도 몰랐다.

게이트에 승객이라곤 없었다. 시간은 이미 지났지만 나는 무작정 표를 내밀었다. 말은 안 했다. 섣불리 한마디 했다가는 어던가로 또 전화할 것 같았다. 놀란 직원이 게이트 넘버를 알려주었다. '정말? 나 비행기 탈 수 있어요?' 어리둥절한 표정으로 서 있는 나에게 직원이 "빨리 가라" 재촉했다. 보딩 시간이 지난 표를 잘못 본 것 같지만 여기 있다가는 아까 그 경찰들에게 또 잡힐 것 같았다. 가라는 데로 갔다.

알려준 게이트는 역시 텅 비어있었다. 아무도 없고, 연결 통로도 없다. 어쩔 줄 모르고 서 있는데 어떤 남자가 내려가라고 한다. "어디로?" 남자는 무조건 내려가라고 손짓한다. 무작정 내려갔다. 깜짝 놀랐다.

쨍한 활주로!

거센 아프리카 태양에 눈이 먼 듯 아무 것도 보이지 않는다. 잘못돼도 한참 잘못됐다. 나는 그늘 속에서 쨍한 활주로를 바라보았다. 멍하니 바라보았다.

저건 뭐지?

야생의 태양 아지랑이 너머로 보이는… 비행기? 한 대도 아니고 두 대씩이나?

나는 있는 힘껏 눈에 힘을 모아 보았다.

AIR ALGERIE

에..어..알..제..리. 맞다. 내가 타고 왔던 그 '에어 알제리' 맞다.

무슨 일인지 아직 출발하지 않았다. 나는 태양 빛에 눈동자가 타거나 말거나 뛰쳐나갔다.

어디선가 갑자기 스튜어디스가 나타나 나를 막았다. 활주로 입구 그늘에 있었나 보다. 나는 표를 보여주며 "에어 알제리. 에어 알제리." 외치며 비행기를 가리켰다. 그녀는 엉뚱하게도 "베게지. 베게지baggage"를 외친다. 짐? 그건 벌써 부쳤지. 공항에 들어오자마자 부쳤다고. 스튜어디스는 막무가내, '베게지'만 외쳐댄다. 출발시간에서 16분이나 지났다. 승강이할 시간이 없다. 뛰는 수밖에. 나는 활주로 쨍한 햇볕 속을 빛의 속도로 달아났다. 체육시간 이후 처음 뛰어보는 100m 달리기.

뒤에서 호루라기 소리가 쫓아왔다. 공항 경찰이다. '일본 적군 여자를 체포하라!' 저 스튜어디스가 활주로에 있다고 연락했구나. 잡히면 안 돼. 잡히면 끝이다. 어떡하든 비행기에 올라야 한다. 에어 알제리에 발만 들이면 그때부터는 외교문제다. 대사관에서 내 신분을 밝혀주면 상황 끝. 그 순간, 옷자락을 잡혔다. 비행기에 다 와서 붙잡혔다.

'집에 못 간다. 잘 놀라는 우리 엄마, 쓰러지겠네. 루루는 어떡하지?'

마침 동생이 미국에서 나와 있었다. 여기저기 뛰어다니며 방법을 찾겠지. 허당인 누나가 늘 걱정인 오빠 같은 동생에게 모든 짐을 떠맡기는구나. 작품도 끝이다! 경찰에게 옷자락을 잡힌 순간 오만가지 생각이 스쳤다. 나도 헐떡이고 호루라기 경찰도 헐떡이면서 서로를 쳐다보았다.

아까와는 다른 누런 제복의 경찰이었다. 갑자기 경찰이 봉을 쳐들었다. 구타! 체포! 구금! 머릿속이 하얘졌다. 그 봉으로 뭔가를 가리킨다. 활주로 바닥에 오도카니 놓여있는 가방 하나.

"어머나. 내 거야!"

호루라기 경찰은 그제야 나를 놓아주고 내 가방을 카트에 실었다. 아직 멀뚱히 서 있는 나에게 저쪽 비행기를 가리킨다. 나는 뒤도 안 돌아보고 비행기 트랩을 뛰어 올라갔다.

좌석은 만원이었다. 남은 자리는 맨 뒤 흡연석 한 자리뿐. 흡연석이고 술좌석이고 가릴 처지가 아니었다. 그저 감사하며 무섭게 생긴 거구의 남자와 회교 원리주의자처럼 수염 긴 남자 사이에 간신히 끼어 앉았다.

호루라기 경찰은 나를 체포하려던 게 아니었다. 모로코에서는 승객에게 일일이 짐을 확인받고서야 비행기에 싣는다는 것을 몰랐다. 그러니까 호루라기 경찰도 경찰이 아니었다.

옆 나라만 오가는 경비행기지만 승객 한 사람 안 왔다고 이륙을 늦추고 기다려주다니. 왈칵 눈물이 쏟아졌다. 약속한 비행기를 타지 못하면 대사관과 어긋나고, 그럼 택시를 타야 할 거고, 운 나쁘면 테러리스트 택시에 납치되거나 총격을 당할 수도 있다. 슈크란! 슈크란! 나는 입속으로 수없이 감사 인사를 했다.

기내가 춥다. 오슬오슬 떨린다. 추운데 귀는 뜨겁고 입에서는 단내가 난다. 심장도 쿵쾅쿵쾅 가라앉지를 않는다. 추워서 떠는지 놀라서 떠는지 좌석벨트를 매는 손이 자꾸만 헛손질을 한다.

손님은 달랑 한 분

알제 공항에 도착했다. 마중 나온 Mr. 서를 보니 얼마나 반갑고 안심되던지 집에 온 것 같았다.

"여행은 즐거우셨어요?"

인사차 묻는 말에 주르르 눈물이 흘렀다. 얼른 차에 들어가서 마음을 진정시켰다. 단신으로 사하라에 가겠다는 용감한 작가로 알고 있는데 눈물을 보일 수는 없다. 평화로운 모로코에 놀러 갔다가 그것도 고생이라고 눈물 바람이면 꼴이 뭐가 되겠나. 일본 적군파 얘기도, 활주로 얘기도 하지 말자. 한갓 재미있는 에피소드쯤으로 웃어넘기겠지.

"작가님. 얼른 옷 갈아입고 멋지게 나타나세요."

조수석의 Mr. 서가 흘깃 돌아보곤 웃었다. 눈물 자국이며 행색이며 꼴이 말이 아니겠지. 그런데 무슨 말인가. 호텔에 가서 샤워하고 푹 잘 생각인데.

"대사님이 작가님 환영파티 준비하셨어요. 다들 기다리고 계십니다."

엄청난 상차림에 놀랐다. 한식, 프랑스식, 알제리식, 세 나라 요리들이 테이블에 그득하다. 놀란 포인트 또 하나. 늘 보던 공관 직원분들, 이렇게 댄디 하셨나? 동석한 우아한 부인들은… 누구세요? 어려운 데 와서 고생한다고 김치찌개 끓여주던 그 사모님들 맞아? 잠시를 가만 못 있던 꼬마 신사 숙녀분들도 정장 갖춰 입고 점잖게 앉아있다. 역시 의전 끝내준다. 하지만 그분들이 기다리는 손님이라야 달랑 한 분, 나.

다행히 현지에서 품격 있는 음악회 등에 갈 경우를 대비하여 원피스와 하이힐은 넣어왔다. 여행자로 늘 후줄근한 모습만 보이다가 멀쩡한 숙녀의 모습으로 나타나서 모두 놀랐나 보다. 큰 박수와 웃음으로 환영해주셨다. 우리는 멋지게 차려입고 호텔에서 파견나온 말끔한 웨이터들의 시중을 받으며 파티를 즐겼다. 영화에서처럼 우~아하게.

문턱만 넘으면 지중해. 생선 요리들이 많았다. 킹사이즈 새우튀김부터 한입. 맞은편 직원분과 눈이 마주쳤다. 누가 먼저랄 것도 없이 풉~ 웃음이 터졌다. 아, 그 크고 잘생긴 새우튀김을 평생 못 잊을 것 같다. 맛이 없을래야 없을 수 없는 새우의 배신. 맹탕? 무無맛? 맛있고 신기한 음식들은 다 잊어도 너는 못 잊겠다, 지중해 새우야.

돌아오는 차 안에서 문득 별채의 정 사무관님이 빠졌다는 걸 알았다.

내가 괜히 미안하네.

단독주택의 대문

대문 손잡이들

중산층 주택 담장의 오아시스; 동물도 먹고, 사람도 먹고, 손도 씻고

검문 또 검문

사막 항공권 날짜가 아직 며칠 남았다. 그동안 알제리 곳곳을 돌아볼 계획을 세웠다. 어느 장소, 어느 상황이 작품에 들어올지 알 수 없다. 두 번은 오기 어려운 나라, 알제리. 하나라도 더 보고, 다양하게 경험하고, 이곳의 모든 일을 머리에 가슴에 저장해야 한다. 하지만 피신 여행이라고 떠난 모로코에서도 별별 일을 다 겪었는데 '외국인'이 테러 대상인 이 땅에서 자유롭게 다닐 수 있을까? 잠이 오지 않았다. 설핏 든 선잠을 깨우는 새벽 전화벨 소리.

"이번 기회에 공관 직원과 가족들 모두 작가님 여행에 동참하기로 했는데 혹시 방해될까요?"

알제에 몇 년씩 살면서 여행은 꿈도 못 꿨다는 분들이 큰 결단을 내리셨다. 우리는 세 대의 차에 나눠 타고 남쪽으로 떠났다. 계속 검문당하면서. 경찰은 외교 여권을 보여주면 차 안을 눈으로만 살피고 통과시켜 주었다. 그래도 복면 틈으로 엿보이는 특유의 날카로운 눈초리가 훑어볼 때는 죄 없이도 가슴이 서늘해진다. 운전하시는 영사님께 물어보았다.

"서울 알제리 대사관에서 발급해준 관용 통행증이 있어요. 혹시 도움이 될까요?"

영사님은 황급히 차를 세우고 대사님 차로 뛰어갔다.

"당장 없애 버리세요!"

대사님 목소리가 뒤차에까지 들려왔다. 한적한 길가에 차를 세우고 내 통행증을 불태웠다. 만약 테러리스트에게 걸리면 정부 요인으로 인정되어 총질을 당할 거라고. 대열을 재정비했다. 내가 대사님 차로 옮겨 타고 아버지와 딸로 말을 맞추었다. 운 좋게도 성이 같은 권kwon이었다. 진짜 경찰, 진짜 군인은 외교관 가족은 건드리지 않는다고 한다.

"가짜 경찰, 가짜 군인도 있어요?" 내 질문에, "제복 입은 테러리스트에게 걸리면 죽는 거지요." 대사님이 안경을 고쳐 썼다.

차창으로 흘러가는 시골 풍경은 평온하고 아름다웠다. 북아프리카의 뜨거운 태양 아래 꽃들은 농염하게 향기를 흘리고 나무들은 반짝반짝 눈부시다. 그 좋은 길을 말 한마디 없이, 음악도 없이 침묵 속에 달렸다.

'비스크라' 가는 길에 유목민 거주지 '발꽁 드 루피'에 들렀다. 이름처럼 발코니처럼 생긴 언덕이었다. 내려가 보았다. 텅 빈 흙집에 깨진 접시, 국자, 망가진 인형… 사람 살던 흔적들만 유적처럼 남아있었다. 대낮에도 유령이 나올 것 같은 빈 마을을 돌아다녔다.

놀래라! 컴컴한 부엌 한켠에 사람이, 노인이 있었다. 얼굴은 우리를 향하고 있지만 초점 없는 멍한 눈이 무엇을 보는지 알 수 없었다. 까마귀 한 마리가 흙담 위에 검은 그림자처럼 앉아서 노인을 엿보고 있었다. 사람들이 떠나간 텅 빈 마을에서 산 사람을 만났는데… 섬뜩했다. 허물어져 가는 흙집은 노인의 무덤 같았다.

영화의 한 장면 같은 음산한 정경에 시선을 빼앗겨 발을 헛디뎠다. 청바지 위로 붉은 피가 배어 나왔다. 까악! 피 냄새를 맡았구나. 미동도 없던 까마귀가 소리 질렀다.

발코니 반대편 언덕은 고대의 동굴 거주지라고 한다. 망원경 안으로 벌집 같은 구멍들이 보인다. 건너가는 길은 없다. 원주민들은 자신들만의 길이 있다고 한다. 적의 침입을 허용치 않는 천혜의 요새다.

2천 년 전 로마 유적지 띰가드에 도착했다. 로마는 식민지를 건설하면서 세계 곳곳에 리틀 로마를 만들었다. 야외 음악당, 기둥만 남은 시장터, 위풍당당한 개선문, 하수시설이 선명한 공중목욕탕, 기둥만으로도 규모를 짐작할 수 있는 거대한 도서관… 2천 년 전 로마의 위세가 느껴진다.

우리는 기다란 돌의자에 앉아서 점심 식사를 했다. 구멍 뚫린 기다란 돌변기 아래로 물이 흐르는 구조다. 수세식 변기의 원형을 본다. 로마의 화장실은 사교장의 역할도 겸했다고 한다. 아랫도리를 드러낸 성인 남자들이 길게 앉아 볼일도 보고 수다도 떨고 사업도 하고. 귀족들은 뒷 닦기 해면을 빨아주는 노예도 있었다고 한다.

화장실이 개인의 영역으로 들어오기까지는 천 년도 넘는 시간이 필요했다. 세월이 지났다고는 해도 우리는 공중화장실에서 김밥도 먹고 불고기도 먹었다. 으웩.

큰길에 난 선명한 마차 바퀴 자국을 따라 걸었다. 화려했던 옛 도시 폐허에 바람이 분다. 바람에 섞여 환청인가, 마차 소리가 들려온다.

원형극장의 웅장한 돌계단 아래 서보았다. 층층이 쌓아 올린 이 오래된 음악당에서 해마다 유월이면 뮤직 페스티벌이 열린다. 고적한 폐허에 이천 년 전 어느 멋진 날처럼 음악이 울려 퍼진다. 고도古都는 단 하루 부활한다. 불사조처럼, 신처럼.

한적한 시골길 비포장도로에 나타난 검은 승용차의 대열은 눈에 띄는 광경이었을 거다. 어디선가 복면 군인들이 튀어나와 차를 정지시켰다. 대사님이 외교 여권을 보여주었다. 외교 여권 없는 나를 가리키며 '파밀리. 파밀리.' 거듭 말했다. 군인들은 대꾸도 하지 않는다. 차 안으로 쑥— 소총이 들어왔다. 들어온 총구가 움직인다. 밖으로 나오라는 뜻이다. 시키는 대로 차에서 내렸다. 우리는 주머니를 털리고 몸을 훑어 내리는 수모를 당했다. 알제리사람 운전기사는 열외.

일행은 산기슭에 엉거주춤 서서 조사가 끝나기를 기다렸다. 문득 생각났다. '가짜 경찰, 가짜 군인도 있어요?' '제복 입은 테러리스트에게 걸리면 죽는 거지요.' 아무래도 가짜 같은데. 나는 제발 내 촉이 틀리기만을 바랐다.

"개인 물건은? 회사 물건은?" 깡마른 군인이 물었다.

"차는 대사관 것. 나머지는 개인 것이다." 영사님이 대답했다.

군인들은 여행 가방들을 거꾸로 쏟아 쓸 만한 것들로만 압수했다. 그 일이 끝나자 우리 일행의 얼굴을 하나하나 들여다보며 경고했다.

"한 달 안으로 대사관 철수해라. 너희들 얼굴 다 기억한다. 철수 안 하면 모두 죽여버리겠다."

군인들은 순식간에 사라졌다. 우리도 정신없이 그곳을 떠났다.

다음 경찰 검문 때 신고했다.

"군복으로 위장한 FIS테러리스트입니다. 우리 경찰도 FIS를 체포하거나 죽이면 보복당해 죽습니다. 그래서 얼굴 알아볼까 봐

이렇게 다들 복면을 하고 있습니다."

서장이 담배 연기를 내뿜었다.

한쪽에서 서류를 작성하던 경찰이 문득 우리에게 말했다.

"당신들 좋은 일 많이 하시오. 함둘라! 신이 도우셨습니다!"

"얼굴을 외우듯 노려봤는데 괜찮을까요?"

영사님이 물었다.

경찰은 대답하지 않았다.

나는 우리 일행을 돌아보았다. 시멘트 바닥에 무릎 꿇고 기도하는 분, 성호 긋는 분, 합장하는 분. 자기 방식대로 이 믿기 어려운 기적에 감사하고 있었다.

'함둘라!' 경찰이 한 선의의 말이 비수처럼 내 가슴을 찔렀다. 나로 인해 시작된 여행이다. 내 통행권을 태워버리지 않았다면 어떻게 됐을까. 현지 경찰도 두려워하는 가짜 군인들에게 우리 모두 몰살당할 뻔했다. 머리카락 한 올 다치지 않았다. 얼마나 다행인가. 얼마나 감사한가. 정신없는 걸음으로 경찰서를 나오면서 마음속으로 소리쳤다.

'감사합니다! 감사합니다! 감사합니다!'

갈팡질팡

사하라로 떠나는 날, 돌연 출발이 취소됐다. 이륙 한 시간 전이었다. 급히 비행기 표를 연기했다. 교민 신변 보호 담당 영사님이 나에게 말했다.

"사막에서 불길한 전언이 들어왔습니다."

프랑스 여행자 다섯 명 사막 떼강도에게 납치. 전원 행방불명

행방불명은 살해의 다른 표현이다. 강도들의 목표는 단 하나, 도요타 사륜구동 자동차. 차만 있으면 장사(밀수)로 생계를 꾸릴 수 있어 강도고 살인이고 가리지 않는다고 한다.

"여성은… 그 강도들에게 붙잡히면 무슨 일을 당할지… 아시겠지요."

영사님 말씀에 나는 그동안 궁금했던 것을 물었다.

"그렇게 위험한데 여행사는 왜 비행기 티켓을 파는 거죠?"

"여행사는 그냥 비즈니스일 뿐이에요. 사고가 난들 여행사와 무슨 상관인가, 그런 입장인 거죠. 에어 알제리에 문의해 봤어요. 아래쪽은 다 사막이다. 여행사에서는 '노 프로'라고 하겠지만 '믿지 말라' 그러더군요."

대꾸할 말이 없었다.

"시기가 좋지 않습니다. 여성 작가님의 단독 사막여행, 절대 불가합니다. 담당 영사로서 허락할 수 없습니다. 우리 직원의 안전 문제도 고려해야 하고요. 이해 부탁드립니다."

영사님은 단호했다. 표정을 보니 Mr. 서도 흔들리고 있었다.

다시 호텔 방에 처박혔다. 사하라에 갈 수도 없고, 이대로 서울로 돌아갈 수도 없고, 애꿎은 Mr. 서에게 목숨 걸라고 할 수는 더더욱 없고. 나는 또 천 길 절벽 앞에 섰다. 밤은 불면으로 지새고 낮에는 꾸벅꾸벅 졸고 아무 때나 먹고 아무 때나 잤다. 낮인지 밤인지 꿈속인지 몽롱한 저편에서 전화벨 소리가 들려왔다. Mr. 서였다.

"정 사무관님이 저녁식사에 초대하셨어요. 어떻게 하실래요?"

어떡하긴 무조건 예스지. 이 방에서 나가기만 해도 살 것 같았다.

"Mr. 서도 함께 가요. 사무관님 하고 우리 회의 좀 해요."

"알겠습니다. 곧 모시러 가겠습니다."

알제 최고의 레스토랑이라는 '테니스 클럽'은 전망도 좋고 시설도 화려했다. 그러나 그런 것이 눈에 들어올 리 없었다. 세 사람은 테이블 그득한 음식을 앞에 두고 말이 없었다. 사무관님이 이것저것 음식 이름을 알려주며 분위기를 띄우려고 애쓰는 게 느껴졌다.

"작가시니까 아랍 정통 식사를 접해 보는 것도 작품에 도움이 될까 싶어 모셨습니다."

"아랍 정식 상차림이군요. 당연히 작품에 도움이 되죠. 소설에서 음식, 중요하지요."

그렇게 입이 풀리고 본격적으로 식사를 시작했다.

음식의 양量이 어머어마하다. 못 먹는 양고기는 한쪽으로 치우고 과일샐러드, 치즈, 요구르트를 맘껏 먹었다. 소고기 스테이크와 테이블 와인 '크하얌'까지 마시자 식사도 끝나가는 분위기였다. 이제 어떡하지? 질문을 시작해도 될까? 민감한 문제를 물어도 되나? 안보에 관련된다고 거절할지도 몰라. 지금 상황에서는 작품을 쓸 수나 있겠는지… 정말 식사만 하고 자리가 파하는 건 아닐까, 머리가 복잡했다.

"어떤 이야기입니까?"

와인 잔을 채워주며 사무관님이 물었다.

"북한에서 파견한 무관武官들이 알제리 테러리스트를 훈련시킨다. 그 정보가 사실인가요? 그런 외인부대가 실제로 존재하나요? 규모는 어느 정도인가요?"

사무관님은 고개를 끄덕이고 질문들에 답해주었다. 그러다 문득 '이거 현실과 너무 똑같은데' 잠시 망설이기도 했지만, 곧 다시 이어 나갔다. 잘못 알고 있는 부분은 현지 사정에 맞게 교정도 해주었다. 이것은 자료가 아니다. 실제 상황이다. 나는 정신없이 노트에 받아 적었다. 문득, Mr. 서가 말했다.

"작가님. 우리 사하라에 가요. 저도 가고 싶었지만, 용기가 안 났어요. 이번 기회 놓치면 평생 후회할 거 같아요. 대사님, 영사님 두 분 허락만 받아주세요. 그럼 저 갈게요."

"제가 책임지고 허락받아낼게요."

나도 모르게 목소리가 커졌다.

세 사람은 핏빛 와인을 높이 들고 건배했다. 마치 전우 같았다.

막상 대사님께 Mr. 서의 사막 동행 얘기를 꺼내기가 쉽지는 않았다. 내 상식으로는 '개인의 필요에 의해 대사관 직원과의 동행을 요구한다'는 발상 자체가 말이 안 되는 거였다. 그러나 생명과 작품이 걸린 문제다.

Mr. 서가 용기를 주었다. '사막에서 작가님 행정 절차만 도와드리고 저는 곧바로 복귀합니다. 작가님 덕분에 정말 사막에 가 보게 되네요.'

정 사무관님의 힌트도 큰 힘이 되었다.

'소설에 알제리가 소개되면 대사관에 큰 도움이 됩니다.'

"대사님이 허락만 해주신다면 Mr. 서는 가겠답니다. 비용은 당연히 제가 부담합니다. 허락 안 하시면 저는 혼자 갑니다."

대사님께는 협박으로도 들릴 수 있는 무례한 말이었다. 사막에 여성 혼자 보냈다가 사고라도 당하면 본국에 어떻게 보고가 될까, 이런저런 생각으로 복잡하시겠지. 결국, 대사님은 Mr. 서에게 이틀 말미를 주는 것으로 허락했다.

어릴 적 꿈을 이루다

사하라에 가면 고생문이 열린다고 생각했었다. 웬걸, 가기도 전 나날이 지뢰밭이었다. 얼마나 많은 사건을 겪었나. 사하라 상공을 날면서 그동안의 사건 사고들을 다 날려버렸다. 사하라는 정말 오래전부터 가고 싶던 곳이었다. 초등학교 5학년 여름방학 숙제가 발단이었다. 세계 유명 도시와 풍경 사진을 모아서 스케치북에 붙여오는 숙제였다. 아버지 책장에 일본말로 된 세계여행전집이 있었다.

지금도 생각난다. 엄청난 거목에 큰 구멍을 뚫어 자동차를 지나게 하는 숲(옐로스톤), 수수께끼 지상화地上畵(나스카 라인. 페루), 폭발하는 활화산, 인신人身 공양하던 돌과 연못(마야, 아즈텍) 그리고 사하라! 물론 당시에는 나라도 지명도 잘 몰랐지만 흥미로워 때때로 들여다보곤 했다. 그때 단연 내 눈을 사로잡은 것은 사하라였다. 바람이 만든다는 모래산, 거대한 칼이 단숨에 자른 듯한 곡선의 아름다움, 하늘과 모래뿐인 텅 빈 공간의 신비. 나는 책을 뜯어 숙제했다. 무겁던 여행책이 가뿐해졌다.

그날 저녁, 야단맞을 각오하고 아버지 앞에 엉망이 된 책을 내밀었다. 여섯 권짜리 전집 중 하필 아버지가 즐겨 보는 책이 허룩해졌다. 나에게 사진 설명을 읽어주다 문득 멈추고 사진을 한참 들여다보곤 하던 아버지 얼굴이 떠올라 크게 혼날 것이라 예상했다. 커다란 손이 긴장으로 굳은 내 어깨를 꽉 잡았다.

"네가 커서는 여기 있는 곳 다, 직접, 가볼 수 있을 거야."

그때 계획한 나의 세계여행 출발지가 사하라였다. '저 모래언덕에 꼭 갈 거야. 모래 위를 걸어 보고, 낙타도 타볼 거야. 그 다음엔 유럽이지. 파리, 런던, 로마… 유명한 도시들을 다 가봐야지. 유럽 다음 코스는 미국이야. 마천루가 있는 뉴욕을 막 돌아다니고 나사NASA 거기도 꼭 가볼 거야. (공상과학소설 팬심으로 나사에서 일하는 '나'를 상상하곤 했었다) 그다음엔 남미지.

지구 끝 칠레까지 내려가는 거야.' 나는 지구본 위에 철로를 놓듯 크레파스로 길게 선을 긋고 꿈꾸듯 들여다보곤 했다. 이번 사하라 행行은 작품 취재 목적 외에도 내 어릴 적 꿈의 실현이기도 하다.

"…작가…운 좋은… ."

Mr. 서 목소리와 비행기 엔진 소리가 뒤섞였지만, 중요 단어는 들렸다.

나는 내가 운 좋은 사람이라고 생각해 본 적이 없다. '공짜, 행운, 당첨' 그런 것들과는 거리가 멀었다. 꿈도 꾸지 않았다. 조금 다른 얘기지만 나의 이십 대는 실패의 연속이었다. 해마다 신춘문예 본선에는 오르면서 최종 두 명에서 꼭 내가 떨어졌다. 한두 번이 아니다 보니 운이 나쁘다고 생각했다. 당선자가 발표되는 크리스마스 무렵은 늘 우울했다. 주변에 문학 하는 친구 하나 없었다. 어떻게들 공부하고 어떻게 등단하는지 전혀 몰랐다.

"말씀 안 드렸지만 까스바에서 정말 위험했어요. 무자헤딘들이 '여자다! 여자다!' 수군거리는데 일 당하는 줄 알았다니까요. 작가님만 데려갈 수도 있었다구요."

찬 기운이 등줄기를 훑고 지나갔다.

"다 지난 일이잖아요. 작가님 도마뱀 좋아하세요?"

화제를 바꾼다는 게 도마뱀? 이 사람이 나를 놀리나?

"알제 첫날 아침 눈을 떴는데, 저 웬만해선 잘 안 놀라거든요. 기겁을 했어요. 손바닥만한 도마뱀들이 천정에, 벽에, 턱 턱 붙어있는 거에요. 당장 돌아가야지 했지요."

도마뱀이 집안에? 입이 딱 벌어졌다.

"여자분이 오신다는 연락 받고 큰일났다 생각했지요. 그런데 작가님 오시기 이틀 전에 도마뱀들이 싹 사라졌어요. 날짜가 거의 일정한데 일찍 사라졌어요. 사오일 정도? 그거 큰 차이에요. 삼 년 근무하면서 처음이었어요."

우와! 나 정말 운 좋았네. 눈 떠보니 도마뱀이 턱, 턱. 안돼! 안돼! 안돼! 파리로 도망쳤겠지. 도망도 못 하지. 침대 시트 뒤집어 쓰고 누가 와서 구해주기 전엔 꼼짝도 못 했을 거야.

돌이켜보니 알제리에 와서 계속 운이 좋았다. 카스바도 무사히 빠져나왔고, FIS에 잡히고도 머리카락 한 올 안 다치고 풀려났다. 살해, 납치감이었다고 모두들 가슴을 쓸어내렸다. 대사관에서는 강경한 무신론자 직원분이 성당에 나간다는 게 화제였다. 말로만 듣던 '기적 체험 부작용'이라고 신자분들이 놀렸다.

도착 안내 멘트가 들려왔다.

Ladies and gentlemen. we are now Tamanrasset Airport.

배낭을 짐칸에 억지로 밀어 넣긴 했는데 꺼내려니 요지부동. 주변의 남자 셋이 힘을 합해주었다. 의약품과 소소한 선물들이라 줄일 수가 없었다. 나는 썬 캡을 쓰고 드디어! 사하라 태양 아래로 들어섰다.

원래 하늘이 저렇게 짓푸른 것인가. 지독히도 푸르다. 순도 백 프로. 채도가 너무 높아 불투명해 보인다. 청금석을 갈아 만든 순수 진청의 세계에 들어왔다. 저 하늘빛을 뭐라고 할까. 자연을 묘사할 때마다 어휘력 빈곤에 시달린다. 보이는 대로 소박하게 명명命名한다. 어느 블루와도 닮지 않은 '사하라 블루!'

지도에 나오는 나무

"마드모아젤 션쑤크?"

낯선 남자가 대뜸 내 이름을 불러서 놀랐다. 국영 여행사 오나트 직원이었다. 안내받은 호텔에 짐 풀고 곧장 경찰서로 갔다. 색색깔 비닐 깃발들이 펄럭이는 '경찰서 맞나?' 싶은 건물이었다. 요란한 깃발의 환영을 받으며 긴 길을 걸어서 현관에 이르렀다. 취조실 같은 방으로 안내되었다. 콧수염 짙은 경찰에게 심문이라도 당하듯 서류를 작성하는 동안 다른 두 경관이 날카로운 눈길로 우리를 지켜보고 있었다. 정 사무관님이 미리 귀띔해주지 않았더라면 완전 쫄 뻔했다. Mr. 서 덕분에 무사히 서류 신고를 마쳤다.

호텔에서 늦은 점심을 먹고 다시 오나트 사무실로 갔다. 파리에서 구입한 사하라 사진집을 펼쳐 보이며 말했다.

"이곳에 가겠어요."

"아세크렘?" 직원의 눈이 커졌다.

"왜 놀라죠?" Mr. 서에게 물었다.

"아세크렘은 난코스랍니다. 가격도 배 이상 비싸고, 하루에 못 가니까 도중에 일박하고, 가서도 일박하고, 올 때도 일박하고. 운전사와 요리사 딸린 자동차 대여해 가는데 길이 험해서 여분의 타이어도 가져가야 하고, 다 손님 부담이고, 머릿수로 계산한답니다. 가실 거예요?"

기이한 모습으로 솟아오른 산악지대는 신비로운 상상을 불러일으켰다. 달의 뒷면 구릉 같기도 하고, 다른 혹성 같기도 하고, 어쩌면 불시착한 ET가 머물러 있을 것 같기도 하고… 단박에 매료되었다. 산 정상 동굴 예배소에서는 지금도 예배가 행해진다고 한다.

전투용 낙타와 전사들

투아레그 전사

예배소는 '사하라의 불꽃'으로 불리는 샤를 드 푸코Charles de Foucauld 프랑스 신부의 세상 끝 은둔소를 말하는 거였다. 사하라를 사랑하여 사하라 사람이 됐고, 그럼에도 사하라 사람에게 순교 당한, 사랑과 희생의 영혼이 깃든 곳. 신앙심 깊은 순례자가 혹간 찾아올 뿐인 쓸쓸한 그곳에 가고 싶었다.

"저는 일 끝났으니 그만 돌아갈게요."

Mr. 서가 힘없이 말했다.

"여기까지 와서 사막도 안 보고 가겠다구요?"

"아시잖아요. 이틀 말미 받고 온 거."

"대사님께는 제가 말씀드릴게요. 분위기 살벌해서 내가 잡았다고요. 모두 다 저에게 핑계 대세요. 게스트 안전문젠데 어쩌시겠어요. 모래사막도 보고, 아세크렘도 보고 올라가세요."

"저까지는 비용이…"

"그렇게 말씀하시면 정말 서운합니다. 여기까지 오신 수고비 일당 쳐서 드려요?"

Mr. 서가 펄쩍 손사래를 쳤다. 서로 어이없어 웃었다. 오나트 계약서에 사인하자 곧바로 운전기사가 나타났다. 공항에서부터 우리를 태우고 온 그 운전기사, 아는 얼굴이라고 반가웠다.

"내일 아침 일곱 시에 출발한답니다. 식사 준비 때문에 조금 지체될 수도 있다네요."

다시 힘이 실린 Mr. 서의 목소리에 나도 힘이 났다.

까뜨까뜨사륜구동는 낡고 흙먼지가 켜켜이 내려앉은 고물이었다. 그래도 충직한 낙타처럼 잘 달린다. 운전사 마타리는 사막 투어 경력만 십 년이 넘는다 하고, 요리사 모하멧은 못 하는 음식이 없다고 한다. 믿어볼밖에. 얼마나 대단한 요리를 해주려고 장비들이 엄청나다. 대형 프로판가스를 두 통이나 실었다.

네 시간째 광물질뿐인 텅 빈 공간을 달리고 있다. 이런 사막도 있구나! 나는 선글라스를 벗고 헐벗은 지구, 그 질감과 색감을 맨눈에 담았다. 피부로도 느껴보려고 차창 밖으로 손을 내밀었다. 앗 뜨거. 얼른 걷어 들였다. 대기가 달궈진 프라이팬 같다.

차가 멈췄다. 드디어 왔구나! 아니, 사람들을 만났다. 이탈리아 남녀 일곱 명이 걸어서 아세크렘에 간다고 한다. 트레킹 대열을 둘러보고 놀랐다. 길 안내하는 원주민들은 낙타 위에 드높이! 거만하게! 앉아있고, 이태리 사람들은 너무 익은 토마토처럼 새빨간 얼굴로 땀을 뻘뻘 흘리며 걸어가고 있었다.

온몸이 빵처럼 구워진 이태리 미녀가 '나흘째 걷고 있다. 왕복 걸어서 완주할 예정이다. 이제 반쯤 왔다' 손가락을 꼽아 보이며 활짝 웃었다. 이방인들끼리 수다 떠는 동안 원주민들은 눈길도 주지 않는다.

빵빵~ 마타리가 클락숀을 울렸다. 출발 신호다. 얼른 차에 탔다. 우리 차가 달려가는 뒤에서 이태리 사람들이 안 보일 때까지 손을 흔들며 배웅해 주었다. 아세크렘에서 하루 머물고 돌아오는 길에 또 만나겠지. 끝까지 완주하기를.

"다 왔다!" 모하멧이 얼굴 가렸던 세쉬를 풀었다.

응? 아직 황무지잖아. 의사소통이 잘못 됐나? 다시 사진을 보여주었다.

"'아세크렘 멀다. 식사시간.' 그러네요." Mr. 서가 대답했다.

11:40. 점심때이긴 하다. 모하멧이 가스통과 조리도구들을 낑낑거리며 내렸다. Mr. 서가 모하멧을 도와 주방기구들을 함께 내리면서 알아낸 정보는 이랬다.

"이 사막에서 나무는 딱 이 한 그루뿐이래요. 그늘이 여기뿐이라는 거죠."

한 끼 먹을 자리를 찾아서 아침부터 다섯 시간을 달려왔다. 가시투성이 볼품없는 나무 한 그루를 목표로. 말라빠진 잎사귀가 만든 시원찮은 그늘 밑은 콩을 엎지른 것처럼 발 디딜 틈 없이 온통 낙타똥 천지다. 모하멧이 구멍 난 담요를 활짝 펼쳐 깔았다. 깔개도 되고, 식탁보도 되고, 덮고도 자는 만능 담요다. 딱딱하고 동그란 알사탕 같은 동물 똥 위에 앉아서 점심을 먹었다.

사막 식사라고 간소한 것도 아니었다. 채소와 고기와 좁쌀을 섞어 푹 삶은 꾸스꾸스에 샐러드. 샐러드라야 시든 양상치와 쬐 그맣고 못생긴 토마토가 전부지만 그나마 손님용인 듯 그들은 손도 대지 않는다. 아세크렘으로 곧장 안 가고 나무 그늘 찾아 온 까닭을 Mr. 서가 말해주었다.

"먹지도 않고 쉬지도 않고 계속 달리면 목적지에 닿기도 전에 기진한다, 그러네요."

"사막 사람들은 이 나무를 다 아나요?"

민트 차를 끓이고 있는 모하멧에게 다가가 물었다. 그는 고개만 끄덕하고는 주전자에 찻잎을 한 꼬집 더 넣는다. 한 줌 그늘 아래 마른 빵 한 조각에 민트차를 마시며 잠깐 쉬어가는 사막 한가운데 휴게소.

나는 손으로 그린 사막지도에 나무를 그려넣었다. 내 사막지도 중심에 메마른 가시 아카시아가 랜드마크로 우뚝 섰다. 사막 사람들 머릿속 지도에도 생명나무로, 유일한 휴식처로 우뚝 서 있을 살아있는 랜드마크. 물기라곤 없는 사막에서 살아있는 나무 자체가 신비였다. 모하멧은 '신의 자비'라고 했다.

아세크렘 가는 길은 나사처럼 꼬불꼬불 돌아가는 이상한 방식이었다. 간혹 조그만 돌무더기가 나타나곤 하는데 트레킹하는 사람들이 길 표시로 돌 몇 개씩 쌓아둔 거라고 한다.

아세크렘 가는길

길에서의 예배

아세크렘, 세상의 끝. 아하가르 산맥의 기괴한 봉우리들뿐인 그곳은 이름 그대로 세상의 끝이었다. 홀로 걸었다. 우주를 떠돌다 이름 모를 혹성에 떨어지면 이런 기분일까. 아무도 없고, 아무 소리도 없고, 아무 것도 없다. 문득 위잉~ 금속성 소리가 고막을 찌른다. 세상 밖에서 들려오는 굉음. 내가 지구 자전하는 소리를 듣는구나!

어서오십시오.
한글을 읽으시는 분에게 예수의 샤르르 드 후꼬 형제를 소개합니다.

예배소 방명록을 열고 감동으로 소름이 돋았다. 마치 내가 올 줄 알고 있었다는 듯 한글로 반갑게 인사를 건넨다. 한국인 1호로 찾아오신 신부님의 긴 글이었다. 후꼬 신부님의 믿음의 여정과 일대기, 많은 저작들을 상세히 소개해 놓았다. 지구에서 가장 외진 호가르 고원의 작은 암자 성당에서 한글로 된 한국인의 자취를 만날 줄이야. <어서오십시오>로 시작한 글은 <예수의 샤르르 형제 71주기날 아세크렘 피정 중에 예수의 작은 형제 주흡 소개함 (한국인) 1987년 12월 1일> 그렇게 끝맺었다. 긴 글이지만 노트에 옮겨 적었다.

신부님 성함 아래 우리 이름도 올렸다. 한국인 2호, 한국인 3호가 됐다. 서명을 마친 Mr. 서가 문득 그런다.

"개신교도로서는 작가님이 1호예요."

정말 그러네. 또 한 번 감동. 동굴 성당에서는 후꼬 신부님의 친동생 신부님이 매일 아침 7시에 미사를 봉헌한다.

'일찍 일어나서 새벽 미사도 드리고 아세크렘 해돋이도 봐야지'

방갈로 흙바닥에 누웠다. 아세크렘의 해돋이가 장관이라고 한다. 뜨는 해가 바위에 부딪치는 순간, 태양광이 폭발하는 광경은 화산 폭발이 일어나듯 하다고. 그 장엄한 광경을 놓칠 수는 없다. 자야지, 자야지, 눈감고 주문을 외웠다. 주문이 늘어날수록 정신이 더 맑아진다. 언제 이 시간에 잠을 자 봤어야지. 9시 정전. 예고한 대로 알전구가 몇 번 껌뻑거리더니 불이 나갔다. 눈 뜨나 감으나 어둠. 그 짙은 어둠의 결을 더듬으며 검은색의 이름을 열거해본다. 블랙, 에보니, 제트 블랙, 잉크… 순서가 어떻게 되더라.

빛의 천사가 나타났다. 모하멧이 반 토막으로 자른 플라스틱 물병에 흙을 채우고 양초를 꽂아 방 가운데 놓아주었다. "나. 마타리. 옆 방. 운전사들 방.(에 있다)"고 알려준다. 사막사람들은 저녁 8시부터 아침 7시까지 잔다. 세상 어디에 던져놓아도 살아갈 사람들이다.

세상의 끝 '아세크렘'

후꼬 신부님 예배소

두런두런 말소리에 번쩍 눈이 떠졌다. 박차듯 문을 열었다. 왁자한 웃음소리에 깜짝 놀랐다. 늦잠을 잔 나 때문에 웃는 줄 알았는데 아니었다. 신부님과 여행객 서넛이 모닝커피를 마시며 한담閑談 중이었다. 아래 마당에서는 운전기사들이 차를 손보고 있었다. 신부님이 나를 바라보며 '이리로 오세요' 손짓했다. 싸무룩한 아침 공기에 몸이 떨렸다.

"굿모닝."

청색 세쉬를 담요처럼 두른 캐나다 남자가 커피를 건넸다.

커피는 쓰고 맛이 없었다.

"해돋이도 미사도 다 놓쳤네. 망했다." 혼잣말로 중얼거렸다.

"What?" 뭐라구요?

"This coffee hit the spot!" 커피맛 끝내주네요!

왔던 길로 되돌아 간다구요? 언쟁이 벌어졌다. 나는 '모래사막 가자' 우기고, 마타리는 '그 길 너무 위험해. 안 돼.' 우기고. 따망라세로 돌아가면 Mr. 서는 알제로 복귀해야 한다. 사하라에 와서 모래 한 줌 못 보고 가게 할 수는 없었다. 말씨름 끝에 내가 이겼다. 당연하지. 나는 큰손님이니까. 일당 외에도 매일 팁 주고, 수수료 챙기라고 환전도 안 한다. 그렇게 아침마다 현금 프랑으로 두 사람에게 따로따로 일당을 준다. 사하라에서는 사하라 법을 따라야 한다.

대학 졸업 후 방송국에서 일했다. 돈 많이 드는 미술 공부 뒷바라지 한 엄마에게 용돈 달라고 손 내밀 염치는 없었다. 원고료 바우처voucher를 현금으로 바꾸면 지폐 사이로 빠져나간 동전 몇 개가 봉투 밑바닥에서 딸랑거린다. 그 월급?봉투를 동전 채로 엄마에게 드렸다. 은행에 넣으면 편하겠지만 그냥 봉투째 드렸다. 우리 곁을 일찍 떠난 아버지를 대신하여 엄마에게 월급 봉투 받는 기쁨을 느끼게 해드리고 싶었다. 그것이 내게는 일할 동력이기도 했다.

다감한 아버지는 일요일이면 누구도 부엌엔 얼씬 못하게 하고 탕수육 오징어튀김 등을 해주었다. '오붓한 우리 네 식구'가 아버지의 단골 멘트였다. 그 오붓한 네 식구가 세 식구가 됐고 집안에 유일한 남자로 힘든 일 도맡아 하던 동생이 유학 중이어서 더욱 그런 마음이 들었었나 보다.

문제는, 검소와 저축이 몸에 밴 엄마 손에 들어간 돈은 다시 나오지 않는다는 거다. 작품 취재여행이라는, 결과도 미지수인 막대한 여행경비를 엄마에게 타내기란 아기 손에 든 사탕 빼앗기보다 어려운 일이었다. 하지만 나는 지금 파리에서 카드로 왕창 빼 온 현금을 팍팍 쓰고 있다. 물론 엄마가 알 리 없지. 나도 계산 안 되기는 마찬가지고. 작품에 투자하는 돈은 아깝다는 생각이 들지 않는다. 만약 여행경비가 없었다면 집도 팔아치웠을 대책 없는 딸이 엄마 덕분에 사람답게 살고 있구나! 뒤늦게 깨달았다. "엄마. 고마워요. 아주 많이 사랑해요." 한 번도 해보지 않은 말을 머나먼 이국땅에서 가만히 속삭였다.

까뜨까뜨가 비틀비틀 황무지를 달린다. 타이어에 튕겨 나간 돌멩이 다글다글 소리가 배경음처럼 깔린다. 돌사막으로 들어섰다. 돌밭 사이사이 숨은 듯 나 있는 타이어 자국이 '길'이다. 먼저 간 바퀴 자국을 따라간다. 사하라에만 가면 모래사막을 구경할 줄 알았다. 사하라가 다 모래사막인 줄 알았다. 암벽지대를 지나간다. 투박한 바위산들이 우뚝우뚝 나타난다. 산이라기보다 큰 돌덩이들을 툭 툭 던져놓은 형상이다. 이따금 거대한 조각처럼 어떤 형상을 연상시키는 바위들이 나타나기도 한다. 글자인지 그림인지 그려진 바위들이 눈에 들어왔다.

"모하멧, 저건 뭐지요?"

모하멧에게 말했는데 눈치 빠른 마타리가 차를 세웠다.

암각화! 미술책에서 본 유명한 동굴벽화 수준은 아니지만 바위에 동물 그림, 무슨 암호, 아랍 글자들을 새겨놓았다. 사막의 이정표일까? 몇천 년 전 화가의 그림일까? 나의 고고학 취미가 그냥 넘어갈 리 없었다. 그림 바위가 나타날 때마다 차를 세웠다.

　문자도 그림도 심플하여 오히려 모던한 느낌이었다. 암각화들을 카메라에 담고 그 배경으로 나도 스틸 사진 몇 장 담고 차로 돌아왔다. 원주민 두 사람은 기도하고 있었다. 그들은 손님이 원하는 것은 다 들어준다. 자신들 생활 루틴routine도 그대로 지킨다. 양해를 구하거나 묻거나 하지 않는다. 하루 다섯 차례 예배도 철저히 지킨다. 그곳이 어디든 메카를 향해 절하고 기도한다. 그 믿음과 부지런함은 감탄스러웠다.

　모래가 나타나려면 아직 멀었나? 밖을 내다보다가 움찔했다. 거대한 동물의 백골. 등뼈 주변에 크고 작은 뼈들이 흩어져 있었다. 생명이라곤 없어 보이는 메마른 사막에서 발견한 생명의 흔적이다. 저 검은 것은? 검은 뱀의 사체인가? '터진 타이어'라는 말에 맥이 풀렸다. 말라비틀어진 타이어의 잔해는 꼭 뱀 같다. 버리고 간 차도 종종 있었다. '부품은 다 빼가고 껍데기만 남은 차'라고 한다. 모하멧이 내게 조용하라는 신호를 준다. 문제의 길, 칼사막에 들어섰다.

사막 원주민 뚜아렉 마타리도 겁을 낼만 했다. 중식도中食刀처럼 넓고 얇고 날카로운 돌들이 켜켜이 쌓여 있는, 말 그대로 칼사막. 돌칼들이 납작하게 누워있는 것도 아니다. 저마다 조금씩 다른 크기로 각도를 벌리고 있다. 마치 악어가 입을 벌리고 있는 형상이다. 차가 기어가듯 움직인다. 발밑에서 우지끈 돌조각 부서지는 소리가 난다. 칼날을 눌러 밟으며 가고 있는 거다. 자칫 각도를 잘못 잡거나 모나게 앉은 돌에 찍히면 그 순간 타이어는 펑!

조용히 차가 섰다. '터졌나?' 모하멧을 쳐다보자

"저 앞에 타이어 터진 차가 있대요." Mr. 서가 대답했다.

모하멧이 현장에 다녀왔다. 앞차는 타이어도 터지고 고장도 났다고 한다. 마타리가 한창 작업 중이다.

"마타리는 정비 기술도 있나 봐요?"

내 물음에 모하멧이 고개를 끄덕였다.

"우리 아라빅, 뚜아렉 싫어한다."

모하멧이 묻지도 않은 말을 했다.

"왜?" 부족 간 갈등이 있구나, 짐작하며 물었다.

모래빵 굽기   일용할 양식 모래빵

염소물통

생명의 발자국

바람의 발자국

생명의 잔해

"이 칼 사막에 올 때마다 타이어가 터졌대요. 진짜 무서운 건, 타이어 터지길 기다렸다가 습격하는 도둑떼, 그들이 뚜아렉이랍니다 살인, 약탈을 일삼는 사납고 잔인한 부족이래요. 괜히 모래사막에 가자고 했나 봐요."

통역하던 Mr. 서도 모하멧도 뚝, 입을 다물었다. 마타리가 돌아와 운전석에 앉았다. 상황설명은 없었다. 차가 움직이기 시작했다. 살얼음을 딛듯 살금살금.

"와! 진짜 사막이네요. 모래가 정말 고와요. 신기하고 아름다워요!"

조용한 Mr. 서가 감탄을 연발했다.

"거 봐요. 오길 잘했지."

드디어 고대하던 모래사막에 왔다!

모하멧은 규모도 작고 색깔도 곱지 않다고 시답잖아 했지만 촌뜨기 두 이방인은 벌린 입을 다물지 못했다. 음영 뚜렷한 모래 둔덕들은 거대한 추상화였다. 이 정도가 작다니, 곱지 않다니. 신발을 벗어던지고 맨발로 뛰어다녔다. 가위로 오린 듯 날카로운 사구 경사면을 걸었다. 발자국이 나를 따라온다. 사각사각한 물 위를 걷는 느낌. Mr. 서가 틈틈이 내 모습을 찍어주었다.

빵-빵- 사구 아래에서 경적소리가 올라왔다.

'벌써 가자고? 어렵게 왔는데… .'

모래를 두고 가기 아깝지만 어쩔 수 없었다. 해 지기 전에 사막을 벗어나야 마을에 도착한단다.

사구는 내려오기도 만만치 않았다. 두 팔을 날개처럼 벌리고 나는 듯, 뛰는 듯, 미끄러지고 구르면서 어렵게 내려왔다. 모하멧은 펄쩍펄쩍 쉽게도 내려간다. 모래투성이 옷을 털 틈도 없이 차가 달리기 시작했다.

호텔에 화장실 딸린 방은 딱 하나 남아있었다. 방안은 화장실 냄새가 가스처럼 차 있었다. 냄새고 뭐고 하루 종일 소변을 참아서 이젠 감각도 없다. 화장실은 물이 나오지 않는다. 양동이로 부으면 바닥으로 기어 올라온다. 최악이다. 옷에서 모래가 한 사발은 쏟아졌다. 바닥이 온통 모래 천지다.

사막의 밤은 춥다. 샤워기에서 차디찬 오아시스가 장대비처럼 쏟아졌다.

호랑이를 잡으려면

따하트 호텔은 정원 부자다. 정문의 큰 정원을 통과하면 두 번째 정원이 나오고, 이어지는 세 번째 정원을 지나야 객실에 도착한다. 바닥에 들끓는 개미들을 피해 가며 객실 정원을 통과하여 네 번째 정원으로 나갔다. 주차장과 웨이터들의 숙소가 있는 뒷마당은 이곳에서 가장 고즈넉한 장소이다. 큰 나무 아래 벤치에서 오랜만에 혼자서 할 일들을 적어보았다.

1. 민박집 구하기; 조건-정통 뚜아렉 부족일 것.
   사람됨을 잘 살필 것. 식구는 많을수록 좋다.
2. 사막체험; 현지인들이 인정하는 곳.
   모래사막 위주로 선택한다.

더 이상은 생각도 안 나고 쓸 것도 없었다. 민박집은 오나트 지사장에게 추천해 달라고 부탁해야지. 그는 내가 여기 온 이유를 이해하고 영어도 되는 유일한 공무원이다. 민박집을 잘 정하는 게 관건이었다. 그 가족의 소소한 일상이 소설의 일상이 될 것이다. 노트를 덮었다.

음악소리가 들려온다. 이 마을 어디서나 들려오는 아랍가요가 주변 공기를 흔들어댄다. 사막 사람들은 주스만 마셔도 리듬에 맞춰 몸을 흔든다. 삭막한 환경이지만 사람들은 낙천적이다. 일거리 없는 남자들은 거리 그늘막에서 우리 돈 50원쯤 하는 수상쩍은 음료수 한 컵 시켜놓고 하루 종일 토킹토킹talking talking. 그늘막 나무 기둥에 고무줄로 동여매어 놓은 낡은 트랜지스터에서는 끊임없이 아랍가요가 흘러나온다.

개미, 파리 들끓는 정원들을 재빠르게 통과한다. 정원과 정원 사이 네모난 흙벽돌 건물들이 사무실이고 레스토랑이고 객실이다. 호텔 영업보다 정원 가꾸기에 더 힘을 쏟는 것 같다.

종업원들은 투숙객의 무거운 여행가방도 들어주지 않는다. '짐가방은 당신 것이고 방까지 안내하는 것은 나의 일이다.' 그런 태도로 빈손을 흔들며 당당히 앞장서 걸어간다. 오랜 공산주의로 서비스 개념 자체가 없다. 화장실이 역류하고, 더운물도 안 나오고, 이 빠진 접시를 내놓아도 알제리가 한창 잘 나갈 때 지은 특급 호텔이라고 자랑한다. Mr 서와 함께 오나트 사무실로 갔다.

사무실에 들어서자 소파에서 졸고 있던 마타리가 번쩍 눈을 떴다. 오늘은 일이 없나 보다. 모하멧이 아는 체를 한다. Mr 서가 지점장에게 민박을 부탁하는데 불쑥 마타리가 끼어들었다.

"내 어머니 집, 방 많다. 여동생 셋, 남동생 하나, 조카들, 어머니. 나는 어머니집 옆집 산다."

Mr 서가 대략 내용을 알려주고 눈으로 내 의견을 물었다. 아는 사람이고, 가족 구성원도 괜찮고, 진짜 뚜아렉이고, 반대할 이유가 없었다.

"식사와 잠자리 제공. 얼마 낼 거냐?" 마타리가 물었다.

나는 호텔 비용을 제시했고 계약은 즉각 성사됐다. 모하멧이 어이없다는 표정으로 나를 쳐다보았지만 끼어들지는 않았다. 호텔 비용이 과하다는 건 나도 안다. 하지만 마타리는 국영 오나트 소속으로 신분 확실하고, 자기 자동차도 있고, 가족 구성원도 작품에 적합하다고 판단했다. 지불할 충분한 가치가 있었다.

금요일. 알제리의 휴일이다. 하루 더 호텔에서 묵고 다음 날 Mr 서와 함께 경찰서에 민박 신고하고 그 길로 공항으로 갔다. 일정이 너무 늦어졌다고 한 걱정하는 Mr. 서를 배웅하고 곧바로 마타리 집으로 옮겼다.

허술한 철문으로 막 들어섰을 때였다. 사람들이 우르르 몰려 나왔다. 순식간에 아이들과 여자들에게 둘러싸였다. 반짝반짝 눈을 빛내며 나를 쳐다보다가 나와 눈이 마주치면 킥킥거리며 앞 사람 뒤에 숨는다. 마타리가 구경나온 아이들을 손으로 쫓고

까뜨까뜨 (모하멧과 함께. 마타리는 차 안에)

바위산에서 찰칵~

어느 방 자물통을 열어주곤 휙 사라졌다.

이게 방이야? 그냥 흙바닥 창고다. 일단 들어가 짐을 내려놓고 알전구를 켰다. 나는 소리를 지르며 튀어 나갔다. 비명 소리에 놀라 달려온 여자들에게 흙바닥을 가리켰다. 손가락만한 통통한 붉은 벌레가 꿈틀거리고 있었다. 여자들 속에서 덩치 큰 중년 여자가 쓱 나서더니 벌레를 집어서 밖으로 휙 내던졌다. 맨손으로!

나는 방에 들어가지 않겠다고 두 손을 쫙 펴서 강하게 어필했다. 벌레 던진 여자가 턱짓으로 따라오라며 앞장섰다. 페인트 칠한 방문 앞에 이르렀다. 벌컥 문을 열었다. 순간, 터져 나오는 푸른빛! 벽도 천정도 온통 이곳의 하늘빛 '사하라 블루'다. 색깔도 놀라운데 방에 커다란 벽화까지 있다. 압도당했다. "비앙!"Bien 좋아요! 조그맣게 중얼거렸다. 벌레 던진 여자가 무뚝뚝하게 고개를 끄덕하고는 사라졌다.

꽤 큰 방이었다. 여자들이 사방 벽에 바짝 붙여 깐 두툼한 스폰지 요 하나씩을 차지하고 앉아있었다. 젊다기 보다도 앳된 얼굴들이었다. 언뜻 이 집 '처녀들의 방인가 보다' 생각했다. 미혼의 이모 고모 조카들의 합숙소 같은 곳. 나는 방 가운데 흙바닥에 엉거주춤 서서 방구경을 하는 체 두리번거렸다. 그때 한 여자가 빈 스폰지 요 하나를 툭, 툭, 두드리며 오라고 손짓했다.

'거기가 내 자리라는 거지?' 나는 빨간 나일론을 씌운 스폰지 위에 앉았다. 요 한 장에 울컥했다. 내 자리, 내 방을 얻은 안정감. 비로소 숨이 쉬어졌다.

아가씨들은 계속 나를 관찰하며 속닥거리고, 나는 벽화를 감상하며 어색한 침묵을 견뎠다. 벽화 배경인 기묘한 지형이 낯설지 않았다. "아세크렘!" 내 혼잣말에 나를 부른 여자가 "아세크렘!" 맞다고 손뼉을 쳤다. 그중 연장자로 보이는 이 여자가 이 방의 방장쯤 되는 모양이었다. 돌산을 배경으로 사하라 남자가 푸른 옷자락을 휘날리며 바람처럼 서 있었다. 방장이 벽화 속 남자를 가리키며 "알아브. 알아브." 했다.

무슨 말이지? 방장은 답답한지 자기 자신과 다른 아가씨 둘을 가리켰다. 도무지 알 수 없었다. 방장은 또 "마타리"라고도 했다. 마타리? 마타리와 세 여자? 설마 세 여자가 다 마타리의 아내들이란 뜻인가? 그것도 한 방에? 하지만 저 둘은 열대여섯 정도로 어려 보인다. 혼란스러웠다. 문득, 여동생이 셋이란 말이 생각났다. 그렇다면 세 여자와 마타리의 아버지? 나는 "파파?" 물었다. "아이와!"yes! 방장이 박수를 치며 크게 웃었다.

염소 울음소리에 깼다. 방안에는 아무도 없었다. 급히 세면도구를 챙겨 마당으로 나갔다. 푸른 방 룸메이트들이 기다렸던 듯

서 있고, 방장의 막내 동생 소녀가 물컵을 내밀었다. 친절도 해라. "슈크란!"고마워요. 인사하고 양치를 했다. 모자라는 물로 칫솔까지 헹구고 버렸다. "라!"no! 여자들이 한 목소리로 소리 지르고 혀를 찼다. 소녀가 다시 물 한 컵을 가져와 시범을 보여준다. 양치물이 아니라 세숫물이었다. 사하라에서는 사하라 법을 따르라. 물 한 컵으로 고양이 세수를 하고 방으로 갔다. 응? 그새 문이 잠겼네. 방장이 열쇠 꾸러미를 덜그럭거리며 문을 열었다. 여자들이 우르르 따라 들어왔다.

스킨 적신 솜으로 다시 세수하는 내 행동을 눈 동그랗게 뜨고 지켜들 본다. 내 손의 움직임, 파우치에서 나오는 화장품 하나 놓칠 새라 초집중이다. 이렇게 난감할 데가. 아! 이 상황을 작품에 넣자. 여자들의 행동을 내 쪽에서 관찰하는 것으로 시점을 바꾸자. 나는 천천히 로션을 바르고 선크림을 바르고 일부러 립스틱까지 발랐다. 손거울을 들여다보며 립스틱이 잘 스며들도록 뽁뽁 소리까지 내보여주었다. 여자들이 서로 눈빛을 교환하며 속닥거렸다. 이번엔 내가 당신들을 관람해볼까? 턱 받치고 앉아있는, 물 가져다준 소녀에게 립스틱을 건네며 말했다.

"너 가져. 네 거야."

한 여자가 거울을 가리키며 손을 내밀었다. 그 손에 손거울을 놓아주었다. 립스틱과 손거울이 옆으로 옆으로 이동하고 그때마다 뿍뿍 소리들이 나고, 한동안 즐거운 소동이 일었다. 진달래 핑크빛 입술을 한 여자들이 나를 쳐다보았다. 제멋대로 번진 입술로 평가를 기다리는 눈 예쁜 아가씨들. 수첩에 적어둔 필수 단어가 번쩍 떠올랐다. "자밀라!예뻐요!" 그 한마디로 나는 성공리에 신고식을 마쳤다.

뚜아렉의 집은 미로다. 밖에서는 대문과 흙담뿐이지만 안에는 독립적인 집들이 여러 채 들어있다. 대가족 안에 핵가족이 존재하는 혼합 주거 형태는 생각해 볼 만 했다. 어디나 흙바닥이지만 습기가 없어 맨땅에 앉아도 흙이 몸에 붙지 않는다. 흙바닥에서 자고, 흙 위에서 먹고, 흙에 앉아 일하는 사하라 사람들은 흙을 더러운 이물질로 여기지 않는다. 그래도 어른이나 손님에게는 깔개를 내어놓을 줄도 안다.

이 집의 중심은 어머니의 거실이다. 며느리와 딸들이 모여서 수다도 떨고, TV도 보고, 옷도 만든다. 천정 가까이 높은 벽에 국부國父로 추앙받는 초대 대통령 사진을 걸어놓았다. 대통령 사진 아래 위엄있게 놓여있는 찬장 속에는 어머니의 한평생을 집약한 물건들이 가득했다. 손님용 찻잔들, 아껴 모셔둔 새 접시들, 한껏 폼잡은 이 집 남자들의 특별한 기념사진들 그리고 대가족 흑백사진 한 장. 그렇지만 거실에서 단연 눈에 띠는 것은 만발한 붉은 꽃이다. 한 아름이나 되는 빳빳한 플라스틱 꽃송이들이 불멸의 진홍빛으로 방안을 압도한다. 그 옆으로 세월이 느껴지는 재봉틀이 무겁게 자리를 잡고 있었다.

소설 속 '푸른방의 여인들' (아기 안은 여인이 바르카)

식사 준비 (초록색 히잡 소녀가 리까)

삼각팬티 꼭 갖고야 말겠어!

담장 안에서 하루가 흘러가는 방식은 지난 수 세기 동안 태양이 사막 위로 떠오르고 가라앉고를 반복하는 것처럼 한결같았다. 집안에서의 일상은 그날이 그날. 모하멧을 가이드로 고용하여 동네 탐방에 나섰다. 가이드 고용도 경찰에 신고하고 허락받아야 하는 일이었다. 경찰서를 나오면서 모하멧에게 조건을 제시했다.

"시간 약속, 지킬 수 있어요? 매일 아침 9시. 문 앞에서 기다려줄래요?"

말로 하는 고용계약이었다. 이곳에서는 약속에 한두 시간 늦는 것은 예사다. 어깨 으쓱하며 '인샬라' 하면 그걸로 끝, 여러 번 당했다. 모하멧은 약속을 잘 지켜주었다. 매일 아침 담 밑에 쪼그리고 앉아서 내가 나오기를 기다려준다. 드물게 보는 성실한 청년이다.

그날도 동네 한 바퀴 돌고 들어오는 길이었다. 나가면서 처녀들 방 앞마당 빨랫줄에 널어둔 팬티가 보이지 않는다. 티셔츠와 양말은 그대로 있는데 어디 떨어졌나? 이리저리 살펴보는데 리까가 내 손을 이끌었다. 양치물 떠다주는 소녀 이름이 '리까'였다. 나는 어머니 거실 입구에서 우뚝 섰다. 여자들이 내 팬티를 들고 이리저리 살피고 있지 않은가. 이게 무슨 짓인가. 불쾌를 넘어 어이가 없었다. 리까가 내 손을 잡고 재봉틀 앞으로 데리고 갔다. 여자들은 옷을 만들고 있었다. 아! 나도 모르게 신음소리가 나왔다. 내 팬티를 옷본 삼아 삼각팬티를 만들고 있던 거였다. 이곳 여자들은 할머니 고쟁이 같은 팬티를 직접 만들어 입는다.

처녀들은 삼각형으로 재단한 팬티에 레이스를 달아보려고 애쓰는 중이었다. 될 일이 아니지. 바탕천으로 레이스를 만들려니 두껍고 뻣뻣해서 느낌이 날 리 없잖아. 버석거리는 겉옷 천으로 만든 손바닥만 한 팬티는 신축성이 없어 입을 수도 없게 생겼다. 후회했다. 다른 잡다한 선물들 말고 예쁜 팬티나 넉넉히 가져올 걸. 아무튼 당장의 문제는 '레이스'다. 처녀들이 반한 포인트는 팬티에 달린 구름 같은 하얀 레이스일 테니까. 어쩌지? 궁하면 통한다고 반짝 해법이 떠올랐다. 리까를 데리고 푸른 방으로 갔다.

처녀들은 내 손에 들린 하얀 레이스 뭉치에서 눈을 떼지 못한다. 목감기에 대비하여 레이스 스카프를 넣어왔다. 스카프를 좁고 길게 잘랐다. 몸판도 넉넉하게 다시 재단했다. 삼각 팬티스럽게 밑단을 대각선으로 자르고 레이스를 달게 했다. 오, 제법 분위기 나는데. 마침내 레이스 달린 삼각팬티를 갖게 된 처녀들이 특유의 호루라기 같은 환호성을 질러댔다.

그날 저녁은 특식이었다. 양고기를 넉넉히 넣은 손님용 꾸스꾸스. 여자들과 아이들이 대야 같은 넓은 그릇에 빙 둘러앉아 떠먹으며 자꾸 권한다. 아예 내 손에 숟가락을 쥐어 준다. 평소엔 식사에 참여한다는 의미로 바게트만 한 조각 먹고 모하멧과 외식을 했다. 하지만 오늘은 나를 위한 성찬. 예의상 몇 술 떴다.

진땀 나고 열나고 내장이 꼬이는 것처럼 아프다. 식중독인지 장염인지 크게 탈이 났다. 먹은 것도 없이 계속 설사를 한다. 지사제는 있지만 먹지 않았다. 나쁜 물질은 배출시켜버리는 게 나을 것 같았다. 내리 사흘을 위아래로 쏟고는 그만 탈진해버렸다.

"모하멧! 모하멧!" 리까가 내 어깨를 흔들며 말했다. 모하멧이 왔다고? 이대로 탈수가 계속되면 죽을 거 같다는 생각이 들던 참이었다. 여자들 틈에서 모하멧이 얼굴을 디밀었다. 외간 남자는 들이지 않는데 여자들이 보기에도 상태가 심상치 않은지 들어오라고 한 모양이었다.

"에비앙수입생수, 솔트, 슈가."

다른 말은 할 기운도 없었다. 모하멧이 고개를 끄덕였다. 집의 물은 마시는 족족 설사로 쏟았다. 모하멧이 호텔 레스토랑에서 생수와 일회용 수입품 소금과 수입품 커피 설탕을 가져왔다.

나는 에비앙에 소금과 설탕을 넣어 수액을 만들었다. 눈대중으로 만든 수액을 수시로 마시면서 차츰 기운을 차렸다.

이 일로 엉뚱한 소문이 퍼졌다. '의사가 왔다.' 내가 가는 곳마다 사람들이 손을 내밀었다. "목이 아파요." "배가 아파요." "이가 아파요." "저는 의사가 아닙니다." 아무리 말해도 소용없었다. 약을 달라고 내미는 손을 외면할 수 없었다. 목이 아프다며 기침을 해 보이는 사람에겐 감기약을, 이 아픈 사람에겐 진통제를, 설사하는 사람에겐 지사제를 주었다. 앗, 어쩌지. 진짜 환자를 만났네. 허리 아프고 종아리로 뻗치는 통증을 호소하는 부인은 나 같은 생짜 돌팔이가 보기에도 허리 디스크가 분명했다. 십여 년째 고통당하고 있다는 부인에게 파스와 진통제 몇 알을 주었다. 마음이 무거웠다.

하루는 모하멧이 자꾸만 어디를 가자고 한다. 멀지 않다고 하여 택시도 안 타고 땡볕에 두 시간을 걸어 외곽 마을에 도착했다. 은세공하는 천막 안으로 들어갔다. 눈 새빨간 남자가 내 앞에 섰다.

"눈이 따갑고 가렵고 아파요. 이 년도 넘었어요."

세공기술자가 호소했다. 나에게 보이면 약을 줄 거라고 모하멧이 약속한 모양이었다. 안연고! 그러나 내 약통에 안연고는 없다. 위생이 나쁜 곳이니 안연고 한두 개쯤 챙겨왔어야 했는데. 바보. 바보. 바보. 나는 기어들어 가는 목소리로 사과했다. "안약이 없는데요… 미안해요. 미안해요. 정말 미안합니다."

세공사의 어깨가 축 늘어졌다. 모하멧도 굳이 통역하지 않았다. 나는 세공사의 새빨간 눈에 가슴을 에이며 다시 두 시간을 걸어서 돌아왔다. 그 실망한 검은 얼굴, 새빨간 눈… 평생 빚으로 남을 것 같다.

따망라세는 작은 오아시스 마을이지만 사하라 여행의 근거지여서 있을 것은 다 있다. 모스크를 중심으로 우체국, 영사관, 오일 스테이션, 호텔, 극장, 목욕탕, 슈퍼마켓, 심지어 미용실까지. 이곳 여자들은 맨머리 드러내는 것을 수치로 여긴다. 그런데 미용실이라니… 들어가 보았다. 머리끝만 조금 다듬었다. 서비스로 손톱에 매니큐어를 칠해준다. 의문이 풀렸다. 마타리 집 여자들은 예외 없이 손톱에 매니큐어를 하고 있었다. 외출도 못 하고 모양낼 일도 없지만, 매니큐어로 그나마 마음을 달래는 듯했다. 이곳은 옛날 법도대로 여자들은 집안에만 있고 기껏해야 골목까지만 나갈 수 있다. 당연히 장도 남자가 봐온다. 여자들이 멋낼 수 있는 유일한 겉옷 히잡 천도 남자 눈으로 골라온다. 완전 싫겠다.

벌레를 집어 던진 여자는 마타리의 아내였다. 그 바르카가 내 슬리퍼에 눈독을 들이고 있었나 보다. 내가 외출에서 일찍 돌아온 날, 퉁명스럽게 슬리퍼를 벗어놓는 걸 보았다. 그것도 며칠, 아예 자기 것처럼 신고 다니기 시작했다. 차마 달라고 못 했다. 유독 밑창이 두껍고 단단한 저 슬리퍼는 대못 같은 아카시아 가시도 뚫지 못하는 내 여행 필수템이었다. 사막에서는 슬리퍼 없이는 하루도 견디기 어렵다.

집이 세상인 여인들

하나뿐인 오락실에서 테이블 축구를 즐기는 청년들

슈퍼마켓에는 질 낮은 중국제만 있었다. 괜찮아 보이는 유명 브랜드를 겨우 찾아냈다. 고급 브랜드 운동화와 맞먹는 가격에 모하멧이 자기 한 달치 돌라 \$라며 혀를 찼다. 그 슬리퍼를 신고 사막에 나갔다가 아카시아 가시가 뚫고 들어와 기어이 피를 보고야 말았다.

하루는 바르카가 억지웃음을 띠고 다가와 내게 말했다.
"돌라, 마타리 라no. 돌라, 니끼 니끼."

방값 돌라 $를 남편에게 주지 말고 자기에게 달라고? 나야 상관없지. 마타리에게 그래도 되나 물었다. 대답은 "라!no". 욕심 많고 뻔뻔한 바르카는 작품에서 디테일이 살아있는 생생한 캐릭터로 묘사될 인물이었다. 나는 방값에 얹어 양고기 값을 따로 쥐여주곤 했다. 돈 받을 때만 누런 이를 드러내고 웃는 바르카. '그런 반응 좋아요.' 나는 속으로 OK!를 외쳤다.

민박 생활은 호된 방값 말고도 매일 적지 않은 돈이 들어갔다. 비누와 화장지를 사다 놓으면 그날로 싹 사라진다. 안 쓰던 사람들이 편리함을 알아버린 것이다. 가방 속에 넣어두고 나 혼자 쓸 수도 없고. 생필품은 예외 없이 수입품이어서 비누 한 장도 꽤 비싸다.

건물만 횅하니 큰 슈퍼마켓에는 곳곳에 감시인이 서 있다. 그 앞에서 계산한 물건과 영수증을 일일이 대조해 보이고서야 나갈 수가 있다. 영수증에 없는 물건은 훔친 것으로 간주하여 경찰서행이다. 생필품이 달러 등락에 따라 오르락내리락한다. 첫날, 멋모르고 비누와 화장지를 박스로 사다 놓았다. 나 있는 동안만이라도 여유 있게 나눠 쓰고 싶었다. 놀래라. 하루 만에 신기루처럼 사라졌다. 그날 이후 나는 매일 마켓에 들러 럭스LUX 비누 한 장, 화장지 한 롤, 과자 몇 봉지, 딱 하루치씩만 살 줄 알게 되었다. 모하멧이 자기 집에 와 있으라고 볼멘소리를 했다.

"아이 텔 미, 노 돌라." 내가 말한다. 돈 안 받아.

"고맙지만 모하멧, 넌 뚜아렉이 아니잖아."

밤의 Sahara

해가 지는 광경은 너무나 빨라 셔터 누를 때마다 쑥 쑥 내려가는 게 눈에 보인다. 마치 밑에서 잡아당기듯 순식간에 모래언덕 너머로 가라앉는다. 한쪽에서는 해가 지고 반대편 사구에서는 달이 올라온다.

무한히 확대한 여인의 누드 같은 모래 둔덕들, 물결치듯 일렁이는 바람 발자국, 잘 닦은 놋대야처럼 덩실 떠 있는 달. 쇳소리 쨍한 달빛의 위세에 눌린 별들은 어디론가 숨어버렸다. 수정처럼 견고한 밤의 한가운데, 광막한 사막을 바라본다. 비움으로 꽉 찬 사막의 고요. 험한 길을 8시간 달려서 니제르 국경 부근까지 왔다. 사막을 1도 모르는 꼬레아내 별명가 '모래사막 아니면 진짜 사막 아니야' 우기는 바람에 사막 전문가 두 사람이 쌩고생을 했다. 원래 그렇다. 무식한 사람이 우기면 이길 재간이 없는 법.

은 뚜아렉 보다 강하다. 훈련탈락자, 동료에게 불신당하는 자는 처형이다. 예외는 없다."

그 터미네이터의 눈에 들어 온, 사막의 법망에 걸려든 가냘픈 나비 한 마리. 흔들린다. 당황스럽다. 자신에게 말랑한 감정이 숨어있으리라곤 상상도 못했다. 누가 거미줄에 걸려 파닥이는 여린 나비를 구하지 않겠는가. 인도적인 의도였다. 그런 줄 알았다. 스스로에게도 그렇게 납득시켰다. 맙소사. 사랑이었다니. 그는 이 낯설고도 강렬한 감정을 감당키 어려웠다.

- 혁명은 즐거움과는 엄격히 분리되고, 사랑은 엄격한 혁명적 의무로부터 분리된다. -

적대관계인 두 사람의 사랑이 녹록할 리 없다. 의혹과 매혹 사이, 혼란의 늪에 빠진 미묘한 감정선, 그럼에도 불길처럼 일어나는 심장의 부름에 거역할 힘은 없었다.

여기까지 쓰고 노트를 접었다. 이제 작가는 뒷선으로 물러난다. 그들 사랑과 이별을 기록할 뿐 개입하지 못 한다. 두 사람은 어떻게 될까…

바람이 분다. 모래 흘러내리는 소리가 먼 곳의 바람소리인 듯 아득하다. 발로 모래를 흘려내려 보내면 밑으로부터 나직이 바람소리가 올라온다. 달은 은빛이고 모래는 금빛이다.

기세등등하던 달빛이 스러져간다. 나는 담요 사이에 노트를 넣어두고 급히 정상을 향해 올라갔다. 사막은 숨을 데라곤 없어 용변 처리에 애를 먹는다. 모래언덕을 넘어가야 하는데 이게 또 보통 일이 아니다. 한 발 올라가면 반 발 미끄러지고, 다시 한 발 올라가면 또 반 발 미끄러지고. 엉금엉금 네 발로 기어서 정상까지 이십 분 걸렸다. 막상 올라오니 뭐가 불쑥 나타날 것 같아 무섭다. 밤에는 하이에나가 돌아다닌다는 말도 들었다. 아무도 없지만 달이 너무 밝아 좀 그렇네. 우산을 가져올걸. 펑 트인 사막에서 차단막으로 유용하다. 이곳 남자들은 여자처럼 쪼그리고 앉아 소변을 본다지. 그거 하나는 평등하네.

지평선이 부옇게 밝아온다. 여명이다. 소변을 보면서 신성한 해돋이라니. 얼른 일어나 능선에 섰다. 모래를 뚫고 솟구쳐 오르는 태양은 늘 보던 그 태양이 아니다. 모래 언덕들은 황금빛으로 빛나고, 진홍빛으로 짙어지더니, 붉은 사막으로 변했다. 태양은 벌써 거센 기운을 뿜어내기 시작한다. 나는 두 팔 벌려 그 엄청난 기를 내 안으로 들였다.

모하멧이 모래빵을 굽고 있었다. "비양브뉘"환영해. '모래빵 좋아' 뜻으로 한 말인데, 알아 들었을래나. 이곳저곳 사막을 다니다가 만나는 뚜아렉 가족에게 모래빵 타구엘라Taguella를 얻어

먹곤 했다. 첨가물 없는 순수한 밀가루에 맛을 들였다. 타구엘라는 달군 모래를 뿌려가며 굽기 때문에 아무리 털어도 아작아작 모래가 씹힌다. '이 맛이지! 모래 섞인 빵을 맛보러 여기 온 거잖아.' 불 위에서는 민트 차가 끓고 있었다. 나는 모래빵에 잼도 안 바르고 샐러드에 기름 흥건한 소스도 '노 땡큐'다. 양고기 소스? 라! 라! 라!no! 모하멧이 '염소'라고 놀린다.

"마드모아젤, 노 카no car? 노 슬립no sleep?"

모하멧의 토막영어는 꽤 유용하다.

"달빛이 아까워서 안 잤어. 따뜻한 모래에 발 묻고 밤새 책 읽었어."

"야르비!"맙소사!

모하멧이 혀를 찼다. 그리곤 자기 말을 따라하란다.

"함둘라!"

"무슨 말인데?"

"얼른 따라해. 함둘라!"

"함둘라!" 나는 영문도 모른 채 따라했다.

"모래구멍 속에 전갈, 독거미, 지네, 방울뱀… 함둘라!신이시여 감사합니다!"

"스콜피온?"

모하멧이 크게 고개를 끄덕였다.

오 마이 갓! 달밤에 전갈에 물려 죽을 뻔 했구나. 나 정말 운 좋은 사람인 거 맞네.

모래빵과 민트차로 간단히 아침을 때우고 출발했다. 낡은 까뜨까뜨가 덜컹거리며 달려가는 곳이라야 뻔하다. 똥밭에 앉아 조밥 한 공기 먹기 위해 한 줌 그늘을 찾아가는 길이다. 한동안 졸았나 보다. 조용히 차가 섰다. 엔진 소리가 없다. 고장 났구나. 사막에서 타이어가 터지고 엔진 과열로 차가 멈추는 정도는 일도 아니다. 이젠 나도 놀라지 않는다.

"차 고장났어요?"

모하멧은 대꾸가 없다. 긴장한 표정으로 창밖만 쳐다보고 있다. 그 시선을 따라가 보았다. 지평선 쪽에서 엄청난 흙먼지가 인다. 꽤 많은 사람들이 말을 타고 달려오고 있다.

"와! '아라비아의 로렌스'다! 말 타고 사막 트레킹하는 사람들인가 봐요. 멋지다!"

나는 신이 나서 카메라를 꺼냈다. 모하멧이 재빨리 카메라를 빼앗아 시트 밑에 감추곤 "스마일! 스마일!" 다급하게 외쳤다.

"스마일? 왜?"

"도둑떼."

"트레킹 아냐?"

"총을 가졌다."

미쳐 상황을 파악하기도 전에 말 탄 사람들이 차를 빙 둘러쌌다. 장총을 가진 도둑떼였다. 두건 틈새로 날카로운 눈동자들이 재빨리 차 안을 훑어본다. 말로만 듣던 사막의 떼강도! 모하멧은 애처롭게 작은 소리로 "스마일. 스마일."

하지만 총 든 강도들에 둘러싸여 스마일이라니.

그 경황에도 마타리는 도둑 한 사람과 계속 대화를 나누고 있었다.

사막에서 사람을 만나면 길을 멈추고 서로 안부를 묻는 게 이들의 관습이다. 그런 식으로 먼 곳의 소식을 듣는다. 나는 알아차렸다.

뚜아렉 족 마타리가 뚜아렉 강도들과 동족으로서 안부를 주고받는 척 하고 있는 거다! 강도들의 심기를 건드리지 않으려고 연기하고 있는 거다! 머릿속이 하얗다는 말이 이런 거였구나. 아무 생각도 나지 않았다.

마타리와 말을 마친 그 남자가 차를 돌아 내 쪽으로 왔다. 우두머리인 듯 모두들 자리를 내어준다. 그동안도 총부리들은 거두지 않고 있었다. 검은 두건 사이로 보이는 날카로운 두 눈, 맹금류의 눈이다. 그 사람이 고개를 숙이고 차 안을 들여다본다. 나를 직시한다.

'사막 강도들은 차를 빼앗는 게 목적입니다. 남자는 죽여서 사막에 버리고, 여자는 납치하지요.' 정 사무관님의 경고가 실현됐다. 땡볕 아래 몸이 얼어붙었다. 선글라스 뒤에 숨어서 시선을 피했다.

우두머리가 모하멧에게 뭐라고 명령했다.

"노no 선글라스."

모하멧이 전달하며 입도 안 움직이고 "스마일!" 했다.

선글라스를 벗었다. 옷을 벗는 기분이었다. 모하멧이 눈치를 봐가며 복화술로 '스마일! 스마일!' 신호를 보낸다. 그의 큰 눈이 호소하고 있다. '스마일! 친밀감! 적대감 NO! 스마일 실브쁠레~ 스마일 실브쁠레~ 스마일 실브쁠레~.

하지만 이방인 여자가 스마일 한다고 우리를 살려보내줄까? 떼강도에 포위된 순간 죽은 목숨 아닌가? 이제 곧 총구가 불을 뿜고 우리는 사막에 버려질 것이다. 하지만 아직은 살아있잖아! 살아있는 한 뭔가 할 수 있잖아! 겁먹은 눈에서 공포를 지워버려! 그리고 조커처럼 웃어봐! 나는 뻣뻣이 굳은 입가 근육을 힘껏 당겨 스마일했다. 일그러진 얼굴로 스마일. 기괴한 얼굴로 스마일. 총구에 꽃 한 송이 들이밀 듯 스마일!

우두머리는 내 눈을 깊이 들여다보며 뭐라고 또 명령한다.

"이름을 묻는다." 모하멧이 전달했다.

"권현숙." 불쑥 본명이 튀어나왔다.

낭패다. 이곳에서는 '꼬레아'로 통했는데.

"무슨 뜻이냐, 묻는다."

권세權, 어질賢, 맑을淑. 어떻게 설명하지? 어질고 맑은 사람… 순간 번개처럼 떠올랐다. 외국인이 내 이름의 뜻을 물으면 짧고 쉽게 '엔젤' 그러면 금방 납득했다. 권세 있는 높은 엔젤… 엔젤 권… 엔젤 킹!

"엔젤 킹." 모하멧이 전달했다.

우두머리의 눈이 가늘어졌다. 나를, 내 얼굴을, 내 눈을 깊이 들여다본다. 눈도 깜빡이지 않고 뚫어지게. 1초의 영원. 얼어붙은 시간.

그 사람이 부르짖었다. "지브릴!" 신음소리 같았다.

'아이쿠, 우리 다 죽었다!' 내가 감히 이슬람 대천사의 이름을 불렀다. 비행기 안에서 이슬람 책을 읽으면서 그 이름에 밑줄 친 기억이 난다. '지브릴'은 신과 인간 사이의 중간 역할을 하는 대천사로 우리 성경의 가브리엘과 같다.

차창 안으로 불쑥, 검은 손이 들어왔다. 헉! 숨이 막혔다. 심장이 얼어붙었다. 코앞까지 들어 온 그 손을… 검고 메마르고 거친 그 손을… 멍하니 바라보았다. 그런데 이 손은, 이 손 모양은, 악수를 청하는 모양새가 아닌가. 납치라면 와락 잡아채지 않았을까? 이 사람이 정말로 악수를 청하고 있나? 이방인인 나를 시험하고 있나? 사막 부족은 자존심이 무척 강하다고 한다. 무시당했다고 느끼는 순간 총구가 불을 뿜을 것이다.

"스마일! 스마일!" 모하멧의 울음 섞인 '스마일'이 내게 애원했다. '너의 스마일에, 너의 악수에, 너의 호의에 우리 목숨이 달려있어. 제발 스마일! 스마일!' 나를 바라보는 모하멧의 큰 눈에 핏발이 섰다. 나는 얼어붙은 손으로 검은 손을 잡았다. 흠칫했다. 이것이 인간의 손인가. 나무토막 아닌가. 굳은살 박힌 딱딱한 손은 몇 번 찔리기도 한 가시 아카시아 나무의 바싹 마른 억센 나뭇가지 같았다.

얼마나 일을 많이 하면 손이 이렇게 될까. 도대체 무슨 일을 하면 손이 이 지경이 될까. 이 거친 손은 노동하는 손이다. 가족을 부양하는 가장의 손이다. 등뼈가 휘도록 일하는 인간의 손이다. 도둑의 손은 굳은살 따위 없이 매끄럽겠지. 나도 모르게 참았던 숨을 길게 내쉬었다. 그리고는 건성 쥐었던 손에 힘을 주었다. 비로소 같은 인간으로서 악수를 나누었다.

"두유프 알라흐만!" 우두머리가 말했다.

그 얼굴에서 툭, 두건 자락이 떨어졌다. 그 사람의 얼굴이, 주름투성이 노인의 얼굴이 드러났다. 번득이는 눈, 곧은 등… 노인이 아닌가? 사막의 열기와 고된 노동이 이 사람의 젊음을 태워버렸나? 맹금류의 눈이 가늘어졌다. 웃는 눈이다. 그 사람이 미소 짓고 있었다. 나도 미소 지었다. 마음을 담은 진정한 스마일!

　말 탄 사람들과 차례차례 악수를 나누었다. 인간끼리 나누는 진정한 인사! 그들은 악수하면서 똑같은 말을 건넸다. "두유프 알라흐만!" 표정과 어감으로 보아 좋은 뜻인 것 같았다. 그 거친 손에 뭐라도 쥐어주고 싶었다. 빈손으로 보내고 싶지 않았다.

　"작은 선물 줘도 될까?"

　모하멧이 고개를 끄덕였다. 선물이라지만 사막 일박 여행에 변변한 것이 있을 리 없었다. 가방 속의 소소한 물건들을 탈탈 털었다. 한 손에 하나씩 놓아주었다. "두유프 알라흐만!" 인사하며 두 손으로 공손히 받는다. 민망해라. 작은 선물을 주는데 무슨 증정식 같이 되어버렸다. 그 이상한 증정식이 끝나자마자 그들은 오던 때와 마찬가지로 엄청난 흙먼지를 일으키며 지평선 너머로 멀어져갔다. 우리도 황급히 그 자리를 떴다.

　"당신, 종교 뭐요?"

　마타리가 돌아보며 내게 물었다. 모하멧을 통하지 않고 내게 직접 물은 것은 처음이었다.

　"크리스찬."

　당당히 대답했다. 선데이 크리스찬도 될까 말까 한 주제에.

마타리는 잠시 생각하더니 말했다. 모하멧이 통역한 내용은 이렇다.

"그 사람들 진짜 강도다. 사막 떼강도가 여자를 풀어줬다. 우리도 안 죽였다. 차도 안 빼앗겼다. 우리 거짓말쟁이 됐다."

총 들고 죽이려고 달려온 떼강도가 마음을 돌려 물러갔다고 하면 아무도 안 믿는다는 말이었다. 그런데 실제로 그런 일이 일어났다!

"당신 신이 도왔다. 우리는 사촌이다."

사촌? 아, 이삭과 이스마엘. 배다른 형제지만 뭐 아주 틀린 말도 아니지. 아차. 아랍어 성경책. 나는 사막에 나갈 때마다 호신용으로 아랍어 성경책을 지니고 다닌다. 위기의 순간에 형제라고 우기려고. 사막의 떼강도를 만났을 때 그 성경책을 보여줄걸. 정작 필요할 때는 생각도 안 났다.

"슈크란! 슈크란!"

돌덩이 같은 마타리가 거듭 감사인사를 했다. 모하멧이 거들었다.

"마드모아젤, 울다. 소리치다. 악수 노. 스마일 노. 올 킬!"

나도 놀랐다. 겁많은 내가 강도와 악수하고 스마일까지 할 줄이야. 인간은 절대절명의 순간에 잠재력이 나온다고? 나 오늘 체험했잖아.

마타리는 계속 말했다. 오늘 마타리는 말이 많다. 모하멧이 전달한 내용은 이랬다.

"두목(이) 당신(에게) 얼굴 보였다. 뚜아렉 남자(는) 모르는 사람(에게) (게다가) 여자(에게) 라! 라! 라! NO! (절대 절대 절대) 얼굴 안 보인다."

강도니까 당연히 얼굴을 안 보이겠지. 그런데 두목이 세쉬를 풀어 자기 얼굴을 보여주었다. 왜 그랬을까? '엔젤 킹'이라고 예의를 표한 것일까? 내 말을 정말로 믿었을까? 모하멧이 계속 통역했다.

"농사 망했다. 식량 없다. 일거리 없다. 총 있다. 강도한다. 마드모아젤 잘했다. 지브릴 경배. 두유프 알라흐만. 선물 잘 줬다."

민망했다. 선물이랄 것도 없는 하찮은 물건들이었다. 볼펜, 수첩, 로션, 초콜릿, 비스켓, 감기약, 소화제, 수입 물, 커피 든 보온병, 면장갑, 티셔츠, 비누 한 장, 수건 몇 장 정도. 그런 자잘한 선

따망라세 외곽의 뚜아렉 가족

뚜아렉 떼강도 두목을 빼닮은 두상

뚜아렉 상류층이 쓰던 휴대용 물병
(은제품)과 불 피우는 풍구(은과 상아)

뚜아렉 전통문양 목걸이

물을 나눠주던 한순간 프랑Franc도 줄까, 생각했었다. 안돼! 즉각 생각을 바꿨다. 현지인들은 달러나 프랑을 보면 눈빛이 달라진다. 돈을 보면 욕심이 생기고, 그러면 마음이 바뀔 수도 있다.

"모하멧. '두유프 알라흐만'이 무슨 뜻이야?"

"자비로우신 하나님의 손님."

"내가?"

"'엔젤 킹'. 이슬람 엔젤 킹 '지브릴'. 샘 샘.same same."

'엔젤'도 과한데 어쩌려고 '킹'을 붙였을까. 그것이 이슬람 대천사장 이름과 샘샘 이라니. 하마터면 큰 화禍가 될 뻔 했다. 혹시 모르지. 떼강도가 몰려왔을 때 나의 수호천사가 우리 차를 둘러섰는지도. 그 휘황한 광채가 우두머리의 심장에 닿아 엉뚱한 내 말이 순간 믿어졌을지도.

부모님은 '어질' 현賢에 '맑을' 숙淑을 붙여 첫딸의 이름을 지으며 '마음이 선하고 영혼이 맑은 사람'이기를 기도했다고 한다. 소설가 이름 같지 않다는 말을 종종 듣는다. 필명은 생각도 안 했다. 다만 영문자로 쓰면 외국인이 읽지를 못해 아쉽기는 했다. '권'은 발음이 어렵고, H는 묵음이고, '숙'은 시장을 뜻하는 '쑤크'로 읽는다. 하지만 그게 문제랴. 평범한 이름 덕분에, 오래전 부모님 기도 덕분에, 나 자신과 두 생명을 지켰다.

붉디 붉은 꽃 한 송이! 1993. 11. 12.

사하라의 마지막 날, 짐이랄 것도 없었다. 푸른 방 여자들이 자기 손목에서 빼주는 우정의 팔찌와 이곳에서 산 기념품 몇 점이 다였다. 리까는 내가 입고 있는 청바지를 탐내고, 방장은 내 노란 티셔츠가 맘에 드는 눈치다. 노란 티는 Mr. 서가 주고 간 셔츠다. 내가 옷을 다 나눠주고 저녁에 빨아 아침에 입는 걸 보고 안 됐나 보다. 노란 티는 방장에게 선물로 주었다. 하지만 청바지는, 세상에 하나뿐인 진Jean만은….

홍대 앞 작은 가게에 내걸린 진을 보고 들어갔다. 수입 진에 아이디어를 추가하거나 그림을 그려서 파는 독특한 가게였다. 허벅지 쪽에 구멍을 내어 주홍, 연두, 빨강 무늬 섞인 천으로 막고 그 위에 ZAZZ라고 기계수를 놓은 낯설고도 매력적인 진이었다. 지금 생각하면 '찢청의 시조' 같은 거였는데 첫눈에 반하여 달라니까 파는 게 아니란다. 작은 사이즈가 들어와서 만들어 본 전시품이라고. '꼭 사고 싶은데요.' '안 맞을 거에요. 맞으면 드릴게요.' 웬일이야. 맞춘 듯 맞았다. 그 진을 사하라에서 입었다. 생사를 함께한 전우 같은 사하라의 추억 템을 주어버리면 내내 아쉬울 것 같았다. 청바지 대신 돌라 $를 주고 리까를 달랬다.

불쑥, 문이 열렸다. 깜짝 놀라게 훌쩍 큰 남자가 서 있었다. 리까가 들어오라고 손짓하고는 내게 마타리 뭐라고 귀띔해준다. 마타리에게 남동생이 있다고 들었다. 그 사람은 방에 들어와 앉자마자 커다랗고 납작한 물건을 바닥에 내려놓았다. 종이를 푸는데 놀랍게도 그림. 캔버스에 유화로 그린 뚜아렉 여인의 초상이었다.

뚜아렉 여인 초상

모하멧에게 이 사람에 대하여 들은 적이 있었다. 뚜아렉으로
서는 드물게 파리 유학을 다녀온 진짜 화가라고 한다. 큰 도시
의 벽화도 많이 그렸고 따망라세 공공건물의 벽화는 다 그의 작
품이라며 거리를 지나다가 손짓해 알려주곤 했다. 규모도 크고
멋진 벽화들이었다. 화가는 나를 향해 캔버스를 세워 보이며 조
용히 기다렸다. 나의 반응을, 어쩌면 나의 평가를.

"자밀라!"아름다워요!

아는 단어가 그것뿐이었다. 더 전문적인 용어를 알면 좋을 텐
데.

화가가 나무틀에서 캔버스를 떼어내기 시작했다. 틀에서 놓
여난 맨 그림을 내 앞에다 펼쳐놓는다. 어리둥절해 있는 나에게
리까가 받으라는 시늉을 한다. 그림을? 나한테?

"이 작품을… 저에게요?"

영어 단문을 알아들었나 보다. 화가가 고개를 '끄덕'했다. 당
황스러웠다. 얼굴 한 번 본 적 없고, 말 한마디 나눈 적 없는 사
람이 갑자기 선물을? 그것도 소중한 자기 그림을?

화가는 그림이 상처 나지 않게 돌돌 말아서 그림통에 넣어 내
쪽으로 가만히 밀어놓았다. 이럴 땐 어떡하지? 전문 화가의 그
림을 그냥 받을 수는 없다. 그렇다고 보답할 선물이 남아있지도
않았다. 돈을 주어도 되나? 준다면 얼마를? 그림을 앞에 두고

난감한 얼굴로 어찌할 바를 모르고 있을 때였다.

화가가 넓은 옷 품속에서 뭔가를 꺼냈다. 붉디붉은 꽃 한 송이.

갑자기 방안이 난리가 났다. 웃고 속닥거리고 그들 특유의 호루라기 같은 높은 소리를 질러댔다. 느낌으로 알 수 있었다. 나는 아무 것도 모른다는 얼굴로 "슈크란." 감사합니다. 건조하게 말하고 꽃과 그림을 받았다. 소요를 가라앉힐 방법은 그것뿐이었다.

나도 선물을 해야겠는데 남은 거라곤 우산과 비단술 달린 부채뿐이었다. 우산은 쓸데가 없겠고, 부채는 그런대로 선물이 될 듯도 했다. 얇은 검은색 비단 천에 보라색 붓꽃 몇 송이가 그려진 단아한 부채는 인사동에서도 단연 눈에 띄었다. 사하라에서는 부채를 들고 다닐 만큼 여유롭지 않았다. 나는 부채를 펴서 화가에게 건넸다. 그림하고는 비교도 안 될 작은 선물이지만 빈손으로 받을 수는 없기에.

화가는 부채를 받아 들고 한동안 감상했다. 늘어뜨린 붉은 비단술을 가만히 만져보고 뭐라고 혼잣말을 한다. 아름답다는 뜻이겠지 인사로라도.

화가는 부채를 한 단 한 단 조심스레 접어서 꽃을 숨겨왔던 품속에 넣었다. 화가가 미소 지으며 악수를 청했다. 나도 아랍어로 인사했다.

"앗살람 알라이쿰." ^{당신에게 평안을.}

그 사람은 긴 불어 문장으로 답했다. 나는 영원히 알 수 없을 세련된 프랑스 발음으로.

사하라여~ 안녕!

비행기는 빛나는 은빛 새처럼 '사하라 블루' 속을 나른다. 따망라세가 쑥쑥 작아지고 있다. 여러 얼굴들이 떠오른다. 가이드로 고용했지만 친구가 되어 준 성실한 모하멧. 그의 도움으로 현지인들만 아는 '진짜 장소'에 갈 수 있었고 사막 사람들의 은밀한 속살까지도 엿보았다. 이방인의 철없는 행동에 많이 당황했을 그에게 진짜 운동화를 선물했다. 실내화 같은 얇은 천 신발을 늘 신기료장수에게 기워 신는 것을 보았다.

운동화 가격표를 본 모하멧이 두 달 치 월급이라며 혀를 찼다. '환불해야겠군.' 그의 얼굴에 그렇게 쓰여 있었다. 나는 얼른 가격표를 뜯어버렸다. 남은 알제리 돈과 프랑을 손에 쥐어주며 이별의 악수를 했다. 모하멧이 뜻밖의 부탁을 한다.

"마이 픽쳐. 동네사람들 픽쳐. 보내줄 수 있어요?"

"OKK! 보내주고 말고요."

나는 그가 적어준 꼬불꼬불한 주소를 여권 비닐 커버 속에 안전하게 보관했다.

마침내 비행기가 이륙했다.

사하라의 모래 언덕들이 까마득히 작아진다. 기내가 시원한 탓인가. 기나긴 꿈을 꾼 것만 같다. 꿈에서는 위험한 순간 '번쩍' 눈을 뜬다. 테러의 땅에서도 마치 꿈에서인 듯 위기의 순간마다 '번쩍' 천사들이 출동했다. 인간의 모습으로, 때로는 우연을 가장하여.

총 들고 떼강도들이 달려왔을 때 천사들이 힘센 군대처럼 나를 둘러싸고 있었으리라. 천사들의 사랑이 우두머리의 얼음 심장을 녹여버렸으리라.

나는 고요히 눈 감고 고마운 얼굴들을 마음에 떠올렸다.

살아생전 만날 일 없을 얼굴이라도
까마득히 잊혀질 이름일지라도

영혼에 깊이 각인된 그 얼굴 그 이름을

하나 하나 호명하여 감사인사를 전한다.

슈크란! CAMEO 천사님들~~~

2

루마니아의
연인

조선학교 교사 시절 미르쵸유　　　　　조선학교 교사 조정호

Broken Heart Dictionary

첫사랑, 그 치명적 독성에 관한 기록

단 한 번 사랑, 평생 기다림이 되고

그리움은 ㄱ ㄴ ㄷ ㄹ 쟁여놓는다

루마니아의
연인

권현숙 장편소설

민음사

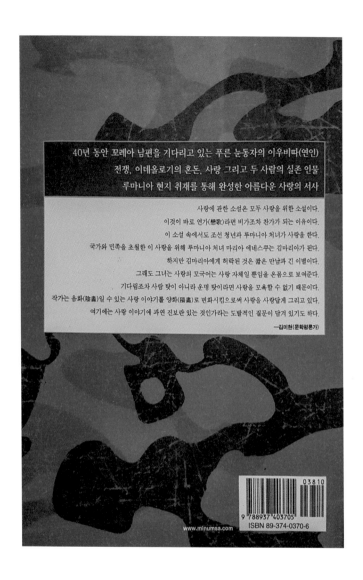

40년 동안 꼬레아 남편을 기다리고 있는 푸른 눈동자의 이우비따(연인)
전쟁, 이데올로기의 혼돈, 사랑 그리고 두 사람의 실존 인물
루마니아 현지 취재를 통해 완성한 아름다운 사랑의 서사

사랑에 관한 소설은 모두 사랑을 위한 소설이다.
이것이 바로 연가(戀歌)라면 비가조차 찬가가 되는 이유이다.
이 소설 속에서도 조선 청년과 루마니아 처녀가 사랑을 한다.
국가와 민족을 초월한 이 사랑을 위해 루마니아 처녀 마리아 에네스쿠는 김마리아가 된다.
하지만 김마리아에게 허락된 것은 짧은 만남과 긴 이별이다.
그래도 그녀는 사랑의 모국어는 사랑 자체일 뿐임을 온몸으로 보여준다.
기다림조차 사람 탓이 아니라 운명 탓이라면 사랑을 모욕할 수 없기 때문이다.
작가는 음화(陰畵)일 수 있는 사랑 이야기를 양화(陽畵)로 변화시킴으로써 사랑을 사랑답게 그리고 있다.
여기에는 사랑 이야기에 과연 진보란 있는 것인가라는 도발적인 질문이 담겨 있기도 하다.

—김미현(문화평론가)

www.minumsa.com

03810

9 788937 403705

ISBN 89-374-0370-6

당시를 증언해 주신 신사분들과 함께~

통역 선생님과 길거리 수업~

두 번째

Ladies and gentlemen. we are now approaching Bucureşti

Henri Coandă International Airport.

승객 여러분, 저희 비행기는 지금 부쿠레슈티 헨리 코안더 국제공항에 착

륙 중입니다.

또 다시 루마니아… .

도망가고 싶다!

작년에 야무지게 마무리 짓고 왔으면 두 번 비행기 타는 일은 없었을 것을. 차마 말 못 한 한 마디 때문에 일 년 내내 마음고생하고, 어렵게 결단하고, 다시 루마니아에 왔다. 그러니까 지난해… .

1997년 늦은 봄날 어느 나른한 오후였다. 모르는 사람의 전화를 받았다. 루마니아 한국대사관이라고 했다. 루마니아? 한국대사관? 아는 분도 없고 전화 받을 일도 없었다. '전화 잘못 거셨습니다' 그 말을 하려는 순간, 상대편이 먼저 말했다.

"루마니아에 남북 이산가족이 있습니다."

남북 이산가족? 루마니아에? 느닷없고 맥락 없는 이야기에 잠시 멈칫했다. 전화 속 목소리가 다급하게 덧붙였다.

"조선고아학교도 있었습니다."

조선고아학교? 처음 듣는 생경한 말이지만 왠지 목소리를 낮춰야 할 것 같은 비밀스러움이 느껴졌다. 몇 차례 더 대사관의 전화를 받으면서 '중요한 제보일 수도 있다'는 생각이 들었다. 대사관은 나의 핵심 질문인 '조선고아학교'에 대해서는 암시적일 뿐 손에 잡히는 정보는 주지 않았다.

정부 각 부처의 공식 전화번호에 나와 있는 루마니아 한국대사관에 직접 전화해보았다. 제보는 사실이었고 현지 확인이 필요한 일이었다.

1997년 부쿠레슈티는 재스민 향기에 숨이 턱턱 막히는 초여름이었다. 나는 동유럽 이산가족의 주인공을 만나러 부쿠레슈티 대학교로 취재의 첫걸음을 떼었다. 한국어 강좌는 코리안 드림을 꿈꾸며 '루마니아 대우' 입사를 꿈꾸는 젊은이들의 열기로 후끈했다. 젊은 수강생들 틈에 끼어 앉은 중년의 여성이 눈에 들어왔다.

대사관에서 인터뷰 자리를 마련해주었다. 압도적인 큰 테이블이 놓여있는 천정 높은 방이었다. 주 루마니아 대사님과 한국 외교관들이 중요한 국제문제를 논의하러 모인 것 같은 경직된 분위기였다. 나는 간단히 인사하고 통역자 옆자리에 앉았다.

"GEORGETA MIRCIOU제오르제타 미르쵸유. 여사님이 작가님께 인사합니다."

"한국어강좌에서 뵈었지요. 왜 한국어 공부를 하십니까?"

" '꼬레아 남편과의 재회를 준비하며 한국어를 배우고 있다'고 합니다. '미란美蘭이라는 한국 이름을 가진 딸도 있다'고 말합니다."

나는 통역 선생님에게 '부인의 말을 직접, 말투 그대로, 옮겨 달라' 부탁하고 미르쵸유 여사를 바라보았다. 여사님은 35년 전 헤어진 남편을 아직도 기다리고 있다고, 딸 미란은 어려서 헤어져 얼굴도 모르는 아버지 소재를 파악하러 중국까지 갔었다고 말하며 한숨을 쉬었다. 그 눈빛과 애절한 표정은, 이 모녀는, 우리 이산가족이 틀림없었다.

여사의 또 다른 고백은 나의 감성치를 최고로 올려버렸다. 내가 잘못 들은 게 아닌가 다시 물었다.

"한국어-루마니아 사전을 만들고 있답니다."

통역 선생님이 확인해주었다. 누런 갱지 앞뒷면을 빽빽이 메운 초고가 다섯 박스나 된다는 말에 나는 할 말을 잃었다.

한국어 실력이 되고 안 되고의 문제가 아니었다.

"왜 사전을 만드시나요?"

내 물음에 푸른 눈동자가 흐려졌다.

"남편과 대화하려면 '한-로' 사전 꼭 필요합니다."

갑자기 부인이 격한 감정을 쏟아내기 시작했다.

"북한 대사관에 수도 없이 남편의 생사를 물었으나 돌아오는 대답은 늘 달랐어요. '탄광에 갔다.' '어디 탄광인가?' 그러면, '죽었다.' '죽었다면 사망증명서와 시신 인도 요청하겠다.' 그러면, 다시 '행방불명이다.' 계속 말을 바꿨습니다. 국제적십자사에도 탄원했고 한국대사관에도 도움을 요청했어요. 할 수 있는 모든 경로로 남편의 생사를 알려고 노력했지만 허사였어요. 남북한 어느 쪽에서도 도와주지 않았습니다."

침묵이 흘렀다. 나는 조선고아학교에 대하여 물었다.

미르쵸유 여사는 질문과는 전혀 다른 대답을 했다. 나는 똑같은 질문을 다시 했다. 돌아오는 대답은 같았다. 학교 이야기를 회피하고 있다는 인상을 받았다. 그러나 '조선고아학교'를 모르고서는 소설이 되지 않는다.

6.25 전쟁 직후 북한은 전쟁고아들을 소위 형제국이라는 공산국가들에게 양육과 교육을 맡겼다. 동유럽의 조선학교 실태

미르쵸유 여사님과 작가

한국어 열공 (교수님과 다른 수강생들은 초상권 문제로 노출 안 함)

미르쵸유 여사 댁 거실에서 통역 선생님과

미르쵸유 여사 댁 부엌

미르쵸유 여사, 1997년

와 그곳에 엄연히 존재하는 이산가족 이야기. 1990년대 후반까지도 한국에는 전혀 알려지지 않은 사실이었다. 역사적 가치도 있는 의미 있는 소설이 될 것 같았다. 그러나 조선고아학교에 대한 정보는 한 마디도 얻어내지 못한 채 인터뷰가 끝났다. 통역 선생님에게 여사님을 따로 만나고 싶다고 주선을 부탁했다.

모녀는 침실 하나에 주방을 겸하는 작은 거실과 욕실 하나인 저층 아파트에 살고 있었다. 여사님과 미란 씨 부부와 손녀딸이 살기에는 비좁아 보였다. 루마니아가 공산화 된 후 개인 주택에서 살던 국민들은 국가 정책에 따라 이런 작은 아파트에서 살게 됐다고 통역 선생님이 알려주었다.

우리 방문이 불편하신가? 여사님이 조심스러워하는 기색이 느껴졌다. 오자마자 가야 하나? 아무튼 이유가 궁금해서 통역 선생님께 물어보았다.

"'어느 집에 손님이 오면 전기세 물세가 더 나올 것이고 공동으로 나눠 내니 눈총을 받는 거야 당연한 일이 아니겠느냐' 그렇게 말씀하십니다."

우리 방문이 폐가 될 줄은 몰랐다. 나는 고양이 걸음으로 집안을 둘러보고 얌전히 소파에 앉았다. 사전작업에 대한 속 깊은 이야기를 부탁했다.

"한국말 쓸 때, 남편 가깝습니다. 매일 생각합니다.

많이 사랑합니다. Mi-e dor! Mi-e tare dor!"

6년째 접어든 사전작업은 당신과 그분과의 시공을 넘나드는 대화였다.

여사님은 간절한 눈길로 나를 바라보았다. 주제넘게도 나는 한국인으로서 책임감을 느꼈다. 내가 할 수 있는 일을 하자. 책을 쓰고, 영화를 만들자. 작품에 힘이 붙으면 여사님을 한국으로 초청하여 널리 알리자.

그러면 - 여사님과 미란 씨를 **이산가족 명단에 올릴 수 있겠지.**

그러면 - 명단을 본 **북한의 조정호 씨 역시 이름을 올릴 것이고,**

그러면 - 여사님의 평생소원 **가족 만남도 성사**될 수가 있다!

내 가슴이 다 뛰었다.

'기약 없는 기다림' '사랑의 대화인 사전작업'에 대한 감동의 여파가 큰 울림을 주었다. 모녀에게 힘이 되어드리고 싶었다. 그러나 마음뿐 정작 손에 들어온 자료는 너무도 미미했다. 뿐만 아니라 조선고아학교에 대하여 함구하는 여사님을 이해하기 어려웠고 따님 미란 씨는 남이든 북이든 코리아에 대한 반감이 컸다. 한계에 부딪혔다. 포기할 수도 없었다. 한국에 가서 자료를 샅샅이 뒤져서라도 어떡하든 해 볼 결심으로 돌아왔다.

서울의 공공 도서관과 대학교 도서관 등등을 전전하며 루마니아에 관한 글이라면 몽땅 읽고, 복사하고, 수집했다. 논문을 준비하듯 공부했다. 그러나 1989년, 독재자 차우셰스쿠를 처형한 루마니아 민중혁명 자료들만 넘쳐났다. 1950년대 루마니아 상황도 알 수 없었고, 그 시절 분명히 존재했던 조선고아학교는 흔적조차 찾을 수 없었다. 현지에서만 떠도는 풍문인가? 그럴 리 없다. 역사에서 아예 지워버렸을까? 알 수 없는 일이다.

하지만 소설이라는 것은 얼마나 시시콜콜한 일상사에 떠받쳐져 있는지. 악마는 디테일에 있다고. 그렇다. 소설이야말로 악마다. 소설의 디테일은 섬세해야 하고, 팩트는 정확해야 한다. 그런데 당시 상황을 증언해 줄 당사자는 이해할 수 없는 이유로 입을 굳게 닫았고 따라서 조선고아학교는 비밀의 영역으로 깊이 봉인되어 버렸다. 나는 덫에 걸렸다.

1997년 첫 방문은 실패였다. 나의 어설픈 감성적 접근이 문제였다. 연민과 소명감만으로 쓸 수 있는 작품이 아니었다. 정치적 문제가 될 수 있는 민감한 소재이기도 했다. 결국 '작품 불가' 판단을 내렸다. 이제 어떻게 할 것인가.

'소설은 어렵겠습니다. 죄송합니다.'

편지에 그렇게 쓸 배짱이 있었다면 그렇게 했겠지. 일 년이나 지난 지금, 못 쓰겠다고 하면 '작가라는 사람도 신용이 없구나.

그동안 겪은 남북한 사람들과 다를 게 없구나' 나까지 미르쵸유 여사와 가족들에게 좌절과 배신감을 더해줄 게 뻔했다. 직접 가서 얼굴과 얼굴을 마주 보고 '못 쓰겠습니다' 실토하고 사죄하는 게 최소한의 도리라고 생각했다. 루마니아로 다시 날아올 수밖에 없었다. 나는 죄인처럼 고개를 숙이고 그 어려운 '한 마디'를 해야만 한다.

1998년 늦가을. 무거운 마음으로 비행기 창밖을 내다보았다. 울창한 숲 위를 날고 있었다. 저 숲을 지나면 금방 공항이다. 이대로 계속 먼 곳으로 날아가버렸으면 좋겠다. 나는 시험공부 안 하고 학교 가는 학생 같았다. 내 맘도 모르고 정시도착, 활주로를 구르는 마찰음이 온몸으로 전해졌다.

풋내기 시절

　　대사관에서 마중 나온 직원 두 분이 예약된 호텔로 안내했다. 어둡고 눅눅하고 오래된 호텔이었다.

　"옛날 궁전인데 지금은 호텔로 쓰고 있습니다."

　내 표정에 답인 듯한 설명이었다.

　'유서 깊은 곳이구나. 무슨 용도의 궁전이었을까?'

　방은 작고 바닥의 카펫은 눅눅했다. 직원분이 설명을 덧붙였다.

　"작년에 대우 김우중 회장님과 소설가 최인호 작가님도 묵으셨습니다."

　최인호 선생님? 루마니아에 와서 선생님 얘기를 들을 줄은 몰랐다. 두 분이 함께 유럽과 동남아를 여행했다는 기사는 여러 차례 보았다.

　최인호 선생님을… 나의 첫 문학스승이라고 서슴없이 말하겠다. 그러기엔 너무 짧은 기간이었고 또 이런 표현이 어떨지 모르겠지만, '문학의 기초' '기본기'를 선생님께 배웠다. 문학 수업이라곤 받아본 적 없는 나에게 마치 압축파일 풀 듯 속성으로 소설 전반을 훑어주셨다.

　선생님을 처음 뵌 곳은, 이름만 대면 알만한 재벌가 사모님을 중심으로 모인 부유층 사모님들의 문화강좌에서였다.

"최인호 문학 강좌? 그런 게 있어요?"

나는 다그치듯 거기 회원인 지인분께 물었다.

"한 달간, 딱 네 번. 친구 부탁 거절 못해서 나온다나 봐."

"저도 갈 수 있어요?"

"글쎄, 회원제라서…."

"쫓아내진 않겠죠?"

그렇게 겁 없이 사모님들의 문화클럽에 불청객으로 갔다. 당시 나는 FM 팝송 프로그램 에세이와 어린이 일일 TV드라마를 동시에 쓰던 풋내기 방송작가였다. 살인적 양의 방송 원고들을 마감하고서야 한밤중에 내 작품을 쓰던 소설가 지망생이기도 했다.

유명한 소설가를 처음 보는 날, 나는 습작 단편을 가지고 갔다.

오 마이 갓! 그런 분위기가 아니었다. 영화 뒷얘기, 핫한 배우들 감독들 얘기로 웃음 넘치는 재미있는 강좌였다. 하지만 나는 재미 1도 없었다. 나는 해묵은 질문들로 두개골이 터져나갈 지경인데 한가하게 연예계 뒷얘기라니.

커피타임에 쉬고 계신 선생님에게 다가가 질문했다. 그만큼 절박했다. 선생님은 아무런 내색 없이 답해주었다. 나도 참 대책 없는 아이지, 질문이 꼬리에 꼬리를 물었다. 선생님은 진지하게 어쩌면 기다렸다는 듯 일일이 답을 주었다. 커피타임이 끝났다. 놀라운 일이 벌어졌다. 선생님이 정색하고 문학 강의를 시작하는 게 아닌가. 심지어 숙제까지 내주었다.

하나의 '상황'을 주고 짧은 글 써오기. 그때 알았다. 소설 공부를 이렇게 시작하는 거였구나. 그런 과정 없이 쓴 내 작품이 소설이기는 할까? '기존 소설 문법을 따를 필요는 없어' 근거 없는 자신감이 흔들리는 순간이었다. 내가 어느 수준에 와 있는지도 알지 못했다. 가방 속 단편을 만지작거리다가 결심했다. '이런 기회는 다시 없어. 망신당하자. 크게 망신당하고 크게 배우자.' 나는 선생님께 불쑥 습작 원고를 내밀었다.

"작품이 있어? 읽어볼게."

아무런 감정이 실리지 않은, 일상적이고 자연스러운 대답이었다. 선생님은 내 원고 뭉치 위에 자신의 메모지와 연필과 만년필을 올려놓았다.

둘째 날.

문화원 사모님들의 싸늘한 분위기가 느껴졌다. 한 분이 내게 경고했다.

"선생님 피곤하신데 질문하지 말아요."

오늘은 조용히 있자. 이 교실에 붙어있어야 하나라도 배운다.

문화강좌 틈틈이 문학 강의도 조금은 하시겠지. 정말 가만히 있을 생각이었다. 다행히 소문 듣고 글 쓰는 몇 분이 등록했다. 선생님이 재킷을 벗고 셔츠 소매를 걷어붙이고 강의를, 연예계 잡담이 아닌 진짜 문학 강의를 시작했다.

마치 일타강사 같았다. 나도 '질문불가' 약속 따위 까맣게 잊어버렸다. 질문 폭탄을 날리고 즉각 즉각 답을 들었다.

"어떻게 강의할까 고심했는데 질문을 줘서 고맙습니다."

선생님의 인사까지 들었다. 드디어 커피타임. 떨렸다. 긴장하며 기다렸다. 곧 호명하시겠지. 작품에 손댈 부분을 지적하시겠지. 가혹한 평이 쏟아지겠지. 끝내 작품 이야기는 없었다.

셋째 날.

강의로는 마지막 날. 넷째 날은 세미나라는 이름의 야유회란다. 장소와 시간 등이 적힌 종이가 돌고 부산스러웠다. '난 뭘 준비해 갈까요?' 지인분께 물었더니 '그냥 와. 다 예약해 뒀어.'란다. '나이 든 어른들이 소풍은 무슨. 이 귀한 시간에.' 불청객 주제에 화가 났다. 강의는 이제 시작인데 종강이라니. 그날 강의 끝에 선생님이 말했다.

"여기 작가가 있네요. 정진하기 바랍니다."

혹독한 비평을 각오했는데 그게 다였다. 답이 없으므로 답이 되었다. 부족함이야 물론 있겠지만 아무튼 소설이 됐다는 말씀이었다. 기뻤다.

열강으로 꽉 찬 세 시간이 끝났다. 한 시간이나 초과했다는 걸 끝나고야 알았다.

재킷을 걸치는 선생님에게 다가가 말했다.

"선생님. 작품이 또 있는데요."

"그래?" 선생님은 그 유명한 난필로 주소와 연락처를 적어주었다. 작품을 보내라는 메시지다. 집이 어디냐고 물으셨다.

"옆 동네네. 가면서 차에서 얘기하자."

주차장으로 가는 길에 선생님이 문득 말했다.

"너는 이런 데 말고… 진짜 공부하는 남자애들 그룹 알려줄게."

주차장에 도착했다. 차에는 한 노부인이 앉아계셨다.

"안 되겠다. 젊은 애 태우고 다닌다고 스캔들 나겠어. 다음 주 강의 날 알려 줄게."

어리둥절한 나에게 선생님이 급히 말했다.

"연락이 잘 안 될 거야. 현대문학 ○○○선생에게 연락해. 내 친구야."

넷째 날.

세미나 장소인 수유리 크리스챤 아카데미는 넓고 푸르고 조용했다. 그런데 조용해도 너무 조용한 거 아니야? 모이라는 시간은 넘어가는데 참새들만 모여든다. 벌써들 세미나실에 들어가 있나? 관리인에게 물었다.

"오늘, 세미나 없는데요."

"아니, 있어요. 여기요." 나는 종이를 내보였다.

"취소됐나 봅니다. 아무튼 오늘은 아무 것도 없습니다."

나무 그늘 드리운 넓적한 바위 위에 한참을 앉아있었다. 서운해할 자격도 없었다. 그동안 공부하게 해준 것만도 감사! 감사! 감사! 그날로 최인호 선생님과는 연락이 끊겼다.

실은 다음 날, 댁으로 직접 원고를 가지고 갔었다. 몇 주일이 지나도 연락이 없었다. 주차장에서 급히 말해 준 현대문학 친구분께 연락할 수도 있지만 그렇게까지 하고 싶지 않았다. 한창 젊고 자존심 강한 나이였다. 후에 다른 경로로 들었다. '최 선생이 원고도 못 받았을 거야.' 맙소사!

몇 년 후, 나의 첫 시나리오 <접시꽃 당신>이 개봉되었다. 영화사에서 도종환 시인의 유명한 시집 판권을 사두고 몇 년째 못 만들고 있다가 뒤늦게 제작한 영화였다. 당시 나는 영화사로부터 '젊은 여자애를 어떻게 믿고 수십억을 들여?' 지극히 합리적인 의심을 받고 있는 생판 초짜신인였다. 물론 나는 전혀 몰랐다.

영화사는 같은 제목의 각본을 일곱 개나 가지고 있었다. 모두가 충무로 전설적인 대작가들의 대본이었다. 영화사는 내게 여덟 번째 작가로 '윤색에 이름을 올려주겠다'고 생색을 냈다. 거절했다. '그 대본들을 참고하지 않겠고, 읽어보지도 않은 대본에 윤색은 말이 안 되죠.' 일곱 번이나 작가가 바뀐 대본을 쓰고 싶지 않았다. 무엇보다도 느닷없이 영화라니, 당황스러웠다. 내가 왜 영화사의 부름을 받는지도 알 수 없었다. 나중에 들었지만 감독님이 베스트극장 TV 단막 대본들을 보고 나를 추천했다고 한다. 아무튼 경험도 없이 막대한 자본이 드는 영화를 쓸 수는 없었다.

갑자기 영화사에서 연락이 왔다.

"오리지널 각본으로 결정 났습니다."

'아, 왜 또.' 전혀 반갑지 않았다. 나는 시골 생활도 모르고, 접시꽃이라는 꽃도 본 적이 없고, 그런 꽃이 있는 줄도 몰랐다.

영화사의 입장은 완강했다. 더는 시간을 끌 수 없었는지 반강제이다시피 작업에 들어가게 되었다. 일주일 만에 초고를 끝내고 집으로 도망쳐버렸다. 지금 생각해도 아찔하다. 영화는 수정 없이 초고 그대로 찍었고 '하느님이 보우하사' 흥행에 성공했다. 그해 <접시꽃 당신>은 백상예술대상 영화 부문 상을 거의 다 받았다. 감독상, 남우 주연상, 여우 주연상 그리고 나는 시나리오상을 받았다.

백상 시나리오상 자택 인터뷰

접시꽃 당신

박철수 감독 작품

사랑,
그 빛나는 귀함을
알게 하는 사람들

이덕화
이보희

12세이상관람가

감독님으로부터 뜻밖의 얘기를 들었다. 개봉 첫날, 최인호 선생님이 우정 감독님을 찾아왔다고 한다. '영화 잘 봤습니다.' 등등 의례적 인사 끝에 '권현숙에게 꼭 소설 쓰라고 전해 주십시요.' 결국 그 말을 전하고 싶으셨던 거다. 깜짝 놀랐다. 잊지 않고 계셨구나, 단 3주 남짓한 제자를. 솔직히 내 입장에서는 그 짧은 기간의 인연을 내세워 수선스레 안부를 전하고, 인사를 챙기기가 쉽지 않았다. 선생님께 너무나 감사하고 진심으로 죄송했다.

옛날 생각에 당장 해결해야 할 문제를 잠시 잊었다. 설핏 풋잠에 들었나 보다. 어지러워 눈을 떴다. 머리가 바닥에 닿아 있었다. 세상에, 침대 매트리스가 빠졌다. 카페트가 눅눅해서 바퀴벌레 나올까 봐 불도 안 끄고 누웠는데 침대가 무너질 줄이야.

패자 부활전

호텔 정문 앞에 대사관 차가 대기하고 있었다. 하늘은 티 없이 푸른데 내 마음은 먹구름이 잔뜩 끼었다. 인터뷰 장소는 작년의 그 압도적인 테이블이 버티고 있는 회의실.

어쩌나, 올해는 규모가 더 커졌네. 한국 외교관들은 물론 현직 루마니아 우리안 대사 내외분까지 참석하여 국제회의장 같았다. 각자의 앞에 문건이 하나씩 놓여있었다. 루마니아 공식 자료와 미르쵸유 여사의 회고문과 그 번역문이었다. 소설 자료인 셈이다. 대사관의 공식 자료는 '루마니아 개론서' 정도여서 패스, 미르쵸유 여사 글에 기대를 걸고 재빨리 읽어보았다.

유년 시절 가족 이야기, 태어난 도시 이야기, 결혼을 허락받기까지의 복잡한 과정들, 조선에서 겪은 극심한 가난과 이별. 그리고 원고의 반 이상은 남편의 생사生死나마 알려고 백방으로 노력한 일들로 채워져 있었다.

참 이상하다! 나는 읽을 수 없는 여사의 단아한 필체를 들여다보며 생각했다. 왜 조선학교에 대한 언급이 없을까. 결코 잊을 수 없는 사랑을 만난 곳, 그로 인해 평범했을 인생이 비극으로 전환된 그곳 조선학교. 아무리 살펴봐도 '전쟁고아' '조선학교' '조선학교의 루마니아 교사' 내가 찾는 내용은 그 어디에도 없었다. 학교를 빼면 두 사람의 사랑과 인생은 그림자 연극처럼 실재가 아닌 게 되어버린다. 나는 회의실 인터뷰에 참여하신 분들에게 나의 실패를 이실직고할 생각으로 요점을 메모했다.

'동유럽의 이산가족'이라는 낯선 소재가 작품이 되려면 여사님의 비극적 삶에서 뗄래야 뗄 수 없는 전쟁고아들의 삶 또한 '전쟁희생자'라는 틀 안에서 또 하나의 주제로 다뤄져야 합니다.

조선고아학교를 온전히 복원해야만 두 사람의 사랑과 이별도 돌을새김으로 생명을 얻게 되고…'

나는 메모하다 말고 불쑥 질문을 던졌다.

"조선고아학교는 어디에 있었습니까?"

여사님의 답을 꼭 듣고 싶었다.

통역 선생님이 전달한 내용은 그야말로 동문서답이었다.

"조선전쟁고아 수용 당시 루마니아 국내 여론은 인도적 차원에서 긍정적이었습니다. 따라서 이 문제를 부정적으로 게재한 신문은 없었습니다."

이제야 짐작하지만 미르쵸유 여사는 평생을 공산 치하에서 살아온 분이다. 조선학교에 대한 모든 것을 비밀로 인식하고 그 내밀한 이야기 발설에 두려움을 느끼고 있는 게 분명했다.

나는 회의실 넓은 창을 바라보았다. 불길처럼 타오르는 단풍숲이 유리창에 그림처럼 들어와 있었다. 가을이구나. 1998년 가을이구나. 나조차도 의미 모를 생각을 하면서 멍하니 유리창을 바라보았다.

와인 잔에 담긴 물을 한 모금 마셨다. 탄산수의 날카로운 공격. 그것은 이 자리에 모인 백 대사님, 루마니아 우리안 대사님, 한국 외교관들 그리고 미르쵸유 여사 앞에서 나의 실패를 자백할 시간이라는 자각이었다. 모두 나를 쳐다보고 있었다. 나만 쳐다보

고 있었다. 통역 선생님은 볼펜을 굴리며 말없이 재촉했다. 회의
실은 종이 바스락 소리 하나 들리지 않았다. 더 이상 질문해봤자
소용없다는 것을 모르지 않는다. 어차피 패배를 자백하는 마당
이다. 내 힘으로는 도저히 알아낼 수 없었던 문제들을 던져나 보
자. 작품은 못 쓰더라도 그 의문조차 풀지 못하면 문득문득 떠올
라 괴로울 것 같았다. 비행기 소음 들리는 불면의 시간 동안 메모
해 둔 노트를 꺼냈다. 나는 성명서라도 발표하듯 딱딱한 목소리
로 읽었다.

　-조선학교 건물은 갑자기 어떻게 해결했나?

　-교육은 조선식? 루마니아식?

　-기숙사 생활 규칙은? 식사 메뉴는?

　-조선학생들의 인상이 어땠나? 특별히 기억나는 학생이 있나?

　-조선 교사들도 있었나? 그들과 마찰은 없었나?

　-외국인 조정호와 사귀게 된 계기는?

　-남편과 헤어진 이후의 사정 보다는 두 분의 교내 비밀연애,
　　그 내밀한 이야기가 필요하다.

　예상은 빗나가지 않았다. 내 질문은 답을 얻지 못했다. 통역
선생님은 미르쵸유 여사의 대답을, 그 엉뚱한 내용을 짧게 전달

했다. 마치 신문기사를 읽어주는 것 같았다. 역시 될 일이 아니었다. 97년 공식 인터뷰 내용에서 나아진 것이 없었다. 나는 백 대사님께 조용히 말씀드렸다.

"작품은 안 되겠어요. 쓸만한 자료가 없습니다."

대사님이 옆방으로 나를 불렀다.

"그럼 어떻게 해야 작품을 쓸 수 있겠습니까?"

"대사님. 이건 제 짐작이지만 공직자들 앞에서 개인적인 얘기를 할까요? 당시 북한에서 엄격히 단속했을 조선학교 사정을 발설할까요? 미르쵸유 여사와는 직접 대화가 안 되고, 통역도 어쩔 수 없이 요점만 전달합니다. 이 작품은 역사적 팩트가 정확해야 합니다. 들으셨지만 건질 게 있었나요? 책, 쓸 수 없습니다. 실은 그 말씀 드리려고 다시 왔습니다."

대사님은 뜻밖의 사태에 당황한 기색이 역력했다. 잠시 생각하시더니 대안을 제시했다.

"적당한 분이 있긴 합니다. 통역도 되고 당시 일도 아시는 분이지요."

나는 대사님의 대안에 귀 기울였다.

"은퇴한 루마니아 외교관인데 평양 대사를 지낸 분입니다. 부부 외교관이고 두 분 다 김일성대학을 나왔지요. 작가님이 알고

대사관 공식 인터뷰와 만찬을 마치고

왼쪽부터
미르쵸유 여사님, 우리안 대사님, 라저르 대사님,
권현숙, 우리안대사 사모님

빨간 티코를 타고 루마니아 곳곳에 숨듯이 남아있는
조선학교와 생존자를 찾아낸 순간의 감격을 잊지 못한다.
공산권 특유의 경직된 분위기를 풀어가며 취재와 통역을
맡아주신 라저르 대사님, 물쭈메스크! 감사합니다!

미르쵸유 여사와 함께

동유럽에도 우리 이산가족이 있었다.
기약 없는 남편과의 재회를 기다리며
"루마니아-한국어 사전을 만들고 있어요."
나는 속절없이 무너져버렸다.

싶어 하는 많은 부분을 알고 계실 겁니다."

깜짝 놀랐다. 김일성대학을 나온 루마니아 대사?

"어떻게 그런 일이 가능한가요?"

"과거 공산국가들의 방침이었지요. 외교관은 파견된 주재국의 대학교에 의무적으로 입학하여 그 나라 언어와 문화를 배우게 합니다."

'이건 된다.'

직감적으로 느꼈다. 그런 분이 도와준다면 해낼 것 같았다.

나는 백 대사님의 민첩한 대응에 감탄했다. 작품의 필요에 맞춘 듯 들어맞는 독특한 경력의 공직자를 통역자로 알선하시다니, 놀랍고 기뻐서 하마터면 '됐어요. 할 수 있어요.' 장담할 뻔했다. 마음을 가라앉히고 백 대사님께 말씀드렸다.

"그분 만나 뵙고 결정하겠습니다."

한 가지 의문이 들었다. 그런 맞춤한 분이 있는데 왜 진작에, 아니 작년에 말씀하지 않으셨을까? 숙소로 돌아오는 길에 동승한 직원분에게 물어보았다.

"그분은 남쪽 북쪽 대사관 양쪽에 다 연결되어 있습니다. 우리 대사관으로서는 조심하지 않을 수 없지요. 작가님도 염두에 두십시오."

"뭘 염두에 두라는 말씀이지요?"

"이중 스파이일 수도 있다는 뜻입니다."

이중 스파이? 스파이 영화에서나 듣던 대사가 아닌가. 내가 무슨 국가안보에 관계된 일을 하는 것도 아니고 뭐지, 이 경고는? 도대체 내가 무슨 일에 끼어든 거야? 께름칙한 마음으로 밤에 몇 번을 깼다. 동유럽이 민주화되었다고는 해도 아직 현지에는 얼음이 녹지 않았다.

고양이 뿔을 잡아라

호텔 로비로 들어서자 은발의 신사분이 번쩍 손을 들고 일어섰다. 대사님이구나. 나도 고개 숙여 인사하며 다가갔다.

"처음 뵙습니다. 아우렐리우 라저르입니다."

"안녕하세요? 권현숙입니다."

"작가 선생. 필요한 것이 무엇입니까?" 대사님이 직진했다.

"조선학교요. 남아있는 곳이 있을까요?" 나도 직진이다.

"물론. 있겠습니다."

"정말요? 아이들이 없는데두요?"

"물론. 아이들 없습니다. 건물도 없어집니까?"

아, 그렇구나. 건물은 남아있겠구나. 미쳐 그 생각을 못 했네. 그렇다면 '진짜'를 말할 차례다.

"조선학교 근무했던 분을 만나야겠어요. 당시 이야기를 들어야 합니다."

대사님은 생각에 잠겼다. 침묵이 길어지고 있었다.

아마도 저 침묵의 의미는 '오래전 일인데 근무자가 남아있을까? 살아는 있을까? 살아있대도 찾을 수 있을까?' 그런 거겠지. 누가 이런 문제에 장담할 수 있을까? 나는 어렵겠다는 대답을 예상하며 기다렸다.

"작가 선생은 고양이 뿔 잡고 싶습니다."

"무슨 말씀이세요?"

"고양이 뿔, 없지 않습니까? 구할 수 없는 물건. 조선 속담입니다. 작가 선생, 운 좋습니까?"

"가위바위보도 늘 지는걸요."

"가위주먹 말입니까? 당장 해봅시다."

대사님이 주먹을 쥐었다. 장난이겠지, 웃었다. 대사님은 웃지 않았다. 하지 않을 수 없게 됐다. 나도 주먹을 쥐었다. 가위, 바위, 보!

나는 주먹. 대사님은 가위. 어? 내가 이긴 거야?

"작가 선생. 운, 걸찹니다." 대사님이 기분 좋게 웃었다.

"당시 조선학교 여러 곳 있었습니다. 뜨르고비쉐데, 버크리샤, 시레떼, 벌티미슈, 하젝… 찾아봅시다. 고양이 뿔 잡을 때까지."

"고양이 뿔 잡을 때까지? 정말요?"

"물론. 작가 선생 이겼잖습니까. 미르쵸유는 오랜 친구이기도 합니다."

"그분들 이야기도 잘 아시겠군요?"

"물론. 젊은 새댁 미르쵸유가 문제 생길 때마다 평양 대사관에 찾아왔습니다."

한국말이 자유로워 속이 다 시원했다. 첫 만남이지만 말이 잘 통했다. 대사님은 문학적인 대화도 금방 이해했다. 이유가 있었다. 한국어에 능통한 부인이 한국동화를 많이 번역했고 현재도 동화번역을 하고 있다고 한다. 나는 아는 대로 좋은 동화들을 소개했는데 특히 권정생 선생님의 ≪강아지똥≫에 흥미를 보여 그 작품은 물론 다른 작가들의 동화책도 부쳐드리겠다고 약속했다. 속 깊은 문학 이야기를 하는 동안 직원분의 '이중스파이' 경고는 생각나지도 않았다. 만일 대사님이 그런 분이라면 만나자마자 사무적인 태도로 '일'부터 직진하지는 않았을 거다. 만에 하나 그렇더라도 '보고할 명분도 가치도 없는 일개 작가, 비인기 소설가'일 뿐인 나를 북한 대사관에 보고할 일이 뭐 있겠는가.

대사님이 문건 한 장을 내놓았다. 나를 만나러 오기 전에 미르쵸유 여사를 만났다고 한다. '작가 선생에게 할 말 있으면 하십시오.' 여사님은 작가의 질문에 답하지 않아 미안했다며 A4 용지를 내밀더라고. 대사님은 미르쵸유여사의 루마니아 글 아래 한글로 번역문도 달아놓았다.

"도움, 되겠습니까?"

"물론. 당근입니다!"

1. 1952년 10월. 시레떼siret 조선전쟁고아수용소에서 조정호를 만났다.

2. 결혼은 두 나라의 허락을 각각 받아야 해서 오래 걸리고 어려웠다.

3. 1957년 결혼. 학교 독신자 아파트에서 신혼생활을 시작.

4. 1959년 조선고아학교가 없어지면서 조선으로 들어감.

5. 1960년 분만하러 루마니아로 나옴.

   (아이 낳다 죽을까 봐, 조선에서 죽기는 싫었다.)

   분만 후 61년에 아이 데리고 다시 조선으로 돌아감.

6. 외국인배척운동 일어남. 국제결혼한 부부 중 외국인만 추방.

7. 1962년. 2살 된 딸이 영양부족으로 다리 구부러지는 병에 걸려, 아이 치료하러 루마니아로 나왔다. 남편은 직장 문제

로 나올 수 없었다. 그것이 마지막이었다.

8. 그 후 유치원, 탁아소 등에 근무하며 딸을 키웠고 현재에
   이른다.

미르쵸유 삶의 굵직한 마디들이 한눈에 들어왔다. 한 장으로 요약한 한 사람의 인생이 내 머릿속에서 밑그림으로 자리 잡았다.

이 작품은… 문학의 고고학이라고 할까. 사라진 성터에 남은 주춧돌, 모퉁이돌 등으로 유적의 모습을 유추하듯 그렇게 쓸 수밖에 없는 작품이다. 루마니아 곳곳에 존재했던 조선학교의 존재를 증언해 줄 증언자가 나타나야 하고 그곳에서 있었던 사실을 전해줄 관계자의 생생한 목격담을 들어야 한다. 그리고 그것을 바탕으로 상상력을 더하여 아이들과 교사들을 소환해야 한다.

학교가 어떻게 운영되었는지, 어떤 학생들과 어떤 교사들이 있었는지, 두 분 사이에는 무슨 일들이 있었는지… 소소한 에피소드들, 그러나 결코 소소하지 않은 그 사연들을 모아야 소설적 확장이 가능하다.

당시 근무자를 찾을 수 있을까? 생존해 있을까? 세월이 많이

흘렀다. '고양이 뿔' 잡을 수 있을까? 가위바위보에서 내가 이겼다. 내 운을 믿어보기로 한다.

백 투 더 1952 Back To The 1952

싸늘한 새벽공기에 몸이 움츠러들었다. 점퍼를 담요처럼 둘러쓰고 급히 뛰어나갔다. 방금 라저르 대사님의 콜을 받았다. 약속 시간 보다 무려 한 시간 반이나 이른 시간이었다. 빨간 단풍나무 아래 서 있는 빨간 티코가 가을 엽서처럼 아름답다.

"부녀지와안녕하세요, 대사님~."

"일찍 왔습니다. 작가 선생이 어디 가자 할지 모르지 않습니까."

훌쩍 큰 대사님과 꼬마 티코, 어울리지 않는 한 쌍이 묘하게 어울린다. 은발과 빨강도 잘 어울린다. 한국에서도 티코는 대학생들이 가장 갖고 싶은 차 1위로 뽑혔다.

차 안에서의 즉석 회의. 루마니아 대지도를 펼쳐놓고 전국에 흩어져 있는 조선학교 소재지 도시들을 눈으로 일주했다. 열여덟 당시 미르쵸유의 첫 발령지는 시레트다. 대사님이 짚어주기 전에는 보이지도 않는 작은 글자가 겨우 눈에 들어왔다. siret.

우크라이나와 국경을 맞대고 달라붙듯 숨어있는 소도시는 부쿠레슈티에서 까마득히 멀다.

"와… 북쪽 끄트머리네요."

"일 없습니다. 대우차 튼튼합니다."

대사님이 시동을 걸자 명령에 답하듯 티코가 부릉부릉 콧김을 내뿜었다.

티코는 추수 때가 된 너른 밀밭 사잇길을 신나게 달려간다. 바람과 황금파도의 이중주가 소리 없이도 장엄하다. 밀밭에서 갓 구운 빵 냄새가 날아온다. 나는 머리칼을 휘날리며 바람에 몸을 맡겼다.

갑자기 빈들이 나타났다. 추수가 끝난 밭이 아니었다. 농사라고는 모르는 내 눈에도 아예 밀을 심지도 않은 빈들이라는 걸 알 수 있었다. 노는 땅이 아까워 한참을 쳐다보았다. 이상하게도 밀밭과 빈들이 반복적으로 나타났다. 유럽의 곡창지대 루마니아 밀밭에 노는 땅이 많다는 게 이상했다. 자세히 보니 빈들마다 트렉터가 서 있었다.

"대사님. 트렉터가 서 있네요. 왜 농사를 안 지어요?"

"볼트 머리 하나가 부러졌던지, 그랬겠지요."

"볼트요? 그것만 바꾸면 되잖아요?"

"물론. 구할 수 있다면. 간단한 일이 간단치가 않습니다."

"부품이 없어요? 왜요?"

"사회주의가 무너졌다고 사람들 의식, 하루아침에 바뀌지 않습니다."

대사님 말씀에는 많은 것이 함축되어 있었다. 더는 묻지 않았다. 사회주의 논쟁을 할 필요는 없었다. 우와! 해바라기밭이다! 샛노란 황금빛이 지평선 너머에까지 불을 켠 듯 환하다. 티코는 노랑 양탄자 위를 달린다. 꿈속을 달려간다. 말간 아침 햇살 속에 가없이 펼쳐진 해바라기밭을 마음에, 눈에 담뿍 담았다. 아직 쓰지 않은 한 장면이 아름답게 각인되었다.

"작가 선생에게 해바라기는 꽃이지요? 로므니아에서는 농작물입니다. 해바라기 최대 생산국이지요. 사람들이 간식으로 먹는 게 저 해바라기 씨앗입니다. 아직 한참 갑니다. 작가 선생 잠자도 됩니다."

자다니요. 이 나라에 대하여 뭐든 많이 보고, 많이 알아야 합니다. 빈들이든 해바라기밭이든 뭐든 다요. 속으로만 대답했다. 길 양쪽으로 골조만 서 있는 집들이 지나간다. 기둥과 벽만 있는 낡은 구조물들은 짓는 중인지 허무는 중인지 알 수가 없었다. 일하는 사람도 없이 그냥 멈춰있었다.

"대사님. 저 집들은 짓는 건가요? 허무는 건가요?"

"짓는 겁니다."

"왜 집을 짓다 말아요?"

"돈, 부족하지 않습니까. 첫해는 기초 놓고, 다음 해엔 건물 짓고, 그 다음 해에 내부 만들고, 몇 년 걸려 짓습니다."

그나마 의사, 기술자, 당 간부였던 돈 있는 사람들이나 짓는다고 한다. 대사도 공직자인데 당 간부하고는 다른가? 묻지는 않았다. 정치적 대화는 되도록 피한다. 좋은 질문이 떠올랐다.

"대사님. 그 당시 젊은이들은 데이트를 어떻게 했어요?"

"데이트? 무슨 특별한 날 행사입니까?"

"아, 그게 아니라…"

흔히 쓰는 일상적인 말을 설명하기가 쉽지 않았다.

"좋아하는 남녀가 만나서 커피도 마시고, 극장에도 가고, 식사도 하고… '그러니까 사귐의 시간을 갖는다' '연애한다' 그런 뜻이지요. 꼭 남녀가 아니라도 넓게 쓰여요. 엄마하고 데이트한다, 그런 식으로요."

대사님이 고개를 끄덕였다.

"작가 선생. '당근입니다' 설마 먹는 당근 아니지요? 무슨 뜻입니까?"

이상한 말이라고 대사님과 부인이 토론까지 했다고 한다. 꼭 알아오라는 특명도 받았다고.

"당연하지. 당근이지. 발음이 비슷해서 젊은 사람들이 장난스럽게 쓰는 유행어지요. 별 뜻은 없어요."

"게사니가 눅한가 봅니다. 길에 많습니다."

길에 많다고? 뭐가? 거위들만 뒤뚱뒤뚱 놀고 있었다.

"게사니? 거위 말이에요?"

"맞습니다. 눅하다는 압니까?"

"눅눅하다. 과자가 눅졌다. 근데 거위가 왜 눅눅해요? 비도 안 오는데."

"'싸다. 값이 헐하다' 한국말 조선말 벌써 많이 다릅니다."

대사님께 배우면서, 사모님이 싸주신 과일과 샌드위치로 끼니를 때우면서, 가끔씩 졸기도 하면서, 티코는 북으로 북으로 달려갔다.

시레트siret는 울창한 전원도시였다. 티코는 달콤한 과일 향이 흘러드는 과수원 사잇길을 달려간다. 수확기에 접어든 과일나무들이 농익은 열매들을 휘청하니 매달고 서 있다. 키 작은 저것은 포도나무, 검붉은 열매는 자두… 그밖에 이름을 알 수 없는 과일들이 길 양옆에 끝도 없이 도열 해 있었다.

철도와 나란히 달리는 길에 마차가 나타났다.

"시장으로 꽃 팔러 가는 찌간입니다."

찌간? 집시의 현지어 인가? 왠지 어감이 좋지가 않네.

포장 아래로 색색의 꽃들이 보인다. 꽃 더미에 파묻힌 아이들도 보인다. 학교가 아닌 시장으로 장사하러 가는 집시 아이들. 나는 떠오르는 단상을 얼른 노트에 적었다.

물과 태양과 공지空地가 있는 곳이면 어디든 나타나는 유랑민의 아이들은 학교에는 가지 않는다. 저 아이들의 때 묻은 손에 꽃 대신 책을, 트럼프 대신 연필을 쥐여주면 다른 인생을 살 수 있을까. 간혹 교육받은 집시를 보기도 한다. 그러나 얼마 못 가서 꽃 팔고 점치는 부모의 생활로 돌아가 버린다. 견고한 사회의 벽 앞에서 꺾인 꽃처럼 이내 시들어버린다.

티코가 섰다. 언덕 위 성당 옆에 덜렁 서 있는 새하얀 건물, 요양병원이었다. 하얀 벽이 한낮의 태양을 반사해 눈부시다. '여기 맞아요?' 묻는 내 시선에 대사님이 고개를 끄덕였다.

정문은 쇠창살로 되어 있어 안이 훤히 들여다보인다. 울창한 숲에 둘러싸인 조용한 곳이다. 대사님이 입구의 관리인에게 용무를 말하는 동안 나는 큰 나무 아래 놓인 오래된 벤치를 눈여겨보았다.

집시 마차

시장의 집시 상인 가족

저 벤치에서 젊은 두 연인이 대화를 나누지 않았을까. 우리말과 루마니아 말이 뒤섞인 제3의 언어로. 제대로 전달되었을까. 연인에게 말은 필요 없지. 그 사람이 옆에 있다는 느낌만으로도 충만하니까. 바라보는 눈빛이 사랑의 언어일테니.

무거운 쇳소리가 내 상상을 깨뜨렸다. 문이 열렸다.

정문에서 본원으로 이어지는 긴 돌길이 우리를 인도했다. 본원 뒤편에도 건물들이 더 있었는데 모두 오솔길과 숲으로 이어지고 있었다. 오솔길의 잎 넓은 나무들이 햇빛을 반사해 반짝반짝 눈부시다. 새벽부터 쉬지 않고 달려왔지만 워낙 일찍 출발해서 아직 한낮이었다.

건물 안은 어두웠다. 로비에서 기다리고 있던 두꺼운 안경 쓴 여직원이 안내했다. 조촐한 응접실이었다. 대사님이 작은 소리로 말했다.

"비서장이 방문 목적과 방문자 신원조회할 겁니다. 병원 내부를 보여줄지 말지를 결정하는 겁니다."

"비서가요?"

여직원이 문밖으로 사라지기를 기다려 대사님이 대답했다.

"세크러테리secretary 그런 비서 아닙니다. 비서장은 이곳 병원장, 최고 책임자입니다."

이윽고 비서장이 들어왔다. 키도 크고, 덩치도 크고, 가죽 장화도 크다. 군복 같은 유니폼에 넓고 딱딱한 통가죽 벨트를 하고 있어 영락없는 여장군 풍모다. 대사님 이야기를 들으면서 가끔씩 나를 쳐다보고는 한다. 시선을 느낄 때마다 괜히 위축됐다. 여직원이 투명한 유리 자jar에 짙은 자주색 주스를 들고 왔다. 주스 나눠주는 틈을 타 대사님이 내게 말했다.

"병원 내부는 공개하지 않는 답니다."

전혀 예상치 못한 상황이었다.

"조선학교는 많습니다." 대사님이 짧게 말했다.

그러나 두 사람이 처음 만난 곳, 서로를 알아가고 사랑이 시작된 곳은 이곳 시레트이다. 나는 갑자기 이곳이 아니면 안 된다는 생각에 강하게 사로잡혔다.

"저는 시레트가 마음에 들어요." 내 목소리가 절박했을까.

"알겠습니다." 대사님의 음성은 낮지만 단호했다.

비서장은 안 보는 듯 우리를 살피고 있었다. 병원이 무슨 비밀시설이라도 된단 말인가. 미르쵸유 여사의 조심성을 그 순간 이해했다. 나는 검은 빛이 도는 자주색 주스를 물처럼 들이켰다. 하마터면 뿜을 뻔했다. 대사님이 손수건을 건네곤 내 기침이 잦아들기를 기다려 말했다.

"그럼… 이렇게 하십시다. 작가 선생은 조선에서 온 겁니다.

이곳 시레떼에서 자란 고아의 딸이라고 하겠습니다. 돌아가신 아버지의 흔적을 찾아온 딸 말입니다. 리해합니까?”

비서장은 무심한 듯 우리의 대화를 듣고 있었다.

“아버지 이름 물으면 머뭇거리지 말고 대답하십시오. 리해합니까?”

“이해합니다.”

정말 그럴듯하지 않은가. 그 불쌍했던 예전 조선고아의 딸이라니 얼마나 애틋한가. 게다가 아버지를 길러준 루마니아에 감사하러 온 딸이라고 했다니 여장군 같은 비서장 눈에도 살짝 눈물이 맺히던 걸. 나는 대사님의 순간적인 기지에 폭풍감동, 터져 나오려는 탄성을 꿀꺽 삼켰다.

대사님이 찰그락 소리 나게 주스 컵을 내려놓고 다시 비서장과 대화를 이어갔다.

나는 북한사람다운 흔한 이름 짓기에 골몰했다. 김영철, 리영철, 박순길… 리영철로 정했다. 당시에 영철이란 흔한 이름 가진 남자아이들이 꽤 있었을 거다. 울컥 신물이 올라왔다. 급히 들이킨 주스가 역류하나 보다.

뚜벅. 뚜벅. 뚜벅.

구두 소리에 얼른 얼굴을 들었다. 비서장이 나를 향해 걸어오고 있었다. 나도 모르게 벌떡 일어섰다. 뭐라고 묻는 순간 총알처럼 대답해야지. '이영철!' 아냐 아냐. 리영철! 나는 주먹을 불끈 쥐고 입속으로 계속 연습했다. 리영철! 리영철! 리영철!

비서장은 내 얼굴을 들여다보며 루마니아말로 뭐라고 했다. 그리고는 내가 미쳐 '리영철'을 발사할 틈도 없이 와락 끌어안았다. 순간 알아차렸다. '고아의 딸' 통했구나!

비서장은 그 옛날 불쌍한 조선 고아의 딸 뺨에 입 맞추고 등을 어루만지고 머리를 쓰다듬었다. 애틋함이 느껴지는 손길이었다.

대사님이 말했다.

"마음대로 돌아봐도 좋다, 허락했습니다."

비서장은 포옹을 풀고 내 어깨를 잡고 내 얼굴을 한참이나 바라보았다. 계속 바라보면서 감회어린 표정으로 중얼거렸다.

대사님이 통역했다.

"기록 자료에서 옛날 김일성학원 조선 고아들의 사진을 본 적이 있다고 합니다. '바로 이런 얼굴이었군.' 그렇게 말합니다."

비서장이 내 어깨를 가볍게 토닥이며 또 무슨 말인가를 했다.

"이 말도 전해달라 합니다. '어렸을 때 너의 따따아빠가 사랑 많이 받고 좋은 교육 받았다.'"

"물쭈메스크!감사합니다"

나는 울컥한 목소리로 감사 인사를 전했다. 진심으로 고마웠다.

"이곳은 1952년, 조선에서 고아들이 들어오면서 조선학원으로 운영을 시작했습니다. 아이들이 들어오기 2년 전부터 적십자위원회

1950년대 당시 모습을 그대로 간직하고 있는 조선학교-현재는 요양병원

조선고아학교 정문

조선고아학교

여학생 기숙사

약국

세탁장 다림질 기계

빨래 욕조

산하에서 건물도 짓고 시설도 갖추고 모든 준비를 마쳤습니다. 천 명 정도를 수용했는데 나중에는 더 늘어나기도 했지만 큰아이들이 조선으로 돌아가고 어린아이들이 또 그만큼 들어오고, 그런 식으로 수용인원을 조정했습니다. 아이들이 조선으로 다 들어간 1959년부터는 요양병원으로 전환하여 현재 까지 운영하고 있습니다."

비서장의 비서가 열성을 다해 브리핑했다. 나는 브리핑이 필요한 게 아니었다.

"대사님. 조용히 돌아보고 싶어요."

뭐라고 하셨을까. 비서장의 비서가 조용히 물러갔다.

나는 곧장 주방으로 갔다. 낯선 나라에 온 어린아이들이 어떤 음식을 먹었을까. 입에 안 맞는 음식을 먹고 엄마와 고향을 얼마나 그리워했을까. 그때와는 다르겠지만 흔적이나마 보고 싶었다.

점심식사가 끝난 주방은 한가했다. 입원 환자가 많지는 않은 모양이었다. 젊은 조리사 혼자서 뒷정리를 하고 있었다. 주방 한쪽 문 없는 시늉만의 사무실에서 한 노인이 고개를 빼고 내다보았다. 부엌을 살펴보는 외국여자가 의심스러운지 안경을 추겨 올리고 한참을 본다.

"부너지와!"안녕하세요! 내가 인사를 건넸다.

노인은 쑥 들어가고 젊은 사람이 대신 "부너지와." 수줍게 인사했다.

주방의 기구들은 하나같이 엄청 크고 엄청 낡았다. 가마솥보다 큰 그릇을 들여다보고 있는데 "쇼르바 냄비입니다. 메탄가스로 끓이는 모양이군요." 뒤에서 대사님이 일러주었다.

사람 키도 넘는 어마어마한 스테인리스 통이 있었다. 아래쪽에 수도꼭지가 달려있는 걸 보니 물통인가 보다. 통 꼭대기에까지 닿는 긴 철제 사다리를 비스듬히 기대 두었다. "식수통인가요?" 내 질문을 대사님이 노인에게 물었다.

"수프통이랍니다."

입이 딱 벌어졌다. 물을 채우기에도 한참 걸릴 텐데 수프를 저만큼? 그렇다면 저 사다리의 용도도 짐작이 된다. 사람이 뜨거운 스프를 들고 사다리 꼭대기까지 올라가서 부었다는 거다. 조리사들 정말 애썼겠네. 나는 수프 통을 두드려보았다. 퉁~퉁~ 묵직한 북소리가 났다.

"빵과 수프가 루마니아 주식이니까요."

대사님이 보충 설명했다.

아이들이 아래 꼭지에 그릇을 대고 수프를 받았는지는 확인하지 못했다. 물어볼걸. 그 일이 두고두고 아쉬움으로 남았다.

"혹시 저분이 조선학교에 대하여 아시지 않을까요?"

"물론. 그럴 수 있겠습니다. 물어봅시다."

대사님이 노인에게 다가갔다.

두 분이 얘기하는 동안 나는 오래된 조리실 곳곳을 구경했다.

"작가 선생. 와 보십시오." 대사님이 나를 불렀다.

"이분이 1954년부터 이곳 조선학교 주방에서 일했답니다."

눈이 번쩍 뜨였다. 내달이면 일을 그만둔다고 한다.

"그땐 주방이 어땠나요? 모습이 남아있나요? 많이 변했나요?"

나는 말도 맘도 급했다.

"주방은 그때 그대로랍니다. 저 수프통부터 개수대, 냄비, 접시, 포크까지 전부 다." 대사님이 대답했다.

지금 보고 있는 이 모습 그대로라고? 그럼 내가 지금 조선학교 주방에 들어와 있다는 말이잖아! 그렇게나 궁금했던 1950년대 조선학교에 들어와 있는 거잖아! 티코가 타임머신이었네.

눈물이 글썽해졌다. 대단한 역사의 현장에라도 들어와 있는 듯 가슴이 벅차올랐다. 나는 낯선 나라에 막 도착한 조선 아이의 눈으로 새삼 주방을 둘러보았다. 배도 고프고 마음도 고픈 아이들에게 이 주방은 꼭지만 틀면 뜨거운 수프가 나오는 마술 부엌이었으리라.

"부너지와!… 스테판…."

하얀 주방장 모자를 벗으며 노인이 내게 악수를 청했다.

"스테판 씨가 인사합니다. 조선 아이를 다시 만난 것처럼 반갑다고 합니다. 묻고 싶은 거 다 물어보십시오. 고양이 뿔!"

대사님이 어깨를 으쓱했다.

조선 아이들이 고추를 무척 좋아했어요. 이 지방 고추들을 가마니로 다 모아들여서 남을까 걱정했는데 괜한 염려였지요. 조선 여선생들이 김치를 담가줘서 아이들이 다 먹어치웠어요. 식당 홀이 크기도 하지만 천명이나 되는 아이들이 식사하는 모습은 정말 대단했습니다. 말 한마디 안 하고, 옆 사람도 안 쳐다보고, 식사가 무슨 훈련 같았어요. 아, 생각나요. 식당 벽에 조선말로 '엄숙' 써 붙인 거. 식사요? 루마니아식이었지요. 빵을 내면서 걱정이 많았어요. 밥만 먹던 아이들이 빵에 적응할까. 웬걸요. 아이들은 빵을 무척 좋아했어요. 아, 그 아이. 주방에 몰래 와서 빵을 더 달라는 아이가 있었어요. 내가 물 묻은 손을 쓱 닦고 빵을 집어주면 어찌나 맛있게 먹던지. 로므니아 사람 운명을 타고난 아이가 틀림없어요.

무슨 말씀인가요?

경리부장이 아이가 없어서 '아들 하나 달라' 끈질기게 졸라댔어요. 그런 일이 없었고 조선 법에도 문제가 되고… 아무튼 무슨

수를 썼는지 결국 아들을 얻었어요. 그 빵 좋아하는 다섯 살짜리 아이요. 경리부장은 그 아이를 '보프 루도빅'으로 이름을 바꿔서 호적에 올리고 아주 멀리 부쿠레슈티로 데려가 버렸어요. 수십 년이 지나서 그 아이 소식을 들었답니다. 버스 운전사가 되어 로므니아 여자와 결혼해서 잘살고 있다더군요. 성모님 은총을 타고난 아이지요. 조선 아이들은 공부 안 하고 말썽 피우면 그날로 송환시켰어요. 말썽이 없어도 열다섯 살이 되면 조선으로 돌려보냈지요. 가면, 군인이 된다더군요.

스테판 씨는 근 오십 년 전 일을 어제 일처럼 기억하고 있었다. 지금은 병원이 되었지만 모든 것이 옛날 그대로라고 한다. 기숙사 방은 입원실로, 디렉터들의 회의실은 지금도 회의실로. 변한 것이라곤 노란색 벽이 흰색으로 바뀐 것뿐이라고 한다. 스테판 씨의 증언으로 학교에 관한 많은 정보를 얻었다. 노트가 획획 넘어갔다. 인삼차 한 상자와 손가방을 선물로 드렸더니 앞니 빠진 잇몸을 드러내며 활짝 웃으셨다.

작년에 왔을 때, 노동자들이 점심에 먹을 바게트 샌드위치를 낡은 비닐봉지에 둘둘 말아서 옆구리에 끼고 출근하는 것을 보았다. 한국남자들이 목욕탕 갈 때 간단히 들고 가는 손가방을 수십 개 구입했다. 내 배낭은 그런 소소한 선물들로 가득했다. 옛날이야기를 듣고 있던 젊은 조리사가 그 가방을 받고 어찌나 좋아하던지!

대사님이 스테판 씨에게 물었다.

"당시에 근무하던 로므니아 교사분들 중에 연락되는 분 있습니까?"

"연락하고 지내지는 않지요. 간호교사가 세 분 있었는데 아직 주변에 살 겁니다."

"연락처를 아십니까?"

"연금대상자들이라 증빙서류 부탁받은 일이 있어요. 찾아보면 어디 있을 겁니다."

"주소, 연락처 다 물어봅시다."

대사님의 목소리가 흥분으로 높아졌다.

스테판 씨가 뭐라 혼잣말을 하며 서류철을 한참이나 뒤적였다. 나는 그분 손만 쳐다보았다. 서류철 거의 밑바닥에서 찾아냈다. 스테판 씨가 안경을 고쳐 쓰고 조그맣고 얇은 메모지에 옮겨적기 시작했다.

"작가 선생. 노트에 받는 게 좋겠습니다. 분실하면 큰일 아닙니까."

"네." 나는 얼른 스테판 씨 앞에 노트를 펼쳐놓았다. 스테판 씨가 고개를 끄덕이고는 내 노트에 세 분 간호사들의 주소를 적어주었다. 나는 현지인의 흘림글씨 옆에 내 글씨로 토를 달았다.

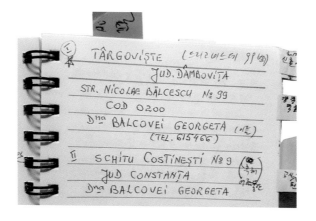

30분의 기적

대사님은 당시 간호 교사였던 세 분에게 전화를 걸기 시작했다. 첫 전화는 손자가 받았다.

할머니요? 작년에 돌아가셨는데요.

대사님이 나에게 고개를 저어 보였다.

두 번째 전화는 더 짧았다. 역시 고인이 되셨구나. 대사님의 표정으로 알 수 있었다.

세 번째. 먼 신호음이 나에게까지 들려왔다. 전화를 받지 않는다.

"조금 기다렸다가 다시 해봅시다."

말씀은 그렇게 하셨지만 목소리에 힘이 없었다.

"외출 중인지도 모르죠. 돌아가셨다는 결정적인 말은 안 들었잖아요. 대사님, 좀 쉬세요. 저는 식당 홀, 기숙사 방, 그런 데 좀 돌아다녀 볼게요."

식당 홀은 루마니아 정교회 분위기가 났다. 천정은 까마득히 높고 벽은 작은 이콘icon 들로 장식했다. 저 이콘들 사이에 '엄숙'이라는 붉은 경고문이 붙어있었겠지. 본연의 뜻과는 다른 의미의 엄숙.

찰각 찰각 찰각… 재봉틀 소리가 들려왔다. 소리에 이끌려갔다.
어머나. 방이라고도 할 수 없는 아주 작고 옴팍한 공간이었다. 바닥 면적은 좁은데 깊다. 입구 벽 안쪽에 기다란 나무막대를 사다리처럼 층층이 붙여놓았다. 네모난 우물 같은 이상한 공간에서 조그만 할머니가 재봉틀을 돌리고 있었다. 수선할 침대 시트와 환자복들이 천정에까지 닿았다.
"부녀지와"
내가 인사하자 할머니도 틀니 없는 잇몸을 드러내며 "부녀지와" 하신다. 나는 수선방 문턱 앞에 쪼그리고 앉아 할머니와 서로의 언어로 대화를 나누었다.
"**조선** 학교, 아세요?"
"**조선** 아이들? 참 오랜만에 듣는 말이구려. 그 장난꾸러기들.

식당홀 천정

식당홀-테이블만 바꿈.-

식당홀의 벽

뜯어진 바지도 해뜨린 소맷부리도 내가 다 꿰매 주었지."

"**조선** 학교 때도 이 방에서, 지금처럼, 이렇게, 일하셨어요?"

"**조선** 아이들이 처음엔 다 똑같아 보였다우. 똑같은 머리모양, 똑같은 옷, 똑같은 말투… 나중엔 알아보았지. **김영자**는 웃으면 눈이 초생달이 되고, **리복순**은 왼쪽 팔에 포탄 맞은 흉터가 있고, **류정길**은 아주 잘 생겼지. 눈도 크고 키도 크고. 난 지금도 그 아이들을 다 기억해요. **조선** 아이들이 **엄마! 엄마!** 부르며 내 품에 안기고는 했다우."

우리에게는 공통의 언어가 있었다. '**조선**' 단어 하나로 대화가 이어졌다. 어린 고아들의 엄마가 되어주셔서 **물쭈메스크!**고맙습니다! 손가방에 여행용 화장품 세트를 넣어서 드렸다. 할머니가 내 뺨에 입 맞추었다. 그분은 옛날 고아 아이라도 떠나보내듯 오래오래 나를 지켜보았다.

세 번째 전화는 계속 무응답이었다. 나는 불길한 예감을 떨치고 말했다.

"대사님. 그냥 가보는 게 어떨까요? 허탕 칠 셈 치구요."

대사님이 고개를 끄덕였다. 다시 지도를 펼치고 세 번째 간호교사의 주소지를 찾았다.

"아하, '뜨르고비쉬데' 여기입니다."

대사님이 가리킨 곳은 우리가 떠나온 '부쿠레슈티'에서 멀지 않은 남쪽 해안가 도시였다. 신새벽부터 달려온 그곳으로 다시 내려가야 한다. 계속 운전하시는데 무리가 아닐까, 생각하는데 대사님은 벌써 차로 걸어가신다.

"작가 선생, 괜찮습니까? 저는 일 없습니다."

내가 할 말을 대사님이 하신다. 고맙다는 말 대신 대사님 흉내를 냈다.

"물론. 일 없습니다. 근데요 대사님. 점심 건너뛰고, 저녁도 건너뛰면 일 있겠습니다."

"물론. 티코도 배고픕니다. 우리 모두 밥 먹고 갑시다."

아담한 레스토랑으로 들어갔다. 먼저 스프와 빵이 나왔다. 조선학교 주방의 그 엄청난 수프 통이 생각났다. 수프에 토마토 퓌레가 너무 들어갔나? 신맛이 강하다. 이 맛을 아이들이 좋아했을까, 수십 년 전 아이들이 걱정됐다. 약간 질깃한 바게트는 보프 루도빅이 된 다섯 살짜리 김덕준을 생각나게 했다. 잘살고 있다니 얼마나 다행인가. 지금은 오십대의 장년 아저씨가 됐겠네.

메인요리로 등심 스테이크와 감자튀김과 직접 불에 구운 못생긴 고깃덩이들이 큰 접시에 한데 담겨 나왔다.

"이게 소세지라구요, 껍질도 없는데?"

"먹어보십시오. 맛있습니다."

대사님이 못생긴 고기 한 덩이를 잘라 드시면서 권한다.

다진 고기를 주먹으로 꽉 쥐어놓은 듯한 못생긴 직화구이를 한 입 먹어보았다. 오, 못생겨도 맛은 좋아.

마실 것 주문받으러 온 종업원 어깨 너머로 창밖에서 어슬렁거리는 들개 두 마리가 보였다. 배가 납작하다. 나는 한 입 먹은 소세지를 끝으로 포크를 내려놓았다. 대사님이 식사 마치시기를 기다려 내 접시의 고기들을 냅킨에 쓸어 담았다. 나는 빵과 수프와 커피로 충분했다.

두 마리가 아니었다. 식당 옆 숲속에 여러 마리가 더 있었다. 싸움이 나겠구나. 나는 자른 스테이크와 소시지들을 나누어 각각 다른 방향으로 힘껏 던졌다. 개들이 흩어져 달려갔다. 대사님은 차 안에서 조용히 기다리고 계셨다.

"공산화가 되면서 도시재정비 계획에 따라 일반주택에서 비좁은 아파트로 이사했습니다. 그 와중에 버려진 개들이 야생 들개가 되어 떼 지어 다니는 겁니다."

오늘만이라도 배고픔을 면했기를….

유대인 마을이었다는 시레트는 작지만 규모 있는 도시였다. 도서관, 대학교, 음악당, 극장, 유서 깊은 수도원들, 몰살당한 유대인 공동묘지··· 둘러보고 싶은 곳이 많았다. 하지만 갈 길이 멀다. 너무 어둡기 전에 뜨르고비쉐데에 도착해야 한다.

노트를 펼쳐보았다. 스테판 씨가 적어준 주소가 비밀의 방 열쇠처럼 소중하다. 받은 주소를 물끄러미 들여다보다가 신기한 사실을 발견했다. 미르쵸유 여사의 성씨가 이분의 이름이었다. 좋은 징조다. 게다가 65세 은퇴 간호사라면 충분히 살아있을 나이다. 간호교사는 아이들과 교사들을 돌보는 직책이다. 만날 수만 있다면 학교에 관한, 아이들에 관한, 교사들에 관한, 세밀한 이야기를 들을 수 있겠다.

대사님은 공중전화만 보이면 차를 세우고 전화했다. 통화는 되지 않았다. 나는 읽기 어려운 현지인의 흘림글씨에서 눈을 떼지 못하며 마지막 생존자일지 모를 세 번째 간호교사님께 '부디 살아있어 주세요' 간절히 부탁했다. '뜨르고비쉐데 99번지 제오르제따 뜨르고비쉐데 99번지 제오르제따···' 노래처럼 기도처럼 되뇌었다.

티코가 섰다. 99번지의 벨을 눌렀다. 남의 집을 방문하기에는 늦은 시간이고 전화도 받지 않았지만 예의를 차릴 여유라곤 없었다. 집 안으로 울려 퍼지는 벨소리가 늘어갔다. 빈집이다! 나는 계단 위에 멍하니 서서 불 켜진 이웃집 환한 창들을 바라보았다.

벌컥 문이 열렸다. 그 바람에 하마터면 계단에서 구를 뻔했다. 풍채 좋은 여인이 우리를 노려보았다. 외출복 차림이다. 이 저녁에 어딜 나갈 참인가. 65세라기에는 젊어 보인다. 제오르제따 씨가 아닌가? 대사님과 여성분이 얘기하는 옆에서 나는 '99번지 99번지' 주문을 외우고 있었다.

"반갑습네다. 제오르제따 입네다."

정확한 우리말. 나는 떨리는 손으로 제오르제따 씨와 악수했다.

"들어오십시오. 무릎 아파 빨리 안 일어납네다. 미안합네다."

우리는 뒤뚱거리는 제오르제따 씨를 따라 안으로 들어갔다. 대사님이 낮은 소리로 언질을 주었다.

"간간이 알아듣습네다. 조심하십시오. '조선사람 만나니 잊어버린 조선말 튀어나왔다'고 자신도 놀랐답네다."

작은 응접실은 옷가지들로 어수선했다. 열어놓은 트렁크 안에는 두꺼운 모직 코트와 약봉지들이 가득하다.

"여행 떠나시나 봐요?"

시간이 없겠구나. 어떡하지? 생각하며 내가 물었다.

"몸 아픕네다."

여사가 짧게 대답하고 대사님과 대화를 이어갔다. 중간 중간 나를 쳐다보기도 하고, 고개를 끄덕이기도 하고, 난감한 표정을 짓기도 한다. 갑자기 여사님이 일어나 뒤뚱뒤뚱 마주 보이는 방으로 들어갔다.

이름 없는 유대인 묘지

뜨르고비쉬데 가는 길

시 외곽의 공중전화

"작가 선생. 깜짝 놀랄 일 있습니다."

대사님은 상기된 얼굴이었다.

"오늘 밤에 여행 떠나신대요?"

"도착. 방금."

"잘됐네요. 그래서 전화가 안됐군요. 그럼 시간 여유는 있겠네요?"

"조금."

"왜요?"

"지금, 흑해 콘스탄짜 딸 집에 있습니다. 반년 만에 왔습니다. 겨울옷, 집 정리, 늘 생각했지만 몸 좋지 않아 못 왔습니다. 오늘 기운 나서 왔습니다. 방금 전. 삼십 분 전에. 우리 조금 일찍 왔으면, 여사님 조금 늦게 왔으면, 길 어긋났습니다. 못 만났습니다. 이런 때 맞춤한 조선말 있는데…."

"세상에 이런 일이." 얼른 내가 대답했다.

"그런 말 있습니까?"

"물론. 정말 신기하네요. 꼭 우리를 만나러 오신 거 같잖아요."

"작가 선생 운 걸찹니다. 고양이 뿔…."

방문 소리에 대화가 끊겼다. 여사님이 제법 큰 초콜릿 상자를 안고 소파에 와 앉았다. 상자 속에는 편지 묶음과 사진첩이 들어있었다. 뭐라 혼잣말을 하며 사진들을 뒤적거린다.

"조선학교 사진 찾고 있습니다." 대사님이 알려주었다.

나는 여사님 손만 지켜보았다. 두툼한 봉투가 끌려 나왔다. 저 속에 조선학교, 고아들, 교사들 사진이 들어있단 말이지. 가슴이 두근거렸다.

여사님이 젊은 아가씨 사진 한 장을 보여주었다.

"나 열아홉 살. 9년간 김일성 학원 근무했습네다."

여사님은 자기 사진을 들고 오래전 이야기를 시작했다.

"첫… 받았습네다 시레떼… 음… 뜨레이… 사우… 빠뚜르…"

여사님이 멋쩍은 미소로 대사님을 쳐다보았다.

"첫 발령지가 시레떼였다고 합니다. 서너살 어린아이부터 인민학교 4학년까지 있었다. 그때 사진 많다. 그렇게 말합니다."

시레트! 귀가 번쩍 뜨였다. 초창기 '시레트'라면 미르쵸유 여사와 함께 근무했었다는 얘기가 된다. 마음은 급하지만 대놓고 물을 수는 없었다. 나는 지금 조선고아의 딸로 이 자리에 있다. 대사님과 눈이 마주쳤다. 기다리라는 눈빛. 조용히 기다린다.

"시레떼 4년 근무하고 뜨리고비쉬데로 전근갔답니다. 인민학교 4년 졸업한 열두 살 아이들이 뜨리고비쉬데 온다. 5학년부터 11학년. 조선아이들 똑똑했다. 수학 잘했다. '부쿠레슈티 수학경시대회' 조선학생이 로므니아 학생들 제치고 일등 했다. 신문에 손바닥만큼 큰 사진 났다. 그 아이 부쿠레슈티 공과대학생 됐다. 학생들간 공부싸움 심했다. 공부 잘해야 전문학교, 대학교 간다. 공부 못하는 아이 소환된다. 아이들 조선 소환 제일 무서워했답니다. 울면서 갔답니다. 작가 선생. 여기 앨범 사진 보십시오."

앨범에는 그 옛날 조선 고아들의 일상이 담겨있었다.

"조선 선생들 아이들 일 시켰답니다. 부엌일도 시키고, 어린 아이들 식사 시중도 들게 하고. 왜냐하면 젓가락 못 쓰게. 포크와 나이프만 쓰게. 유럽 식사예절 가르쳤습니다. 그때 고기, 음식, 풍부했답니다. 기숙사 방청소 수시로 검사했습니다. 조선 선생들 무척 엄해서 장난 심한 아이, 방에 데려가 회의하고, 비판하고 때렸답니다. 아주 버릇 고쳐놓았다 그럽니다. 학생들 생활 규칙적입니다. 아침 6시 30분 트럼펫 소리, 아침체조 합니다. 조선 깃발 올립니다. 방 청소, 세수, 7시 30분 식사합니다. 군대 같습니다. 학생들 규율 있고 좋은 교양수업 받았다고 합니다."

갑자기 여사님이 웃었다.

"아이들 버릇 말. '아이고 죽겠다' '개새끼' 로므니아 교사들 따라 했습네다. 조선 디렉터, 우리 혼났습네다."

두 분은 웃고 나는 노트 필기하느라 정신이 없었다.

여사님은 계속 설명하고 대사님도 계속 통역했다.

"학교에 협주단 있었답ㄴ다. 무용, 노래, 체육, 뛰어난 아이들 많았다고 합니다."

대사님의 통역을 속기사처럼 받아 적고 있는 내 모습을 여사님이 이상한 듯 쳐다보았다. 그 시선에 내가 얼른 답했다.

"아버지가 자란 조선학교에 대한 글을 쓰려고 합니다."

여사님이 대사님을 쳐다보았다.

"작가 선생입니다."

여사님이 크게 고개를 끄덕였다. 감동한 얼굴이었다.

내친 김이다. 한 발 더 나간다.

"녹음해도 될까요?"

노트는 중간중간 빈 곳이 많았다. 여사님이 흔쾌히 승낙했다. 테이프가 돌아가는 녹음기를 상대로 진지하게, 법정에서 증언이라도 하듯 엄숙하게, 이제까지와는 다른 태도로 이야기하기 시작했다.

"아주 우수한 성악하는 여학생 있었다고 합니다."

대사님의 목소리에도 힘이 실렸다.

"뜨리고비쉬데 콩클, 부쿠레슈티 콩클, 일등 했답니다. 학교에서 그 학생 집중적으로 지원했답니다. 잠깐!" 대사님이 급히 손을 들었다.

"큰 사단났습니다. 자세히 묻겠습니다."

기상나팔

생일잔치

조선역사 시간

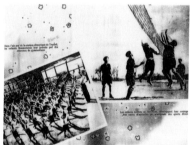

아침체조

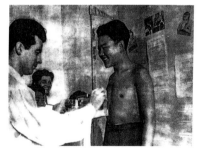

검강검진

어린이 궁전 관람

두 분이 한참 동안 루마니아 말로 얘기했다. 표정들이 심각하다.

"성악하는 여학생과 단독 지도하는 젊은 남자 교원, 관계하는 현장 들키고 말았다. 그런 얘기 합니다. 아주 큰 사건입니다."

나도 필기하던 손을 멈췄다.

"그 여학생 어찌 됐는지 묻겠습니다." 대사님의 말이 빨라졌다.

"다음날 새벽 조선으로 소환됐답니다. 남자 교원도 묻겠습니다."

여사님이 한숨을 쉬었다.

"남자교원… 삼층… 빠르돈? …사 시누치….."

여사님은 간간이 하던 조선말을 루마니아 말로 바꿔 말하며 고개를 흔들었다. 대사님이 침울한 목소리로 통역했다.

"남자교원은 삼층 자기방 창에서 뛰어내려 자살했다 합니다."

긴 한숨을 쉰 여사님이 다시 말했다.

"시체를 방에 숨겨놓았다. 선생들이 긴급회의를 했다고 합니다. 전교생 운동장에 군대식처럼 세워놓고 책임자가 사건을 공개했다. 한 사람은 죽고, 한 사람은 소환됐다. 그 자리에 없는 두 사람 아주 심하게 비판 당했다. 또 한 번 공개처형 당했다. 그렇게 말합니다."

"아이고 죽겠다. 손님 대접… 까마귀 고기 먹었다."

조선학교 교사들

조선학교 남학생

조선학교 여학생

"그 부부를 아는지 물어보겠습니다."

여사님이 자리를 뜬 사이 대사님이 낮게 말했다.

미르쵸유와 조정호를 말하는 거였다. 여사님이 과자 접시를 들고 돌아왔다.

나는 두 사람 이름이 나오나 긴장했다. 말씀과는 달리 다른 이야기를 나누는 눈치여서 조선학교 사진들을 보았다. 딱딱한 겨울 외투를 입은 역시 딱딱한 표정의 조선 교사들과 활짝 웃는 루마니아 교사들의 표정이 대조적이었다. 단발머리 여학생들도 빡빡머리 남학생들도 교사들과 똑같은 무표정이었다.

"당시에 국제결혼한 로므니아 교원이 있었습니까?"

대사님이 홍차를 들면서 자연스럽게 포문을 열었다. 나는 사진에 눈을 두고 귀 기울였다.

"국제결혼은 주로 로씨야러시아 디렉터와 했다고 합니다, 조선사람과 결혼한 로므니아 여선생이 있었다고… 시레떼에서 처음 있는 일이라 화제였다고 말합니다."

대사님이 슬쩍 눈치를 주었다. 미르쵸유라는 뜻이었다.

지금부터다! 나도 펜을 꽉 쥐었다.

여사님은 당시의 일을 소상히 기억하고 있었다.

로므니아 여자 교원이라야 몇 명 없어서 우리끼리 몰려다녔어요. 극장도 가고 음악회도 가고 가깝게들 지냈지요. 그중에

도화 선생이던 미르쵸유가 우리도 모르게 조선 지도위원과 사귀었나 봅니다. 그때 나이라야 열여덟, 열아홉, 우리 모두 어리고 순진했지요. 그런데 어느 날 갑자기 결혼 발표해서 깜짝 놀랐습니다. 조정호 선생은 군인 같은 조선 선생들과는 조금 달랐습니다. 개인적으로 만나면 부드럽고, 은근히 멋도 내고. 결혼할 때는 부교장이었는데 곧 교장 승진했습니다. 우리끼리 말했지요. 조선 교원들 감시자 아니야? 우리는 그렇게 생각했습니다.

미르쵸유가 조 선생을 많이 좋아했습니다. 결혼하려고 조선말과 조선 글을 열심히 배웠다고 합니다. 아무튼, 결혼해서 조선으로 들어갔는데 결국 혼자 나왔다는 얘기 들었습니다. 그 후 조정호 소식 알 길 없답니다. 죽었다, 탄광 갔다. 우리 말했습니다. 정말 탄광 갔을까? 이혼시키려고 핑계 대나? 혹시 유부남 아니야? 소문이 많았습니다. 로므니아와 조선은 형제 나라다. 불쌍한 전쟁 고아 먹이고 입히고 교육시켰다. 로므니아 사람에게 그렇게 할 수 있습니까?

늦은 시간이었다. 여사님은 조선고아의 딸에게 '너의 아버지를 추억할만한 선물'이라며 사진들을 주었다. 당시 조선학교의 모습이 담긴 사진들은 더할나위 없는 보물이었다. 여사님의 추억 상자가 허룩해졌다.

내가 시레트 병원에서 보지 못한 조선학교의 본래 모습들이 거기 있었다. 독서대처럼 뒷쪽이 약간 들린 책상, 침입자남조선들에 대항한 공로로 군사 공로 메달을 수여 받는 여학생들, 루마니아 어린이들과 넥타이 교환식, 체스 대회 사진 등이 눈길을 끌었다. 입원실로 개조하여 보지 못한 기숙사 방 사진도 있었다. 개인 책상과 이층 침대 두 개가 놓인 아담한 방이었다. 특히 관심을 끈 것은 방학이 되어도 갈 곳 없는 아이들의 '여름방학' '겨울방학' 사진들이었다. 수영하고 눈썰매 타는 아이들의 밝은 얼굴에서 전쟁의 그늘은 보이지 않았다.

눈썰매 타는 아이들

드라큘라 백작 -왈라키아 왕, 블라드 쩨빼쉬-

소금 동굴

브란 성에서 드라큘라 상상

사진도 귀하지만 진짜 선물은 99번지 제오르제따 그녀 자신이었다. 살아있어 주셔서, 아픈 몸으로 '뜨르고비쉬데'까지 와주셔서, 옛이야기 들려주셔서 정말 감사합니다! '삼십 분의 기적' 감사하고 감사합니다!

생생한 이야기들이 내 노트를 빽빽이 채웠다.

소설의 세부가 손에 잡혔다. 학교 사람들의 눈이 닿지 않는 곳. 연인들의 비밀장소를 찾는 일에 집중했다. 며칠 헛걸음 끝에 폐허가 된 한 고성을 발견하고 탄성을 질렀다. 상상했던 '그곳'이었다!

사랑이 이겼다. 국경선도 법 제재도 다 넘었다. 신혼여행이란 말도 없던 시절, 두 사람은 자축여행을 떠난다. 작가의 권한으로 그 정도는 해주고 싶었다. 로맨틱하고 편안하고 따뜻한 곳으로. 신혼여행 장소는 주위 분들의 조언을 받았다.

중세 모습 그대로인 '브라쇼브'는 빈 마음으로 한 계절쯤 살아보고 싶은 고즈넉하고 아름다운 곳이었다. '오천만 원 정도면 살 수 있어요. 글도 쓰고 쉬기도 하고, 알아볼까요?' 안내인이 생각지도 못한 제안을 했다. 말도 안 된다고 생각하면서도 한순간 상상했다. 브라쇼브 세컨 하우스를. '관리만 해주신다면요' 농담으로 마무리했지만 자꾸만 뒤돌아보아졌다.

투르다의 소금산, 소금동굴은 가상 세계 같달까, 진짜 산이고 진짜 동굴인데 동화속 '과자로 만든 집'처럼 소금벽을 만지고 맛보면 정말로 짜다. 취재에 적합한 곳은 아니어서 시간 여유 없이 떠난 것이 지금도 아쉽다.

중부 문테니아 지역 시나이아가 마음을 끌었다. '나무궁전'이란 따뜻한 별칭의 '펠레슈' 성은 너무 아름다워서 보자마자 당첨. 두 사람이 궁전을 구경하고 하룻밤 묵었음 직한 시골집도 근처에서 발견했다. 근데 이상하지. 뭔가 허전하다. 완결된 느낌이 들지 않는다. 아, 드라큘라! 루마니아 하면 '드라큘라'가 딱 떠오르잖아. 하지만… 과연 그럴까? 스윗한 신혼여행에 미르쵸유가 으스스한 성으로 신랑을 데려갈까? 흡혈귀 백작이 작품에 들어오면 좋겠지만 인물들이 거부하면 작가도 어쩔 수 없다. 그래도 루마니아 여행의 랜드마크를 패스할 수는 없으니, 가자! 브란 성으로.

성이라기보다도 요새였다. 성벽 두께가 내 팔뚝 길이만 하다. 총알도 대포도 뚫지 못한다. 크지 않은 성 곳곳을 돌면서 내 머릿속은 여러 생각들로 바빴다. 새댁이 신랑에게 오싹한 드라큘라 얘기를 들려주다가 깜짝 놀래키는 장면은 어떨까? 괜찮은데. 자연스럽고 재미있어. "OK! 드라큘라 채택." 신나서 손벽을 딱! 쳤다. 소설의 인물이 되어 느끼고 생각하고 기록한다.

글을 쓰는 이 순간, 나는 충만하다. 나는 행복하다.

밀회장소-폐허가 된 고성

고성의 아늑한 공간

펠레슈 성

시나이아 수도원

시나이아의 시골집

집시 킹, 집시 퀸

한 장의 카드가 당신의 내일을 예언한다

"집시 킹? 집시에게 왕이 있어요?"

내가 두 분 대화에 끼어들었다.

대사관 안기부 직원분들 안내로 유명한 점성술사를 만나러 가는 길이었다. 두 분의 성함을 알 길 없어 살짝 별명으로 구별한다. 은근 근육 자랑하는 '갑빠 맨', 긴 매부리코 '버드 맨'. 그런데 점성술사 만나러 가는 길에 갑빠 맨이 무심코 던진 '집시 킹'에 꽂혀버린 거다.

집시, 보헤미안으로 불리는 자유로운 영혼들에게 왕이 있다고? 그냥 넘어갈 일이 아니었다. 상징적 왕이 아닌 진짜 왕이란다. 나는 내 옷이 맘에 걸렸다. 무엄하게도 청바지에 티셔츠 차림이다. '그런 차림으로는 왕을 뵈올 수 없습니다' 거절당하지 않을까? 왕에게 하는 인사법이 있을 텐데. 발레에서 하는 인사법을 흉내 내볼까? 나는 아이처럼 들떴다.

"집시 킹, 만나고 싶어요. 아무나 만나주진 않겠죠? 대우 맨이라고 하면 만나줄까요?"

루마니아에서 한국 사람은 대우 맨Daewoo man으로 통한다. 대우에 취업하는 게 이곳 젊은이들의 꿈이다. 부쿠레슈티 대학교 한국어 강좌에는 코리안 드림을 꿈꾸는 젊은이들이 모여든다.

"오늘 점성술사 만나러 간다 하지 않으셨나요?"

깐깐한 버드 맨.

"방금 바꿨어요." 나도 밀리지 않는다. 밀릴 수 없다.

"킹은 늘 출장 중입니다. 외국에서 사업하느라 바쁘죠. 빈집이라도 보시겠어요?" 눈치 보던 갑빠 맨이 끼어들었다.

이건 또 무슨 소리. 왕은 사업에 바쁘신 게 아니라 집무에 바쁘신 거죠. 왕이 출타 중이라도 왕궁을 빈집이라고 하면 무엄해요.

"일단 가보지요." 나는 집이든 왕궁이든 보고 싶었다.

"일정과 다르잖습니까?" 버드 맨이 따졌다.

일정이야 중요한 일이 생기면 바뀔 수도 있지요. 대꾸는 하지 않았다. 두 분은 공무원이다. 일정과 규칙이 중요한 직책임을 안다.

"그럼 잠시 궁전 들렀다가 갑니다. 그다음엔 일정대로 하십니까?" 갑빠 맨이 물었다.

"그럼요. 점성술사는 꼭 만나야죠." 나도 확답을 드렸다.

과연, 킹은 실망시키지 않았다. 궁전은 신비와 기괴를 넘어 가히 예술적이기까지 했다. 외벽은 느낌 과잉 핫핑크, 창문은 성당 스타일의 긴 아치형, 세속과 신성의 혼혈이다. 압권은 단연 지붕. 마치 크렘린 궁전 양파 모양 지붕 같은 둥근 첨탑들이 층층이 높다. 그 첨탑들에서 늘어뜨린 긴 줄에 알알이 맺힌 구슬들이 반짝반짝 빛난다. 세상 어디에도 없을 독창적인 궁전에 왕은커녕 시종 하나 살지 않았다.

"실은 저거, 킹 궁전 아니에요." 갑빠 맨이 실토했다.

"그럼 뭐에요?"

갑빠 맨이 머뭇거리자 버드 맨이 설명했다.

"외국에서 큰돈 번 집시들이 저런 궁전같은 집을 짓습니다. 킹의 집보다 더 크고 더 괴상하지요. 진짜 킹 궁전은 오히려 소박합니다. 모르는 사람이 보면 그냥 보통 집이죠. 보안상의 문제로 진짜 '킹 궁전' 위치는 비밀입니다만 작가님께는 보여드리겠습니다.

부자 집시의 궁전같은 집들은 하나같이 비어있었다. 살지도 않을 집을 왜 저렇게 큰돈을 들여 화려하고 어마어마하게 지을까. 이유를 듣고는 고개가 끄덕여졌다.

집시들은 14세기부터 5백여 년 동안 루마니아 사람들의 노예로 살았다. 그래서 지금도 찌간 '노예'라고 낮춰 불린다.

부자 찌간이 외친다.

로므니아 사람들아, 보아라. 우리는 노예가 아니다!

집시 킹 궁전 -위치는 보안상 비밀-

킹 궁전이 멀어지면서 재미있는 생각이 떠올랐다. 킹이 있으면 퀸도 있지 않을까? 차우셰스쿠가 루마니아 국가주석이 될 것을 예언하여 그야말로 카드의 여왕으로 등극한 집시 여인이 있다고 들었다. 젊은 시절, 미르쵸유 여사가 답답한 심정으로 찾아갔을 법하지 않은가. '남편과 언제쯤 만날 수 있을까요?' '남편은 살아있겠지요?' '남편이 죽었다는 데 거짓말이겠지요?' 집시 퀸을 만나야겠다는 생각이 굳어졌다. 차우셰스쿠가 처형된 이후 어떤 상황인지도 궁금했다.

"방금 지령이 내려왔어요. 집시 퀸을 만나라."

나는 농담으로 미안함을 가렸다.

"집시 퀸이요? 그런 거 없습니다." 갑빠 맨이 정색했다.

"차우셰스쿠가 대통령된다 예언한 집시 여자요."

"거긴 안 됩니다. 너무 위험합니다. 루마니아 사람들도 그 지역엔 안 갑니다." 버드 맨이 딱 잘랐다.

"취재가 필요해요. 가야겠어요." 나도 물러서지 않았다.

"작가님 오른쪽! 북한 대사관이요!" 갑빠 맨이 소리쳤다.

나는 반사적으로 셔터를 눌렀다.

"찍었어요?"

"찍었어요."

"그 앞에서 어정거렸다간 무슨 변을 당할지 모릅니다."

좋은 분위기에 찬물 끼얹는 버드 맨. 냉정하시기는.

맞는 말씀입니다. 멈춰 서서 사진 찍고 어정거리다가 어떤 시비에 휘말릴지 모를 일이지요. 아무튼 얼결에 북한 대사관을 찍었다. 다행이다. 미르쵸유 여사가 탄원하러 수도 없이 들락거린 건물인데, 부디 제대로 찍혔기를.

계획에 없던 집시 킹은 그런대로 넘어갔지만 집시 퀸은 우범지대라고, 문제가 다르다고 두 분 모두 고개를 저었다. 공산화되기 전, 루마니아는 점성술사도 많았고 카드점 치는 집시들도 많았다고 한다. '공산화 이후 미신으로 몰린 점쟁이들이 자취를 감춰 만날 수 없다.' 버드 맨이 딱 잘랐다. 내가 모순점을 지적했다.

"점성술사는 찾아내셨잖아요?"

"그게 웬만한 연줄 아니고는 찾기도 어렵고 접촉도 어렵습니다."

"그 연줄로 집시 퀸도 찾아주세요."

인민 궁전 -행정건물로 세계3위 큰 건물-

루마니아 북한 대사관

구름 속 햇살이 엷게 퍼진, 낮이라기엔 늦고 저녁이라기엔 이른 시간이었다. 오가는 차량도 없는 한적한 도로에 들어섰다.

4차선 도로 양쪽으로 네모난 회색 건물들이 커다란 레고들처럼 반듯반듯 서 있었다. 공장지대인가? 찍어낸 듯 똑같은 형태의 건물들이 줄줄이 많은데 마트도 상점도 주유소도 보이지 않는다. 아예 상점 자체가 없다. 건물에는 간판이라곤 없고 거리에도 도로 표지판 하나 없는 이상한 길이었다. 마치 촬영 끝난 영화 세트장 같았다. 그 비현실적인 길을 한동안 달려갔다.

'저건 뭐지?'

작고 네모난 철판 하나가 눈에 들어왔다. 건물 벽이 꺾어지는 직각 부분에서 도로를 향해 톡 튀어나와 있다. 달리는 차에서도 얼른 눈에 띄게 달아놓은 간판 같은 거. 이 도로에서 처음 보는 간판인 것도 놀라운데 글자를 보고는 정말 놀랐다. JAIL.

교도소? 마치 구멍가게 한 귀퉁이에 걸어놓는 '담배' 딱 그만한 사이즈의 철제 간판이었다. 교도소를 떠올리기 쉽지 않은 건물이고 간판이었다. Jail과 Prison은 어떻게 다른가. 경범죄, 중범죄. 단기 구금, 장기 구금… 그 이상은 잘 모르겠다. 하릴없는 생각을 하는 동안 날이 저물고 있었다.

차 안은 정적이었다. 이 도로에 진입하면서부터 투 맨은 침묵이다. 가로등도 들어오지 않고 다니는 차도 없는 한산한 길을 말 한 마디 없이 달려간다. 우범지대라는 말이 실감 났다.

허름한 동네에 이르렀다. 갑빠 맨이 앞뒤좌우 유심히 살펴보고 나서 차에서 내렸다. 버드 맨은 차 안에서 바깥 동정을 살피고 있다. 그 시선을 따라가 보았다. 불빛 새어 나오는 어느 집 담 모퉁이에 네 남자의 실루엣이 보인다. 3:1. 불리한데. 이야기가 길어지고 있었다. 버드 맨이 시선은 앞에 둔 채로 "별일 없어야 할 텐데…." 중얼거렸다.

갑빠 맨이 차로 돌아왔다.

"어떻게 됐어?" 버드 맨.

"우리를 경찰로 의심하는 것 같아요." 갑빠 맨.

"그럴 만도 하지. 이 저녁에 들이닥쳤으니. 그래서?"

"저, 작가님." 갑빠 맨이 고개를 돌려 내게 말했다.

"아무래도 여자분이 의심을 덜 받잖아요. 한국 물건 수입해서 사업하는 분이라고, 이번에 돈 좀 벌겠나, 물어보러 왔다고 했어요."

"잘했네." 버드 맨이 대답했다.

실제로 그런 여성 사업가와 식사한 적이 있었다. 한국에서 한물간 앙골라 스웨터를 가져다가 큰 이익을 챙겼다고 한다. 100 달러라면 이곳 물가 수준으로는 무척 비싼데 과거 당 간부의 부인들이 색깔 별로 휩쓸어가서 물량이 부족했다고 아쉬워했다. 여사장은 다음 아이템으로 치킨 사업을 구상하고 있었다. 루마니아는 치킨이 귀하고 비싸다.

"두 분도 같이 들어가 주실 거죠?"

혼자서는 들어갈 엄두가 나지 않았다.

"아, 그게요… ." 갑빠 맨이 뒷말을 흐렸다.

"저 세 사람, 누구야?"

계속 전방을 주시하고 있는 버드 맨이 물었다.

"아들들이라는데 모르죠. 눈초리며 체격이 보통 아닙니다."

"근데, 뭐? 말하려다 만 거?" 버드 맨이 물었다.

"점 보실 여자분만 들어오라는 데, 어떡하죠?"

갑빠 맨이 내 눈치를 살폈다.

"예상한 대로야. 가격은?"

"이백이요."

"이백? 달러로 이백?"

"네."

"시험치곤 호되군." 버드 맨이 쩝! 입맛을 다셨다.

"처음엔 사백 불렀어요. 절반으로 타협 본 게 그래요."

"위험수당이야. 이쪽이 수상하니까."

두 사람의 대화를 들으며 계산해 보았다. 1$=8,400Lei. 선물용

말보로 한 보루를 12,000Lei 주고 샀다. 2달러도 안 되는 가격이다. 그런데 200달러? 엄청난 바가지네.

"외국인이니 일단 경찰은 아니고 경찰 끄나풀 일지 모른다, 생각하고 크게 부른 거야. 이백 달러면 누구 하나 잡혀가도 남는 장사지. 가물에 눈 튀어나올 액수야."

버드 맨이 휙 돌아보며 "어떡하시겠어요?" 물었다.

"혼자는 무서워요. 다 함께 들어가요."

"한 사람은 밖에서 만일의 사태에 대비해야 합니다."

'만일의 사태' 그런 말을 전자 음성 같은 목소리로 말하는 버드 맨은 어떠한 경우에도 감정을 드러내지 않는다.

"제가 들어갈게요. 남편이라고 해도 괜찮으시죠?"

친절한 갑빠 맨!

"그럼요. 시간 끌면서 이것저것 물어봐 주세요. 치킨 사업, 좋아요."

나는 빳빳한 십 달러짜리 스무 장을 갑빠 맨에게 건넸다. 200$가 아니라 400$를 주고라도 카드 점집 장면은 사고 싶었다.

완연한 밤이었다. 가로등도 켜지 않은 밤길은 캄캄했다. 자동차는 헤드라이트 불빛을 밟으며 빠른 속도로 달렸다. 집시 퀸은 장터에서 본 추레한 집시 여인과 다를 게 없었다. 대충 묶은 머릿수건, 발뒤꿈치에 치렁치렁 밟히는 긴 치마, 어깨에 걸친 뜨개 숄까지 전형적인 집시의 모습이었다. 대통령 당선을 맞춘 후 그녀 앞에 앉으려면 몇 달씩 기다려야 했다는 카드여왕에 걸 맞는 품격은 찾아볼 수 없었다. 눈동자만은 날카로웠다.

여왕이 카드를 펼치는 순간, 그 현란한 손놀림에 홀려버렸다. 여왕의 거친 손은 카드를 만지면서 부드럽고 유연하게 변신했다. 투박한 손 안에서 카드들은 한순간 멋지게 정렬했다 사라지곤 한다. 카드는 여왕의 충성스런 친위대 같았다.

불쑥, 여왕이 내게 카드를 내밀었다. 긴장 속에 세 장 뽑았다. 나는 그녀가 카드를 읽는 눈초리, 카드를 해석하는 표정, 말하는 목소리에 주목했다. 갑빠 맨이 여왕의 신탁을 간략하게 전달했다.

"금화가 쏟아진다. 치킨 사업 떼돈 번다. 꽃길이 펼쳐진다."

이백 불짜리 덕담을 듣고 어수선한 방을 나왔다.

점쟁이 방이라면 뭔가 신비로운 기운이 느껴질 거라 상상했었다. 그냥 마구 어질러진 지저분한 방이었다. 소득이 아주 없지는 않았다. 집시 점집이 어떻게 생겼나 보았고, 그들끼리 말할 때 집시어語의 억양도 들었고, '집시' 하면 떠오르는 낡은 하프 코트와 붉은 롱스커트 등 전형적인 생활 모습도 보았다. 그 것으로 되었다. 나도 그녀도 서로를 믿지 않았다. 여왕은 위험을 담보로 이백 불을 벌었고, 나도 위험을 담보로 장면 하나를 얻었다.

"왜 이렇게 헤매? 빨리 빠져나가!"

버드 맨이 재촉했다.

"밤이 돼서 헷갈려요."

길을 잃었다. 두 시간도 넘게 헤매고 있다. 그 집시 점집까지 가서 다시 출발해야 하나? 그것은 너무나도 위험한 일이었다. 다시 간다면 그 남자들이 어떻게 나올지 알 수 없었다. 총을 쏠지도 모른다. 도로에 차 한 대가 없다. 캄캄한 우범지대에서 헤매고 있는 차는 우리뿐이다.

" '제일'이 있었는데…." 내가 중얼거렸다.

"제일? Jail, 그 제일이요?" 갑빠 맨이 큰 소리로 물었다.

"교도소 같지 않아서 기억하고 있어요."

"됐어요. 그 길 알아요. 작가님. 큰일 하셨습니다."

낯선 길에서 나만의 랜드마크를 보아두는 길치 습관도 가끔은 쓸모가 있네.

가족사진 -루마니아. 1962년-

유치원 시절의 미란 -루마니아-

미란과 미르쵸유 -루마니아.1967년-

생애 첫 남자, 생애 마지막 남자

-마지막 인터뷰-

참석: 미르쵸유 여사님. 작가. 통역 선생님.

장소: 미르쵸유 여사댁.

여사 : 조선역사 가르치는 남자 선생과 조선 여선생이 결혼했어
　　　요. 당시 여선생 중에는 전쟁 때 남편 죽은 이가 많았고,
　　　남선생 중엔 평양의 부인과 이혼하고 동료 선생과 결혼
　　　하는 사람도 꽤 있었어요. 그런 쌍이었지요. 결혼식 끝나
　　　고 한 로므니아 교사가 그랬어요. 무슨 결혼식에 축하연
　　　도 없느냐. 그래서 로므니아 식 무도회를 열었지요. 조선
　　　사람들은 수줍어하면서도 좋아했어요. 매주 토요일마다
　　　댄스파티를 열기로 했지요. 조선 선생들은 (웃음) 정말
　　　춤을 못 췄어요.

작가 : 그때 조 선생님이 여사님 눈에 들어온 건가요?

여사 : 과자도 먹고 술도 권하면서 춤추며 가까워졌지요.

작가 : 조 선생님이 다른 조선 남자들과는 달랐나요?

여사 : 그이는 로므니아 사람 같았어요.

작가 : 어떤 면에서요?

여사 : 표현이… 달랐….

작가 : 선생님. 무슨 표현을 뜻하는지 정확하게 물어봐 주세요.

통역 : 정확하게는 말하지 않네요. 사랑 표현, 스킨십… 같은데
요.

작가 : 두 분이 교내 비밀연애를 하셨는데, 어디서 만나셨나요?

여사 : 당시에는 단체로 놀러 다니는 게 유행이었어요. 그래야
소문이 안 나니까요. 주로 친한 교원들끼리 뭉쳐 다녔지
요. 결혼도 함께 놀러 다니던 사람들끼리 많이 했어요.

작가 : 결혼을 결심하게 된 계기가 있었나요?

여사 : 1953년 여름에 부쿠레슈티에서 세계청년축전이 열렸어
요. 거기서 처음으로 자유롭게 만났지요. 보는 눈들이 없
으니까.

작가 : 그때 조 선생님이 프로포즈 했나요? 어떻게 했나요?

(그때 미르쵸유 여사가 무슨 생각이 나는지 픽 웃었다.)

여사 : 정식으로 결혼신청 한 적은 없고, 어느 날 그래요. '할 얘
기가 있다.' 그래서 '해라.' 그랬지요. '당신을 좋아하는데
동의한다면 결혼하고 싶다. 만약 당신도 동의한다면 우
리 부모님의 허락을 받아야 한다.' 그래서 내가 그랬어요.
'나도 동의한다. 하지만 정부의 동의를 얻어야 한다.'

(통역 선생님과 나는 빵 터졌다. 결혼에 동의하나? 동의

한다. 프로포즈가 무슨 회의 같잖아.)

작가 : 그렇게 결혼 약속하고 학교로 돌아와서는 어떻게 지냈나
요?

여사 : 당국의 허가가 나기까지 더 조심했지요. 자주 만나지 않
았어요. 그때는 조 선생이 교장이었어요. 교사와 교장이
자주 만나는 것도 말썽 생기고, 그래서 눈만 만났지요.

작가 : '눈만…' 무슨 말인지 알겠어요. 여러 사람들 속에서 두 사
람만 눈빛을 교환했다는 거군요?

여사 : 맞아요. 바로 옆 사람도 모르게.

작가 : 그 비밀연애를 어떻게 이어가셨어요?

여사 : 편지도 주고 받고… 댄스파티만 기다렸지요. 직접 만날
수 있으니까.

작가 : 그랬겠네요. 두 분이 파트너셨나요?

여사 : 돌아가며 가끔. 만나면 손 꼭 잡고 신호를 주고받았어요.

작가 : 신호요? 어떻게요?

여사 : 내가 그이 손을 꼭 누르면 그이도 내 손을 꼭 누르지요.

작가 : 사랑한다는 암호였군요?

　　　(미르쵸유 여사가 말없이 미소 지었다. 행복하게도 쓸쓸
하게도 보이는 미소였다.)

작가 : 결혼식은 어떻게 하셨어요?

여사 : 부쿠레슈티 2구청, 인민위원회에서.

작가 : 결혼반지는 받았나요?

여사 : 조 선생 집이 가난해서 돈 다 송금했어요. 반지 없어도 상
　　　관없었어요.

작가 : 어쨌든 결혼했습니다. 신혼 때 얘기 좀 들려주세요.

여사 : 우린 조선식 로므니아식 반반이었어요. 어딜 가도 나란
　　　히 걷고. 조선 부부들은 아내가 뒤에서 걷잖아요. 우린 무
　　　슨 일이든 상의해서 결정했어요. 동의 안 되면 내일 다시
　　　상의해보자, 그랬지요.

작가 : 부부싸움 할 일이 없었겠군요?

　　　(미르쵸유 여사가 한숨처럼 혼잣말을 했다. 내가 통역 선
　　　생님을 쳐다보니 '나중에' 그런 사인을 준다.)

작가 : 가장 행복했던 때는 언제였나요?

여사 : 조선 국적 취득하고 평양으로 들어가는 국제선 열차 안
　　　에서였어요.

작가 : 열차 안은 비좁고 지루하지 않았나요?

여사 : 시베리아 횡단열차를 타고 평양까지 갔지요. 그 시간이
　　　우리가 함께 했던 가장 긴 시간이었어요. 내 평생 가장 행
　　　복했던 시간이기도 하고요.

　　　(미르쵸유 여사의 눈빛이 먼 시베리아 열차 안을 맴도는

듯 아련하다. 더는 입을 열지 않았다.)

작가 : 학교가 없어지면서 조선으로 들어가셨군요?

여사 : 평양에서 작은 아파트 하나 받았어요. 조 선생은 교육부 대외관계부에 근무하고 나는 김일성 대학에 들어갔지요. 조선말과 아동심리학을 공부했는데 하나도 못 알아들었어요. 그나마 임신해서 일 년도 채 못 다녔지만.

작가 : 조선에서의 생활은 어떠셨나요?

여사 : 처음엔 좋았어요. 아무 문제가 없었지요. 1956년 소련 공산당대회에서 김일성 주석이 비판받고 오기 전까지는요. 그때부터 구라파 외국인들을 배척하기 시작했어요. 외국인 여자와 사는 남자들을 어부로 보내고, 조 선생은 함경도 시골학교로 발령이 났어요. 남편이 '임신한 아내가 너무 추운 곳이라 못 간다' 하니까 '월급도 아무 것도 없다.' 정말 쌀 배급도 끊겼어요. 하는 수 없이 1962년에 로므니아로 나왔어요. 아이 낳다 죽을 거 같았어요. 그이 혼자 함경도로 갔지요. 아이 낳고 다시 조선으로 들어갔는데 집을 안 줘서 학교 교무실에서 세 식구가 살았어요.

작가 : 고생이 막심하셨겠어요.

여사 : 사랑하는데 오막살이면 어때요. 더한 곳에서도 살 수 있어요. 우릴 그냥 살게 했으면 저는 불만 없이 살았을 겁

니다. 정치가 가정에 관여하기 시작했어요. 나라에서 외국인 가정을 '살지 말라' 결정했어요. 그래도 버텼는데 아이가 영양실조로 다리가 구부러지니 나올 수 밖에 없었지요. 우리가 끝내 이혼을 안 하니까 남편을 함흥 탄광으로 보내더군요. 로므니아에 와서 남편에게 식량과 의복을 계속 부쳤어요. 그러다가 1966년에 온다간다 말도 없이 소식이 끊겼어요. 국제결혼한 다른 가정들도 모두 그렇게 됐지요. 아무튼 저는 편지를 수도 없이 보냈지만 다 되돌아왔어요.

(미르쵸유 여사는 반송된 편지들을 보여주었다. 어린아이 한글 같은 그 편지를 일부 빌려왔다. 작품 쓸 때 감정을 유지하려면 필요할 것 같았다. 미여사와 딸에게는 너무나 소중한 편지여서 돌려줄 것을 굳게 약속했다.)

나는 노트를 덮었다. 미여사가 말할 수 있는 사적인 대화의 한계라는 생각이 들었다. 그래도 이전 인터뷰에 비하면 장족의 발전을 한 셈이었다. 돌아오는 길에 통역 선생님에게 물었다.

"아까 '나중에'라고 한 것은 무슨 말이었나요?"

이 선생은 어차피 알아듣지 못할 운전기사를 의식하며 속삭이듯 말했다.

"그 사람을 보면 몸이 뜨거워지고 온몸의 피가 거꾸로 솟는 기분이었답니다."

20세기에서 21세기로

이제 정말 시작인가.

두 해에 걸쳐 동유럽을 오가며 취재했지만, 막상 쓰기 시작하니 모르는 것 투성이였다. 큰 사건에 집중하느라 사소하지만 소설에서는 매우 중요한 일상 취재가 부족했다. 예를 들어, 당시 유행한 노래, 아기 재울 때 부르는 자장가, 집의 구조, 유행했던 패션, 자동차, 마차, 전차 등등 알아야 할 것들이 태산이었다. 작품은 정체된 도로 위 자동차처럼 가다-서다를 반복했다. 감사하게도 섬세한 디테일은 외국어대학교 루마니아 교수님들께서 도움을 주셨다.

2001년! 작품을 쓰는 동안 세기가 바뀌었다. 마치 연금당한 사람처럼 나는 작업실에 틀어박혀 한 세기가 끝나고 새로운 세기를 맞이하는 그 요란한 팡파레도 듣지 못했다. 듣지 않았다. 시간이 많이 흘렀고, 무엇보다도 감정을 유지해야 했다. 쓰는 내내 '정신은 루마니아에, 몸은 한국에' 그렇게 분리된 상태였다. 책에 쓴 '작가의 말' 일부를 인용한다.

작품을 쓰는 동안 나는 발화점을 추적해 들어가는 소방관 같았다. 사랑이 불타던 자리에서 불에 타 사라진 한 시대를 추적해 들어가는 작업은… 막막했다. 사랑의 향기를 좇아 이국의 도시와 들판을 헤매고 다닌 지난 몇 년이 꿈만 같다. 서울에 돌아와서도, 작업실에 앉아서도, 나는 줄곧 루마니아의 울창한 숲과 소소한 골목길에서 서성였다. 밤새 이국의 어느 장소를 헤매이다가 문득 고개를 드는 순간, 맞닥뜨린 낯선 광경에 어리둥절했다. 내 방이었다.

2001년 가을, ≪루마니아의 연인≫이라는 제목으로 '민음사'에서 출간했다.

이 책은 예상치 못한 분야에서 많은 문의가 들어왔다. '하나원' 관계자분이 찾아와서 '탈북 자녀들 학교 운영 모델'에 많은 도움이 됐다며 책에 안 나온 내용까지 취재해 가기도 하고, 북한학 연구하시는 교수님들의 학구적인 질의도 받았다. '베일에 싸여있던 조선고아학교의 실상이 상세히 나와 있어 놀랐다' '너무 수고가 많았다' '몰랐던 사실을 알게 되어 감사하다'는 말씀들을 주셔서 작은 보람을 느꼈다. 동유럽 이산가족의 놀랍도록 '간절한 사랑' 이야기와 '조선고아학교'의 실상이 어떤 면에서든 도움이 되기를 바라며 모두 협조했다.

어느 날, TV 다큐멘터리 피디가 찾아왔다. 명함과 함께 책을 내밀며 '종로서적에까지 가서 책을 구하여 읽고 왔습니다. 책에 너무 감동을 받아서 다큐멘터리로 만들고 싶습니다'라며 사인을 부탁했다. 책에 사인을 해주며 말했다.

"관심 보여주셔서 감사하지만 어렵겠습니다." 거절했다.

미르쵸유 여사가 이산가족 명단에 오르려면 해외에 진출하여 우방의 지지를 받아야 한다. 그러려면 국내 방송보다는 파급력이 큰 영화 쪽이 가능성이 크다고 판단했다. 대여섯 차례 영화 제의가 있었고 구체적으로 캐스팅 논의까지 진행되던 시점에 IMF가 터졌다. 그때 나는 이미 시나리오 작업에 들어가 있었지만 영화사가 투자를 받지 못하여 기획은 무산됐다. 엔딩에 밝히겠지만 이 책은 주인공만큼이나 시련이 많았다. 상상할 수도 없는 어마어마한 사건의 여파로 책이 묻혔다. 원대한 꿈과 계획은 뜻을 이루지 못했다.

다큐멘터리 피디가 또 찾아왔다. 이번엔 대본 맡을 여성 방송

작가까지 함께 와서 다큐 프로그램에 작가님이 출연하여 증언도 해달라는 부탁까지 하면서 잘 만들겠다고 집요하게 설득했다.

나는 이상하다고 생각했다. 원작 소설이 있는데 다큐멘터리라고 할 수 있을까? 게다가 그 다큐 방송에 소설가가 나와서 증언을 한다고? 아무리 실존 인물이 있고, 역사적 사실을 취재하여 썼다 해도 ≪루마니아의 연인≫은 한 인물의 자서전이 아니다. 거절했다. 그러나 그 피디는 포기하지 않았다. 끈질기게 찾아왔고 요청했다.

나는 이 소설의 집필 동기로 돌아가서 생각해 보았다. 미르쵸유 여사 가족의 아픈 사연을 알려서 **가족 상봉**을 이루게 하고 싶었다. 그게 어렵다면 북한 **남편의 생사**라도 알아내고 싶었다. 그렇다면 '국내 방송이라도 미르쵸유 여사의 사정을 알릴 수 있는 기회가 될 수는 있겠다.' 그런 결론에 이르렀다. 작가의 입장을 떠나 그 한 가지만을 목표로 생각하고 승낙했다.

그후 그 피디가 촬영 떠난다며 찾아와서 제작에 도움이 될만한 자료를 보여달라고 요청했다. 자료들을 본 피디는 촬영에 필요하니 빌려달라고, 촬영이 끝나면 꼭 돌려드리겠다고 거듭 부탁했다. 사실, 부탁이 아니더라도 영화든 다큐든 촬영하려면 꼭 필요한 자료들이었다. 자료 중에는 미르쵸유 여사에게 돌려주려고 소중히 보관하고 있는 편지들이 있었다. 우편물이 분실되는 일도 종종 있어서 여태 가지고 있었는데 공영방송 다큐 감독은 신분 확실한, 믿을 만한 인편人便이었다. 나는 자료들을 건네며 간곡하게 부탁했다.

"미르쵸유 여사가 북한에 있는 남편 조정호 씨에게 보냈지만 되돌아온 반송 편지 일곱 통과 반쪽짜리 편지에요. 너무나 가슴 아픈 소중한 편지들을 우편으로 부쳤다가 만에 하나 분실될까 염려되어 아직 보관하고 있습니다. 제 생각은, 영화 촬영 팀과 함께 가서 전하거나, 아니면 '동유럽 여행가는 셈 치고' 또 가서 직접 전하려고 했어요. 감독님이 가시니까 믿고 맡깁니다. 잘 전해주세요."

피디는 잘 전해주겠다고 굳게 약속했다.
나는 미여사님께 편지를 보냈다.

한국의 국영방송 촬영팀이 갑니다. 잘 협조해주세요. 그리고 그동안 제가 보관했던 반송 편지들을 감독 인편에 보내니 받으세요.

나의 사랑 하는 작가 선생님에게
안녕 하십니까? 편안 하세요?
보내 주신 소포를 방송국 김선생님을 통해서 잘 받았습
저를 잊지 않고 이렇게 기억해 주시니 감사 합니다.
샌들을 손녀 에게 주었더니, 기뻐 하며, 신고 바
에 가겠다고 기다립니다 아주 고맙습니다.
인삼 대추 한차를 마셨는데 아주 좋았습니다. 보내주
분도 좋아 합니다. "옛 편지들"은 김선생이 가져 갔는
저 에게 원본을 돌려 주라 라고 해주세요.
다큐멘 타리 가 방송 됐나요? 반응은 좋았는지요
비디오 테이프를 빨리 받고 싶습니다.
경청 해주셔서 많이 감사 합니다. 나는 당신의 만복을
빕니다.

촬영이 끝났을 시점이 한참이나 지났는데도 피디로부터는 연락이 없었다. 그때 느닷없이 미르쵸유 여사님의 편지가 날아들었다. 반송 편지를 감독이 가져갔다며 돌려달라고 말해달라는, 날벼락 같은 부탁 편지였다.

너무 놀랍고 너무 어이가 없어서 카드의 글을 읽고 또 읽고 멍하니 들여다보았다. 그러니까, 피디가 편지 원본은 챙기고 미르쵸유 여사에게는 복사본을 주었다는… 정말 믿기 어려운 내용이었다. 그 한 맺힌 편지들을 가로채어 무슨 일을 하려는 것일까. 그렇잖아도 그 가족은 남북한 양쪽에 감정이 좋지 않은데 내가 또 나쁜 한국 사람을 보낸 꼴이 되고 말았다. 사람을 잘 믿는 내 자신을 탓했다. 문제는 그것으로 끝나지 않았다.

피디에게 전화하여 어떻게 된 일인가 물었다. 정말 입이 딱 벌어지는 답변을 들었다.

"저의 다큐와 소설이 무슨 상관입니까?"

피디 목소리가 대본을 읽듯 딱딱하고 어색했다.

"그게 무슨 말씀입니까?" 놀란 내 목소리도 딱딱해졌다.

"선배 감독이 동유럽에 여행 갔다가 **우연히** 한 할머니를 만나서 사연을 듣고 나에게 일단 다큐로 만들어 봐라, **반응이 좋으면** 내가 **영화로 만들겠다**, 그래서 **시험 삼아** 만든 겁니다. 선배 감독이 취재한대로 만들었다구요. **소설과는 전혀 상관없습니다.**"

피디는 자기 할 말만 하고 전화를 끊었다.

나는 방송국에 연락하여 담당자를 만나러 갔다. 사안이 심각하여 그 자리에 부장님도 나오셨다. 부장님이 담당 피디에게 물었다.

"어떻게 된 일인가?"

"제가 ≪루마니아의 연인≫을 소개했습니다. 실존 인물이 있고, 우리나라에 전혀 알려지지 않은 중요한 사실들이 상세히 나와 있으니 다른 각도에서 취재하여 다큐로도 만들면 좋겠다. 다큐 만들기 좋은 강력한 소재라 추천했는데 이렇게 나올 줄은 몰랐습니다."

부장님은 전후 사정을 듣고, 내가 드린 피디의 명함을 들여다보다가 문득,

"이 사람, 우리 직원 맞나?" 물었다.

"계약직이었는데 제작사 차린다고 나갔습니다."

담당 피디가 난감한 얼굴로 대답했다.

부장님이 명함을 내게 돌려주며 물었다.

"외주 제작사에서 종종 사고를 칩니다. 그런데 책을 많이 베꼈나요?"

"예고편에 나온 장면들만 봐도 책 그대로입니다. 편집본을 보여주세요."

편집본은 정말 어이가 없을 정도였다. 피디는 소설과 사실의 구별 없이 미르쵸유 여사에게 소설 대사를 그대로 말하게 연출했다. 여사가 배우가 되어 있었다. 이런 것을 다큐멘터리라고 할 수 있을까?

부장님이 고개를 흔들며 말했다.

"제목이 그렇게 노골적인 이유가 있었군. 도둑이 제 발 저린다고, 제목이 너무 직설적이야. 뭔가 강변하려고 애쓰고 있잖아, 어떻게 처리할 건가?"

부장님이 담당 피디를 바라보았다.

"납품 프로덕션 일이지만 잘못됐습니다. 이 건은 엄연한 저작권 도용입니다. 면밀히 살피지 못한 제 책임이 큽니다. 그런데 이미 예고편이 나가서 펑크 내기도 어렵습니다. 물론 법적조치는 취하겠습니다.

– 자료협조: ≪루마니아의 연인≫(2001년 출간) 소설가 권현숙 –

다큐 필름에 작가님 성함을 올리겠습니다. 원작자 입장에선 별거 아니시겠지만 그렇게 크레딧에 박히면 아무리 용을 써도

자기네가 오리지널이란 주장은 못합니다. 양해 부탁드립니다."

"작가님 정말 죄송합니다. 방송국의 입장을 봐서라도 부탁드립니다."

다큐 본부장과 부장님이 거듭 사과하고 부탁했다.

나는 다른 각도에서 생각했다. '다큐멘터리라지만 책 내용을 그대로 찍었다. 그렇다면 미르쵸유 여사를 알린다는 애초의 의도는 오히려 더 효과적일 수 있겠다' 그런 쪽으로 마음을 돌렸다. 이번에는 내가 관계자 두 분께 부탁했다.

"그 사람에게 편지 원본을 여사님께 꼭 돌려드리라고 하세요. 제게 편지가 왔어요."

"그 문제는 우리가 책임지고 해결하겠습니다. 아마 그 편지를 갖고 있는 목적은 자기네가 발굴한 소재다. 우리가 오리지널이다. 그렇게 주장하려는 의도로 보입니다. 작가님 걱정 마십시요. '편지 돌려주지 않으면 방영 못 한다' 그러면 돌려줄 수밖에 없습니다."

부장님이 담당 피디를 바라보았다.

"당연한 말씀입니다. 그렇게 하겠습니다."

"남의 작품을 송두리째 훔치다니. 종종 표절 시비는 있었지만 이렇게 심한 경우는 저희도 처음입니다. 든든한 뒷배라 믿는 선배 감독이라는 자가 시키는 대로 하는 것 같습니다. 그쪽도 소위 작품하는 사람들인데… 참 뻔뻔하고 양심이라곤 없네요. 아무튼 정말 죄송합니다."

부장님이 엘리베이터 버튼을 눌러주며 다시 한번 사과했다.

이 문제에서 정말 나쁜 점은, 내가 미르쵸유 여사를 속였다고 한 점이다. 초판밖에 못 찍은 책이고, 다른 영상 매체에 활용도 못했는데 작가가 여사님을 속일 일이 무어란 말인가. 그들에게는 그렇게까지 해야 할 이유가 분명 있을 것이다. 무엇일까? 그간의 사정을 헤아릴 수 있게 하는 편지가 몇 통 있다. 무슨 말인가, 당시에는 이해하지 못했는데 이제는 알겠다.

누구라도 미르쵸유 여사 사연으로 다큐든 영화든 만들 수 있다. 작가 시점에 따라 얼마든지 다른 작품으로 만들 수 있다는 뜻이다. 그런 중에 역사적 부분이 겹칠 수는 있겠다. 내가 만난 증언자들 외에 다른 분이 생존해 있을 가능성도 배제할 수는 없다. 하지만 내가 증언자 두 분을 만난 것은 기적이고 은혜라고 밖에는 달리 표현할 길이 없다. 그것도 라저르 대사님의 기지로 '조선학교 고아의 딸'이라 둘러대며 전국을 돌면서 고생스레 취합한 내용이 아닌가.

그냥 그런 정도인 줄만 알았다. 나와 미르쵸유 여사 사이에 큰 오해가 있는 줄은 상상도 못했다. 근래 한 일간지에 여사를 인터뷰한 기사가 실렸다. 반가운 마음에 보다가 '한국의 작가까지 나를 속였다'는 한 줄을 읽고는 너무 놀라서 인터뷰한 특파원에게 바로 연락하여 알아보았다.

그간의 내막을 들은 특파원이 안타까워했다.

"어떤 상황인지 이해도 되고 짐작도 하겠는데 러시아로 옮겨와서 미르쵸유를 다시 만나기는 어렵군요. 작가님께서 직접 만나보셔야 겠습니다."

코로나로 2020년부터 편지 왕래가 끊겼다. 코로나 이전까지 나와 여사님 그리고 라저르 대사님은 이십여 년을 한결같이 연말 연초에 서로 카드를 보내며 새해 인사를 나눠왔다.

미르쵸유 여사께는, 처음 계획대로 뜻을 이루지 못했다는

미안함과 우정으로.

라저르 대사께는, 본인 일처럼 도와주신데 대한

무한한 감사와 우정으로.

'한국의 작가까지 나를 속였다'는 그 속임의 내용이 무엇인지 나는 아직까지도 알지 못한다. 다만 내가 그 정도밖에 믿음을 드리지 못했구나 싶어 허탈했다. 연례행사처럼 주고받던 안부 카드에도 답장을 안 하신 지 한참 되었다.

현지 인터뷰 기사를 통해 2004년에 조정호 님의 사망확인서를 북한 대사관으로부터 받았다는 사실을 알게 되었다. 뜻은 이루지 못했지만, 이제는 연로하신 라저르 대사님 내외분과 미르쵸유 여사님의 건강과 평안을 기도하며 안부 카드라도 보낼 수 있게 되기만을 고대한다.

2018년 2월 7일

여사님께서 이번에도 우리에 대해서 깊은 심정을 두고 새해 축하와 기원을 보내주셔서 충심으로부터의 감사를 드립니다.

이미 2018년이 시작하여 뜻깊은 음력설을 맞이하시며 여사께서 건강하시고 문학 창조에서 걸작을 창작하시며 좋은 일이 많이 있기를 기도합니다.

아우렐리우 라저르 와 마르쳘라

라저르 대사님의 새해인사 카드

새해를 축하 합니다!

나의 사랑하는 작가 선생님에게

안녕하십니까?

나의 생실을, 선생님의 가드는, 편지들과 선물에
잘 받았습니다. 깊이 많이 감사를 드립니다.

선생님 안 됐읍니다. 무어라 사과 드릴 말이

없읍니다.

EU AM VRUT CELE 10 FOI SCRIJE CU POTELA MELE
BIOGRAFICE, NU SCRIJONIR VICU (옛 편지를 안 읽니다)

자네에게 사과 하지 않으면 안 되겠네.

하나님 살려 주시옵소서!

선생님 가족에게 도몸 건강 하세요 행복이

함께 충만 하시기를 기원 합니다.

나의 수고한 보람이 없었다.

부카레스트 에서.
제 . 미 . 올림.

La multi
ani!

나의 사랑하는 작가 선생님 에게

안녕하십니까?
나의 생실을, 선생님의 편지들과
선물에 잘 받았습니다. 짚이 많이
감사를 드립니다.
　오래 기다리시게 해서 죄송합니다.
작가 선생님의 수고에 깊은 감사
를 드립니다.
　당신의 만복을 빕니다.
　하나님 살려 주시옵소서!
흠없는 사람은 없다
사 필귀정하다.
　새해 에복 많이 받으십시오!
　　　　　　20 XII 2002.
부카레스트 에서.
　　　제. 미　올림.

이 문제는 떠올리기조차 힘들어 쓰고 싶지 않았다. 그러나 이십여 년 억눌러 온 감정이 나 자신도 제어 못 할 힘으로 폭발해 결국 토해내고 말았다.

나는 책장 구석에, 내 눈에 안 띄게 둔 ≪루마니아의 연인≫을 꺼냈다. 한참을 들여다보았다. 오래전 일들이 방금 전 꿈처럼 선연하게 떠올랐다. 까마득히 잊고 있었던 최인호 선생님과 그 강의 내용들까지도 또렷이 떠올랐다. 가령, 내 글에서 '겉늙어 보이는 여자'라는 부분을 지적하시며 '처음 본 모르는 여자의 나이도 모르면서 어떻게 겉늙었다고 하나' 지적하셨을 때 나는 엉뚱하게도 '구구단'이 떠올랐다. 기초가 부실하구나. 이런 말씀도 하셨다. '글이 안 풀린다고 다음날로 미루지 마. 어려운 부분일수록 끝을 내야 돼. 숙제를 남기면 다음 날 책상에 앉기도 어렵고 글쓰기가 두려워지지. 나를 이기는 습관을 들여. 그래야 계속 작품을 쓸 수 있어.'

오랜 세월이 흐른 뒤, 선생님의 암투병 소식을 듣고 돌아가셨다는 기사를 접했다. 생전에 우연히라도 뵐 기회가 없었다. '선생님과의 짧은 수업이 제게는 문학 수업의 9할이었습니다.' 진정한 감사 인사 한 마디 전하지 못한 아쉬움이 크다. 짧은 인연을 내세워 찾아뵐 엄두도 나지 않았고, 기억도 못하실 거라 여겼다. 엄두가 안 나도, 기억을 못하시더라도 생전에 찾아뵙고 감사 인사를 올렸어야 했다. 천국에서 평안하실 것을 믿으며 이따금 선생님 책을 읽습니다.

≪루마니아의 연인≫ 편을 끝내면서 재미있고도 아쉬운 에피소드가 생각났다. 루마니아에 있을 때 '부쿠레슈티 대우'에서 '대우미인대회'를 개최한다는 소문을 들었다. 구경 가야지, 생각했는데 세상에 이런 일이!

'작가님을 심사위원으로 모시고 싶답니다.' 대사관에서 내 의견을 물어왔다. 깜짝 놀랄 일이었다. 자격은 없지만 무조건 OK! 그러잖아도 루마니아 방방곡곡을 다니면서 정말 미인이 많은 나라구나, 감탄했었다.

오렌지밭에는 전지현, 해바라기 씨 공장에는 김태희⋯ 떠도는 말들이 사실이었다. 관저의 가정부(부쿠레슈티 대학 영문과 출신)로 일하면서 나의 시내 외출 길 안내 겸 영어통역을 맡아준 두 아이 엄마 마리아나 씨도 상당한 미인이었다.

내 자리가 아니었나 보다. 솔직히 내가 무슨 자격으로 미인을 심사하겠나. 그렇긴 해도 비행기표 문제로 평생 단 한번 온 기회를 놓치고만 아쉬움이 크다. Noroc!행운을 빕니다! 미인들 격려할 말도 준비했었는데⋯.

'루마니아'를 생각하면, 빨간 티코가 떠오른다. 그리고 오랜 세월이 흐른 뒤 찾아온 '조선 고아의 딸'(?)을 그 옛날 어린 고아와 재회한 듯 애틋하게 맞아주신 따뜻한 분들이 생각난다. 여장군 풍모의 비서장님, 조선학교 조리사였던 스테판 씨, 조선학교 간호교사였던 뜨르고비쉬데 99번지 제오르제따 씨, 前 평양 주재 루마니아 대사셨던 라저르 대사님, 멋진 여성으로 성장한 미란 씨와 그 가족들 그리고⋯ 미르쵸유 여사님!

부디 건강하고 평안하시기를 기도합니다.

2001년 9월 11일. 여느 때와 다름없는 평온한 초가을 오후였다. 나는 출판사에서 갓 나온 ≪루마니아의 연인≫ 저자 증정본을 소중히 안고 집으로 가는 길이었다. 길이 막혀 멍하니 차창 밖을 바라보고 있었다. 오랜 수감생활을 마치고 막 세상에 나온 사람처럼 투명한 초가을 하늘빛이 눈부셨다. 카 오디오에서 갑자기 음악방송을 중단하고 이상한 소식을 전했다. 볼륨을 높였다.

세계무역센터에 비행기가 충돌하여 붕괴됐습니다.

9.11 미국 본토 테러 대참사 첫 소식이었다.

3

늑대신부

화덕에서 통째로 양이 익어갈 때

나는 아직 쓰지도 않은 이 책을

죄 없는 어린 양에게 바쳐 버렸다.

-2018년 몽골 취재노트 중에서-

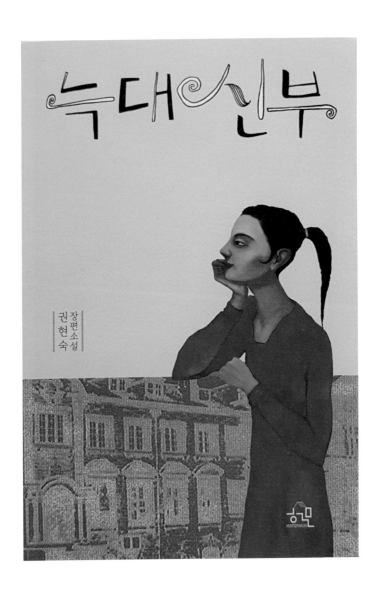

늑대신부

권현숙 장편소설

왕족 늑대 부부

관은 하나였다.
두 몸이 어찌나 꼭 껴안고 있는지
뗄 수가 없었다.
수선화밭 한쪽에 그대로 묻었다.

─늑대신부 본문 중─

값 15,000원

ISBN 979-11-92520-02-5

쓰레기통에서 건진 사진이 강한 영감을 주었다.

늑대 신부가 내게로 왔다.

진짜는 쓰레기통에 있다

'번뜩' 빛났다. 두 눈 크게 뜨고 다시 들여다보았다. 그것은 방금 내가 버린 신문뭉치에서 빠져나온 신문 사진이었다. 재활용통 속으로 쏟아질 듯 상체를 기울여 간신히 건져냈다. 그저 신문 사진일 뿐. 그러나 보았다. '번뜩' 빛을 내쏘던 한 순간을!

작품 마감 날이 가까워지면 매일 오는 신문이 숙제가 된다. 열흘이고 보름이고 쌓아두었다가 원고 보낸 다음에야 빠르게 읽는다. 아무리 바빠도, 아무리 밀렸어도, 보지 않은 신문을 그냥 버리는 일은 없었다. 스크랩할 거 자르면서 다 넘겨보았는데 왜 못 봤을까? 안고 나가기에도 버거운 신문 뭉치 속에서 유독 그 면이 빠져나온 것은 또 왜 일까? 문득, 유명한 에피소드가 떠올랐다.

코발트 빛 바다 위에 거대한 진주조개처럼 떠 있는 시드니 오페라 하우스. 당시로서는 설계가 너무 실험적이고 공모전 규정에도 맞지 않아 버려졌다고 한다. 그러나 진짜는 힘이 세다. 번득이며 존재감을 주장한다. 눈 밝은 건축가가 버려진 그 설계도를 건져내어 최종 당선시켰다. 시드니의 랜드마크 오페라 하우스의 일화는 재활용 스토리 중 으뜸이리라.

　건져온 신문 사진 속 두 사람이 이야기를 들려주기 시작했다. 죽음도 갈라놓지 못한 사랑에 대하여, 죽기까지 지킨 예술혼에 대하여. 내가 쓸 작품이 한눈에 보이는 순간이었다. 나는 믿는다. 두 사람은 나를 기다리고 있었다고, '번뜩' 번개처럼 스쳐간 그 빛은 신이 주신 영감靈感이라고.

양가죽 그림

죽은 늑대를 위한 파반느

사진은 소설의 마지막 장면이 될 거였다. 이야기를 역방향으로 추적해가기 시작했다. 저토록 절실한 최후라면 '무엇'엔가에 생을 걸고 투신한 두 사람이다. '그 무엇'은 '무엇'일까….

이야기는 세포처럼 분열하기 시작했다. 노트가 한 권, 두 권 늘어나고 메모 박스가 가득 찰 무렵 인물과 사건들이 구체성을 띠어갔다. 소설의 배경은 '1940년대 경성' '2019년 서울' 그리고 아직 빈칸으로 남은 '그 어딘가…'.

'그 어딘가'는 낯선 땅에서 나고 자란 이국적인 남자 인물의 영역이다. 경성 말기 외국이라면 기껏 상해나 만주일 텐데 식상하고… 눈보라 휘몰아치는 '바이칼'은 어떨까. 어두운 삼나무 숲, 바다 같은 수평선, 꽝꽝 얼어붙은 시베리아… 다큐멘터리에서 본 시베리아 횡단열차의 낭만적인 영상들이 떠올랐다.

지도를 보았다. 멀지만 너무 멀지는 않은 곳, 강점기에 거의 언급이 없는 미지의 땅, 몽골. 맞춤하게도 시베리아 횡단열차가 몽골을 횡단한다. 몽골 자료 책들 주문하고 인터넷 검색을 시작했다.

눈벌판을 이동하는 늑대무리가 눈에 들어왔다. 맨 앞 늑대가

몸으로 눈을 뚫어서 길을 내어 무리를 인도하는 감동적인 사진이었다. 용맹하고 희생적인 우두머리 늑대에게 강렬한 메시지를 받았다. 반면 헉, 소리 나게 다정한 늑대 커플도 있었다. 암컷 머리를 한입에 넣고 사랑을 표현하는 수컷 늑대, 지그시 눈 감고 행복에 취해있는 암컷 늑대. 늑대가 이렇게 로맨틱한 동물이었나? 몸으로 눈을 뚫어 무리를 인도하는 우두머리, 사랑에 빠져 순둥순둥 강아지가 되어버린 스윗한 커플. 궁금하다, 늑대!

인터넷의 늑대 사진들을 흥미롭게 관찰하다가 멈칫, 했다. 하얀 눈밭에 피투성이로 쓰러져있는 늑대 한 마리. 사냥꾼들은 아직도 화약 냄새가 날 것 같은 엽총을 들고 늑대를 지켜보며 둘러서 있었다. 설마 눈벌판의 그 우두머리 늑대는 아니겠지. 사랑에 빠진 스윗한 그 늑대는 아닐 거야. 생각은 그렇게 하면서도 불길함에 눈을 뗄 수가 없었다. 죽은 늑대가 자꾸만 눈에 밟혔다.

주문한 책들이 왔다. 택배 상자를 떨어뜨릴 뻔했다. 벽돌 책 두 권, ≪늑대토템≫이었다. 필요한 부분만 읽자, 작정하고 책을 열었다. 첫 장에서부터 한 방 먹었다. 건너뛸 수 없게 하는 독서의 맛. 오랜만에 만난 멋지고도 방대한 저술이었다. 이런 책을 만나면 며칠 밤낮 고된 행복감에 취하여 지낸다. 마지막 장을 덮으며 소리쳤다 '늑대 천자문 뗐다!'

호랑이, 표범 같은 포식동물들은 사냥해도 저만 먹고 가족은 돌보지 않는다. 늑대는 절대 그러지 않는다. 먹을 게 생기면 무리 전체를 생각한다. 늑대들은 사냥한 먹이를 남겨두고 가면서 크게 울부짖어 일가 무리에게 알린다. '여기 먹이가 있다!' 그 단결력으로 늑대가 초원의 왕이 되었다.

-≪늑대토템≫ 중에서-

머릿속에서 화학작용이 일어났다. 눈밭의 우두머리 늑대, 다정한 수컷 늑대, 총 맞아 죽은 늑대가 동일 개체로 다가왔다. 늠름하고 다정한 생전의 모습에 피투성이 주검이 오버랩 되었다. 소설적 상상력으로 세 늑대를 붙여보았다.

폭설로 무리는 며칠 째 사냥을 하지 못 했다. 배고파 우는 어린 새끼들, 늙은 부모, 그들을 추스르는 아내와 부상당한 형제들, 조카들…이대로 있다가는 모두 굶어 죽는다. 우두머리는 결단을 내렸다. 키가 넘는 눈을 뚫고서라도 먹잇감을 찾아나서야 한다. 보통 때의 이동이라면 자신이 맨 끝에서 무리를 보호하겠지만 지금은 다르다. 키가 넘는 눈을 뚫는 일은 경험이 필요하다. 사냥이 가능한 자식들과 젊은 동생들을 중간 중간 세우고 이동을 시작했다. 하루 이틀 사흘… 굶주림과 피로

가 극에 달할 무렵, 야생 가젤 무리를 발견했다. 오, 은혜로운 탱그리하늘여!

우두머리는 오랜 시간 눈 속에서 잠복하며 때를 기다렸다. 가젤들 역시 굶주려서 눈에 묻힌 풀을 파먹는 데 온 정신이 팔려있었다. 마침내 우두머리가 공격 명령을 내렸다. 사냥은 대성공이었다. 무리가 배불리 먹고도 남을 만큼.

"여기 먹이가 있다!"

우두머리는 크게 울부짖어 다른 친척들에게 알렸다. 그 소리를 듣고 몰려온 것은 포수들이었다. 벌판을 뒤흔드는 총소리! 화약냄새!

우두머리 늑대는 도망가지 않았다. 맨 앞에서 펄쩍펄쩍 뛰었다. 온몸이 총알받이가 되었다. 숨이 붙어있는 내내 그렇게 버텼다. 대장의 희생으로 무리의 절반이 살아 도망쳤다. 가장으로서 우두머리로서 책임을 다한 대장 늑대의 죽음에 사냥꾼들은 경의를 표했다.

나는 즐겨찾기에 넣어놓은 라벨의 '죽은 황녀를 위한 파반느'를 불러냈다. 여러 버전이 있지만 현악 사중주의 우아하면서도 힘 있는 화음을 좋아한다. 허밍으로 따라 부르며 죽은 우두머리 늑대를 위한 나만의 애도 의식을 치렀다.

여기까지 쓰고 한동안 모니터를 바라보았다. 새 작품을 시작하면 이사한 집 새로 도배하듯 모니터 바탕화면을 바꾼다. ≪늑대신부≫의 바탕 화면은 '눈밭의 늑대무리'다. 이 작품을 쓰는 동안 나는 매일 사납고도 달달한 우두머리 늑대를 만난다. 컴퓨터 안에 내 팀이 있다. 든든하다.

눈밭 늑대무리에서 강한 메시지를 받은 내 직감이 맞았다. 신문 사진 한 장으로 '죽음도 넘어선 사랑'을 보여줄 ≪늑대신부≫의 남자와 '목숨 걸고 사랑을 지켜낸' 우두머리 늑대가 겹쳤다. 소설의 남주男主는 몽골 늑대의 특성을 내재한 남자다. '어딘가'로 남겨두었던 빈칸에 자신있게 '몽골'을 넣었다. 서울-몽골-경성. 비로소 소설의 배경이 완성되었다.

몽골의 봄

몽골의 겨울

같은 땅 다른 세상, 서울과 경성

'2019년 서울'은 발품이 꽤 들었다. 갓 서른 여성의 야망을 따라서 '한국-몽골 무속'과 다큐멘터리 세계를 폭넓게 공부했다. 재미있었다.

뜻밖의 난관은 '경성'이었다. 영화와 드라마에서 꽤 여러 번 다룬 주제여서 친숙하다고 생각했는데, 아니었다. 영상물은 그 특성상 항일투쟁을 강렬하게 보여주거나 신문물에 취한 '모던 걸' '모던 보이'의 기행을 보여주거나 대부분 그런 범주였다. 나는 경성시대를 거쳐 해방을 맞은 과도기 젊은이들의 사적이고도 내밀한 이야기를 하고 싶었다.

1946년 서울대학교가 개교한다. 해방된 **대한민국 신인류의 등장**이다. 남녀 주인공들은 서울대학교 예술대학 음악부 학생들이다. '그들이 무슨 공부를 했고, 어떻게 연애했고, 사생활은 어땠는지' 알아야 한다. 물론 안다. 취재가 거의 불가능한 영역이라는 거. 혹, 1회 졸업생 한두 분쯤 생존해 있지 않을까, 수소문 했지만…묘연했다. 서울대학교에는 음악부 1회 학적부조차 남아있지 않았다. 그렇다고 시든 식물처럼 축 늘어져 있을 수만은 없었다. 소설의 배경인 서촌 골목골목을 누비고 다녔다.

하루 종일 걸어 다녀서 발에 물집이 잡혔다. 혼자 떠들고 있는 거실 TV를 꺼야지 꺼야지 하다가 설핏 잠들었나 보다. 누군가 귀에 대고 소리쳤다. **서울대 음악부 1회!** 스프링처럼 튀어 일어났다. TV에서 테너 안형일 선생님이 '서울대 음악부 1회' 그 기적의 단어를, 당시 이야기를, 들려주고 있지 않은가. 정신없이 받아 적었다. 너무 고단하여 미처 끄지 못했던 TV가 도와줄 줄이야.

'마음이 사무치면 꽃이 핀다' 시詩 구절이 머리를 쳤다.

나는 즉시 서울음대 출신 성악가 선생님께 전화하여 안형일 선생님 연락처를 부탁했다. 안 선생님 아드님과 연락이 닿았고, 바로 안형일 선생님과 통화하게 되었다. 그렇게도 궁금했던, 지금은 자취도 없는 당시 음악부 교정의 모습과 분위기를 알려주셨다. 몇 권의 책보다도 귀한 자료였다.

작은 보답이라도 하고 싶었다. 마침 격 월간지에 이 년째 글을 연재하고 있어서 '내 마음의 카네이션'이라는 제목으로 안형일 선생님을 올렸다. 아흔셋 연세에 '예술의 전당' 무대에서 가곡 세 곡과 '라보엠' 로돌포의 고음을 흔들림이 없이 부르셨다. 기립박수가 끊이지 않았다. 평생 운동선수처럼 체력운동과 노래연습을 해 오신 진정한 프로정신에 브라보!

됐다! 싶은 마음이 들었다. 여러 서적과 당시 신문, 잡지를 뒤져서 분위기도 파악한 상태여서 곧바로 작품에 들어갔다. 오산이었다. 일상의 구체성이 결여되어 몇 장 쓰고 나니 한 발짝도 더 나아갈 수 없었다.

자료적 가치가 있는 책들은 꽤 있었다. 후손들이 선조의 업적을 기록한 문집이라든지 유서由緒 깊은 종가의 상차림 같은 거. 논문 쓰는 학자에게는 좋은 문서일 테지만 나는 소설가다. 그런 문서들은 음식점 진열장 속의 플라스틱 모형음식처럼 생기生氣라곤 없었다. 당시 최상류층의 일상을 내가 살아본 듯 알아야 한다. 어디의 누구에게서 따끈한 진짜 음식 같은 생생한 이야기를 들을 수 있을까. 혹 '어디'의 '누구'를 알아낸들 집안 속사정을 낱낱이 얘기해 줄지…. 나는 다시 까마득한 벽 앞에 섰다.

주일예배 마치고 친구와 전철을 기다리던 중이었다. 무심코 경성 부잣집 자료가 부족하다는 푸념이 튀어나왔다. 말없이 듣고만 있던 친구가 느닷없이 "아흔아홉 칸 집에, 할아버지가 평양감사도 하고, 그런 집안이면 되나?" 물어서 급히 되물었다.

"그런 집 알아?"

친구의 의미있는 미소. 이렇게 가까이에 취재원이 있을 줄이야.

우리는 승강장 차가운 의자에 앉았다. 들고나는 전철 소음 속에서 친구는 할머니 적 이야기를 들려주었고 나는 필기했다. 전철의 소음 따위는 들리지도 않았다. 주일마다 친구를 만나 서울

명문가 (지금으로 치면 최상위 재벌가)의 가풍과 전해 내려오는 집안 이야기, 특유의 음식에 대하여 들었다. 디테일이 살아있는 흥미로운 이야기들이 현실감을 획득하면서 작품의 빈칸들이 메워져 갔다.

소설에는 경기도 덕소 별장에서 음악부 학생들의 삼각 사각 연애에 얽힌 격렬한 결투 장면이 나온다. 덕소는 우리 엄마 외가로 국민초등학교 2학년 여름방학에 이모들 따라서 놀러 갔던 기억이 큰 도움이 됐다.

떡수 할머니는 ('덕소'의 경기도 사투리) 모처럼 서울 아이들이 내려왔다고 잔칫집처럼 음식을 장만했다. 부엌은 동네 아주머니들로 북적북적 기름냄새가 진동하고, 마당에서는 힘 센 아저씨들이 떡메로 인절미를 쳤다. 나는 내맘대로 '날라가는 과자'라고 불렀던 한과들을 함지박 가득 들고 나가서 기웃거리는 동네 아이들과 나눠 먹으며 놀았다. 놀이도 시들해질 무렵, 아이들을 집안으로 불러들여 큰 마루에서 방학숙제를 했다. 아마도 방학일기 서로 베끼기였을 텐데 궁둥이를 하늘로 뻗치고 공부하는 아이들이 기특했던지 할머니가 큰 상을 펴주며 말씀하셨다.

"이 대청마루에서 느이 증조부께서 처음 교회를 열었단다. 소작인들, 머슴들, 행랑채 어멈과 젖먹이 아이들까지 한데 앉아서 말씀을 들었지."

커서 알았지만 엄마 외가는 덕소, 갈매, 도농의 유지로 교회와 학교를 여럿 세웠다고 한다. 며칠 신나게 놀고 서울로 돌아올 때면 엄청난 짐 보따리가 따라왔다. 참외, 가지, 오이, 감자들로 울퉁불퉁한 자루와 빈대떡, 무시루떡, 인절미가 든 네모난 함지들을 떡메 치던 아저씨가 무겁게 지고 기차 안에까지 들어와 의자 아래 밀어 넣어주었다. 맨 종아리에 닿던 무시루떡의 미지근한 온기를 지금도 기억한다.

집안에 전해 내려오는 외할머니의 친정 이야기, 떡수 덕소, 갈매울 갈매, 도롱리 도농, 사람들이 겪은 사건들을 작품 곳곳에 끼워 넣었다. 여러 경로로 모은 경성 노트, 몽골 노트, 작품구상 노트들이 차곡차곡 쌓여갔다. 순간순간 떠오른 생각들을 모아둔 메모 통도 가득 찼다. 이제 몽골 현지 취재만 남았다. 2017년 오월 중순, KAL에 전화했다.

집행유예 일 년

"울란바토르 항공권은 예약 완료됐습니다."
"벌써요? 혹시 취소 표가 있을까요? 한 자리면 되는데요."

"알아보겠습니다."

키보드 타닥타닥… 내 심장도 두근두근….

"죄송합니다. 한 시간 전에 환불표 한 자리 바로 예약됐습니다."

"한 시간 전에요?"

이런 낭패가. 어렵게 들어온 그 표를 놓치다니. 한 시간 전에 나는 뭘 하고 있었지? 이런, 하필 그때 택배가 왔다. 몽골 햇빛이 사납다기에 고글과 모자를 주문했었다. 고글 써보고 모자도 써보고 거울 앞에서 폼 나나 살펴보고 셀프 컷도 찍었다. 쓸데없는 짓 하느라고 소중한 표를 놓쳤다. 집행유예 일 년. 어깨가 툭 떨어졌다.

인터넷에는 몽골 여행 후기들이 넘쳐났다. 친구끼리, 회사 동료끼리, 휴가를 즐기는 경쾌한 여행기들이었다. 저렇게 패키지 여행에 끼어 갈 수 있으면 얼마나 좋을까. 그렇다고 손 놓고 있을 수만도 없었다. 여행기에 나온 여행사들에 문의했다.

'한국말 되고, 관광지 아닌 원하는 장소로 가이드해 줄, 신분 확실한 분이면 좋겠습니다.' '몇 분이시죠?' '여자 한 사람입니다.' '어렵습니다.' 심지어 다 듣기도 전에 끊어버리는 곳도 있었다. 막막한 중에 검색하다가 남양주에 몽골문화촌이 있다는 걸 알았다. 몽골 분위기라도 느껴보려고 가보았다. 민속 공연과 화려한 마상공연은 볼 만 했지만 작품에 도움이 되지는 않았다.

몽골 패키지를 여러 번 다녀오는 방법도 검토해 보았다. 여행사 패키지 상품은 다 비슷비슷했다. '울란바토르'를 중심으로 테를지 국립공원, 징기스칸 거대동상, 자이승 승전탑, 간단 사원, 고비사막, 캐시미어 쇼핑몰… 숙소는 관광객용 깔끔하고 화려한 게르. 작품과는 거리가 멀었다. 괜히 화가 났다. 나는 대상도 없이 화를 냈다.

'때 묻고, 낡고, 가축 냄새 찌든 진짜 게르가 필요하단 말이야.'

모니터 화면에서 우두머리 늑대가 노란 눈알로 나를 지켜보고 있었다. 모진 추위와 굶주림을 참으며 눈밭에 엎드려 때를 기다리는 그 눈빛으로. 나도 모르게 시선을 내렸다.

광화문에서 여행사 하는 사촌 언니를 찾아갔다. 집안 모임에서 명함도 받았는데 미쳐 생각을 못했다. 큰 여행사와 고객들을 연결해주는 '관광상품 중간 도매상'이라는 말이 생소했었다.

"언니. 혹시 몽골도 취급해요?"

"몽골 가려고?"

"넵."

"작품 때문에?"

"넵."

언니는 잠시 생각하더니 "개인 가이드가 필요하겠지? 그렇겠지."

자문자답했다.

"한국말 되는 사람, 있죠? 있겠죠." 나도 자문자답했다.

"개인 가이드는 자기 여행사도 없고 그야말로 개인이야."

"계약서를 꼼꼼히 써야겠네."

"그깟 종이쪽지? 그냥 휴지 조각이야."

"무슨 말이야?"

"요즘, 단기로 한국에 나와 일하고 들어가는 몽골사람 많아. 한국말 대충 하지, 할 일은 없지, 돈은 필요하지. 그런 사람들이 개인 가이드 많이 한다고 들었어. 소규모 여행단 데리고 관광지 같은데 다니는 건 뭐 그런대로 하겠지. 넌 관광지는 안 갈 거라며. 여자 혼자서 생면부지 신분도 불확실한 외국 남자, 뭘 믿고 가? 이건 네 생명을 맡기는 문제야."

"그니까 부탁하쟈나~."

"몽골은 전국이 오프로드야. 대중교통도 없고, 길도 없어. 가이드를 믿고 다 맡기고 가는 거야. 가이드가 가느님이란 얘기지."

가까이에서 우리 얘기를 듣고 있던 여직원이 부탁도 안 한 냉

남양주 몽골 문화촌에서

몽골 문화촌 공연

장고 속 찬 물병을 내 앞에다 딱 내려놓았다. 냉수 마시고 정신 차리라는 뜻인가. 나는 차가운 물을 벌컥벌컥 들이켰다.

"몽골은 단체여행으로 많이들 가시고 대부분 관광지를 돌지. 사진작가 그룹 개인여행 소개한 적 있었는데, 그때 차 몇 대 간다고 했지?"

"네 대요." 여직원이 대답했다.

"맞아. 자동차 네 대에 운전기사 겸 가이드 네 명이 한 팀이었어. 그렇게 준비하고도 길 없는 길을 아홉 시간 열 시간 달려봐라. 별별 일이 다 생기지. 여자는 차 탈 때 물도 안 마신다더라."

물! 이해 완료. 오지에서 화장실 문제는 여자에게 정말 심각하다.

"넌 혼자고, 여자고. 그 비행기 표 놓친 거에 감사해라. 아미타불."

언니가 합장했다. 죽비로 맞은 기분이었다.

"성수기에 너만 전담해줄 맞춤 가이드? 로또 일등 확률이 더 높다고 본다. 너의 맞춤 가이드가 '하늘에서 뚝' 떨어지길 기도해 보든가."

하늘에서 뚝~ 하늘에서 뚝~

언니의 걱정 담긴 악담이 수능금지곡처럼 귀벌레 현상을 일으켰다.

별만큼 먼…

  무용가 쌤과 갓 구운 화덕 피자를 먹으면서 방금 본 공연 리뷰를 나누던 중이었다. 옆 테이블에서 언뜻 '몽골'이라는 말이 들려왔다. 나는 토끼 귀를 하고 그쪽 대화에 귀 기울였다. 직장 동료들끼리 몽골 패키지를 의논하는 것 같았다. 문득 쌤이 말했다.

  "몽골고원에서 밤 공연하던 때가 생각나네."

  나는 피자를 손에 든 채로 "몽골이요?" 물었다.

  "의상 준비하다 무심코 고개를 돌렸더니 발아래가 온통 별밭인 거야."

  "발아래 별밭… 그게 무슨 말이에요?"

  "야외공연이었거든. 몽골 고원지대는 산처럼 높아요. 1600미터 이상이라지 아마. 그러니 내려다봐도 별, 올려다봐도 별, 온통 별천지야."

  쌤의 눈이 몽롱해졌다.

  나는 고개를 갸웃했다. 높은 산 정상에서 내려다보면 발아래 안개 같은 것이 보이는데 그것이 구름이라고 한다. 그런 식으로 발아래로 별들이 보인다고? 설마.

  "하늘에 별이 그렇게 많은 줄 몰랐어. 눈 가는 데마다 별들이

촘촘히 박혀있는 거야. 빈 하늘이 없어. 하늘도 땅도 지평선도 온통 별천지야. 그날은 별과 함께한 공연이었지."

나는 기껏 천문대 돔 스크린의 별자리를 떠올렸다. 의자에 비스듬히 누워서 무수한 인공 별들을 바라보며 황홀해했던 기억이 난다. 그런데 지구 반구에, 진짜 별들이 별 밭을 이룬다고?

"세계 곳곳 안 가본데 없이 공연했는데 몽골은 너무 강렬해서 잊을 수가 없어요. 관객들을 보고 깜짝 놀랐지. 말馬 반, 사람 반. 그때가 나담 기간이었거든. 부족 고유 의상으로 멋지게 차려입은 유목민들이 말을 탄 채로 우리 공연을 관람하는 거야. 이국적인 복장에도 눈이 가고, 느닷없이 소리지르는 말 울음소리에도 놀라고… 무대가 뒤바뀐 것 같았어. 공연하는 우리가 오히려 관객을 관람하는 기분이더라니까."

쌤은 추억에 잠기고 나는 상상에 잠겼다.

우주적 규모의 별들, 그 야생 별빛 아래 멋지게 말 타고 관람하는 유목민들. 상상만으로 그 장면에 매료되었다.

사실 별 이야기는 몽골 여행기에서 빠지지 않고 등장하는 단골 메뉴다. '보석을 뿌린 것 같다' '손 뻗으면 닿을 것 같다' '별들이 모래알만큼이나 많다' 별에 반한 사람들의 고백은 베낀 듯이 똑같다. 쓰는 사람도 틀에 박힌 클리셰cliche'라는 걸 모를 리 없지만, 알지만, 반걸음도 나아가지 못한다. 별은 언어 너머에 존재하는 그 '무엇'이니까. '신비' 그 자체니까. 인간이 '신비' 앞에서 압도당하는 거야 당연한 일이지. 그럼 어떻게 표현할 건데? 나는 아직 닥치지도 않은 묘사의 고통에 시달렸다. 누구도 생각해내지 못한 나만의 신상 표현을 쓰고 싶은 욕망으로 가슴이 뜨거워졌다.

신비롭고 환상적인 별의 영토, 몽골. 신비로운 이번 소설과 급이 맞는 배경은 몽골이 딱! 인데. 나도 모르게 한숨이 나왔다.

"왜, 맛이 이상해요?" 쌤이 포크를 내려놓았다.

"이번 작품에 몽골이 나오는데 갈 길이 막막해요."

"비행기로 세 시간인데 뭐가 막막해?"

"몽골은 가이드가 가느님이래요. 오래전부터 품고 있던 주제의 배경으로 몽골이 딱 맞아요. 갈 길은 없고… 어떡하든 쓸 건데… 작품 구조도 거의 됐는데 가이드가… 신분 확실한… 통역되고… 나만의 가이드요."

뒤죽박죽 말이 엉켰다.

"권작가 한 사람만 케어할 전담 가이드가 필요하단 말이지?"

"로또 일등이 더 쉽대요."

"우린 단체여서 그런 문제는 생각도 안 했네."

"맞춤 가이드가 하늘에서 뚝 떨어지기 전엔 어렵대요. 제겐 몽골이 별만큼 멀어요." 쌤이 고개를 끄덕였다.

새벽 전화벨 소리

"일찍 일어나셨네요?"

말은 그렇게 했지만 놀랐다. 7시 4분. 이 시간에 쌤이 전화를? 어디 아프신가?

"몽골 신부님 뵌 적 있어요!"

느닷없이 몽골 신부님? 아무튼 나쁜 일은 아니구나. 나는 하품을 깨물며 물었다.

"몽골에도 신부님이 있어요?"

"아니. 몽골에서 귀국하신 우리나라 신부님. 몽골에 대해 많이 아실 테니까 만나 뵈면 도움이 될 거 같아서."

"네에… "

대답은 하면서도 기대는 하지 않았다. 몽골의 현재 상황을 알고 싶은 게 아니었다. 그동안 몽골에 관한 책을 열권도 넘게 구입했지만 몽골 개론서 성격이었다. 대부분 목차만 보고 덮었다. 내게 필요한 것은 유능한 나만의 가이드이지 몽골 개론이 아니다.

"신부님이 공주에 계시다는데 찾아가 뵐래요?"

충남 공주? 멀다. 또 모르지. 책 밖의 생생한 이야기를 듣게 될지도.

고속버스는 한산했다. 창밖으로 고속도로 주변 풍경이 빠르게 스쳐간다. 초여름에 접어든 산과 들은 온통 초록이었다. 저 초록이 몽골의 초원이었으면… 하릴없는 생각을 하며 멍하니 내다보았다.

쌤의 전화 목소리는 어딘가 들 떠 있었다.

"어제 권작가 얘기 듣고 돌아오는데 생각나는 게 있었어요. 몽골 사역 마치고 귀국하신 신부님 뵌 적이 있었거든. 그 생각이 번쩍 나면서 신부님 연락처를 알아내야겠다 생각했지."

"원래 아시는 분이 아니구요?"

"내가 직접 아는 분은 아니고, 부산 사는 가수분 콘서트에 초청받은 손님으로 한 번 뵈었지. 뒤풀이 식사 자리에서. 그때 오신 분들과 인사 나누고 명함도 주고받았지만, 다 기억 못 해. 신부님은 몽골에서 오셨다니까 귀가 번쩍하더라고. 그래도 뭐 인사만 했지. 내가 천주교 신자잖아. 신부님, 어렵거든. 뭐 따로 연락할 일이 있으리라곤 상상도 못했고."

콘서트 초대 손님으로 가서 '신부님은 그 손님들 중 한 분으로 여럿이 함께 식사한 것이 전부'라는 얘기였다.

"그런데 연락처는 어떻게 아셨어요?"

"부산 가수분이 아실 거 같아서 연락처를 찾았지. 마침 있더라고. 밤 두 시였는데…"

아, 쌤! 설마, 아니죠? 밤 두 시에 전화하신 건 정말 아니죠? 쌤도 나도 야행성이라 밤 두 시 세 시에 톡도 하고 그러지만, 정말 아니죠? 가만히 다음 말을 기다렸다.

"밤새 기다렸지. 기다리니까 시간이 왜 그렇게 안 가."

휴~ 나는 안도의 숨을 내쉬었다.

"밤새 기다리다가 실례되는 새벽 시간은 면했다 싶을 무렵 전화했어."

결국 실례되는 새벽 시간에 전화했다는 말씀이었다. 가수 분과도 편하게 자주 연락하고 지내는 사이는 아니라고 하셨다.

"신부님께 전화 드려 놨으니 찾아뵈어요."

이름도 기억 못 하는 여자의 새벽 전화. 신부님 놀라셨겠다! ㅎ

"먼저 문자 드리고 전화해요. 언제 찾아뵈면 좋을지도 여쭤보고."

당근이죠. 근데요, 실례는 쌤이 벌써 하셨거든요.^^

신부님은 공주 미리내 성지에서 조용히 지내고 계셨다. 이십 년 몽골 사역 마치고 들어와 처음 맞는 안식년이라고 한다. '그동안 못한 공부 맘껏 하니 얼마나 좋은지 모르겠어요. 그나저나 몽골 얘기 뭘 해 드리나?' 혼잣말 끝에 USB 동영상을 보여주신다. 하수도 없는 몽골의 달동네. 신부님이 세우신 병원, 학교, 성당이 보인다. 현지인들과 함께 일군 농장의 작물들도 푸릇푸릇 보인다. 영상들을 띄엄띄엄 보여주시고는 아예 USB를 내게 건네셨다.

"몽골 얘기 뭐 좀 써보려고 했는데 어렵겠어요. 작가가 잘 써보십시오."

신부님의 몽골 이십 년이 몽땅 담긴 메모리를 받고 당황했다. 물론 돌려 드리겠지만 내게는 너무 무거운 USB였다.

이런저런 말씀 중에 갑자기 신부님이 옆방으로 가셨다. 누군가와 전화하는 소리가 들린다. 통화가 꽤 길다. 신부님은 아까처럼 갑자기 돌아오셔서 말씀하셨다.

"몽골에… 아들 같은 사람입니다."

아들? 아니 아들 같은? 무슨 말씀이신가?

"현지 여행사 대표예요. 주로 오지 전문 여행가들을 맡아서 큰 프로젝트를 진행하지요. 한국말 잘합니다. 믿고 가셔도 됩니다."

내가 지금 무슨 말을 들은 거야? 믿고 가도 된다고? 나는 아무런 부탁 말씀도 드리지 않았다. 쌤이 말씀드렸나? 그랬겠지. 나는 어리둥절한 채로 이런 때는 무슨 말을 어떻게 해야 할지 몰라 결국 아무 말씀도 드리지 못했다. 너무나 뜻밖이고 너무도 과분했다.

"그 사람이 한국 학교에서 공부했어요. 한국말 유창하지요. 작가가 원하시는 거 뭐든지 말씀하세요. 잘 안내할 겁니다."

나는 신부님의 말씀을 다시, 찬찬히, 해석해보았다. 내가 그렇게도 원하던, 그러나 실현 불가능하다 좌절했던, '나만의 가이드'를 말씀하시는 게 분명했다. 잘못 들은 게 아니라면, 잘못 들었을 리가 없지. 분명 그런 뜻으로 말씀하셨어. 로또 맞으면 이런 기분일까? '몽골개론' 정도라도 듣겠다고 내려왔는데, 방금 기적이 일어난 거야!

"작가에게는 꽤 도움이 될 겁니다."

'꽤'요? 소설의 조력자로서 이보다 더 완벽할 수는 없지요. 대답할 말도 생각 안 나고, 감사 인사도 어떻게 해야 할지 모르겠고… 때마침 자그마한 수녀님이 식사 준비를 알려왔다. 조촐한 식탁에는 수녀님들이 직접 만든 케이크도 디저트로 올라 있었다. 식사 중에도 신부님은 몽골에 대한 여러 말씀을 해주셨지만 나는 밥이 어디로 들어가는지도 몰랐다. 정말 몽골에 가게 되는 거야? 나, 이 작품 쓸 수 있는 거야?

고속버스 안에서 정신 차리고 신부님 말씀을 복기해 보았다. 신부님의 아들 같은 분이 나를 전담 가이드 해 준다, 분명히 그런 뜻으로 말씀하셨다. 그 말은 내가 정말로 몽골 가게 됐다는 말이었다. 꽉 막혔던 몽골 길이 뻥! 뚫렸다는 말이었다. 별보다 먼 몽골이 이웃 동네처럼 가까워졌다는 말이었다. 하늘에서 뚝! 언니 악담이 실현됐다.

스쳐가는 차창 밖 풍경을 무심히 바라보다가 문득 언니 말이 생각났다. '몽골 여행사는 여름 한 철 비즈니스야.' 그런데 한창 대목 봐야 할 나담 시즌에 딱 한 사람만 전담하라니 그 사장님 얼마나 난감했을까. 신부님 말씀이니 거역할 수도 없고 무조건 '예' 했겠지. 얼굴도 모르는 사장님에게 미안했다. 하지만 인간이란 얼마나 이기적인 존재인가. 나는 두 손으로 입을 막고 소리 질렀다.

"나, 몽골 가게 됐다! 나, 작품 쓰게 됐다!"

신부님께는 끝내 제대로 된 인사도 드리지 못했다. 처음 본 나를 온전히 믿고 넘치도록 베풀어주셨는데 '감사합니다' 한 마디를 못했다. 안식년 동안 신부님의 공부가 나날이 깊어지기를, 건강하시기만을 기도했다. 기적이 일어난 오늘, 새벽부터 일어나서 마치 이틀 같은 긴 하루가 차창 밖으로 흘러가고 있었다.

마침내, 2018년 7월 7일, 나는 작중 인물 넷과 함께 몽골로 떠났다.

징기스칸 공항

공항 도착 직후

비를 몰고 온 손님

칭기스칸 국제공항! 이름이 주는 큰 이미지와는 달리 아담한 규모였다.

나담 축제에 맞춰 들어오는 관광객들과 마중 나온 내국인들로 공항 안은 혼잡했다. 북적이는 인파 속에서 내 이름 쓴 팻말을 찾으며 왔다 갔다 했다. "작가님!" 어디선가 한국말이 들려왔다. 나를 향해 손을 흔드는 저분, 머기 씨인가? 마중 나오기로 한 분의 이름이 머기muggy라고 했다. 팻말은 들고 있지 않았다.

"머기 씨?"

"네. 머기입니다." 밝고 건장한 청년이었다.

"어떻게 알아보셨네요?"

"인터넷 검색해봤어요."

유창한 한국어, 듣던 대로네. 놀란 티는 내지 않았다.

인파를 헤치며 공항 입구로 나갔다. 거기도 사람들로 북적였다.

"차 가지고 올게요. 이 자리에서 움직이지 말고 그대로 계세요."

"네. 꼼짝 않고 있을게요."

밤의 울란바토르에는 비가 내리고 있었다. 나는 공항 입구에 서서 비 내리는 어두운 도시를 바라보았다. 번쩍, 번개가 쳤다. 한순간 도시 전체가 드러났다. 건물의 높이가 낮은 울란바토르 광막한 스카이라인이 번쩍 들렸다가 풀썩 가라앉는다. 몽골의 번개는 우르릉 예고도 없다. 어느 광고 카피처럼 소리 없이 강하다.

머기 씨가 입구 가까이에 차를 세웠다. 그 얼마 안 되는 길을 뛰어가는 동안 옷이 흠뻑 젖었다. 이 여름에 몸이 떨리게 춥다. 나만 추운가? 몽골사람들은 아무도 뛰지 않는다. 느긋하게 빗속을 걸어 다닌다.

'7월 비'는 초원의 풀을 자라게 하고, 풀이 잘 자라면 동물들 먹이가 풍부해지고, 먹이가 풍부하면 일 년 농사(?)가 풍작이 된다. 그런 이유로 현지인들은 비를 반긴다. 예로부터 몽골에서는 비오는 날 손님은 비를 데리고 왔다 하여 환대했다고 한다. 그런 의미에서라면 나는 먼 곳에서 비를 몰고 나타난 손님이다. 아무렇지도 않게 비 맞는 사람들을 보면서 '도시에 살아도 노마드의 DNA는 살아있구나' 감탄했다.

차창 너머로 소리 없이 번득이는 번개를 본다. 도시 전체를 들어 올리는 어마어마한 번개. 몽골의 첫인상, 강렬하다.

차가 아파트 앞에 섰다. 호텔은 아닌데 어디지? 신부님 소개가 아니었다면 당황했을 거다. 엘리베이터 버튼을 누르면서 머기 씨가 설명했다.

"와이프와 두 살짜리 딸이 있어요. 불편하시겠지만 계시는 동안은 편히 계세요."

'나담 기간이라 호텔에 방이 없구나' 생각하면서 엘리베이터에 탔다. 덕분에 첫날부터 몽골 젊은 세대의 가정집을 구경하게 생겼다.

날씬한 미인이 맞아주었다.

"와이프에요." 머기 씨가 소개했다.

와이프? 모델 같은 아가씨가 아기를 안고 인사했다. 끈달이 원피스 아래로 드러난 어깨며 팔이 어찌나 가느다란지 아기를 떨어뜨릴까 봐 조마조마하다. 아기 돌보느라 공부도 일도 쉬고 있다고 한다.

그날부터 머기 씨 아파트가 베이스캠프가 됐다. 이곳저곳 다니다가 집에 와서 밥도 해 먹고, 백화점에 가서 장도 보고, 두 살짜리 개구쟁이와 놀기도 하고 진짜 현지인처럼 몽골살이를 시작했다. 이제야 깨닫지만 신부님의 특명이 있었나 보다. 이런 배려는 상상도 못했다.

머기 씨는 나에게 몽골의 여러 일상의 모습들을 보여주었다. 본가 부모님 댁에 초대하여 몽골 가정식도 먹게 해주고, 친구 아파트도 방문할 기회를 만들어 주었다. 그 친구네가 어느 정도 부유층인지는 모르겠지만 놀라웠다. 전기 벽난로와 대형 어항으로 호화롭게 꾸민 거실이며 고급 도자기 세트가 즐비한 넓은 주방이며 현대적 시설을 고루 갖춘 욕실 등은 우리나라 중산층 아파트 수준에 밀리지 않았다. 몽골도 빈부 격차가 심했다.

'유목민은 여전히 게르에서 옛날 방식으로 살지요. 도시의 집 있는 정착민은 잘사는 계층입니다.' 신부님 말씀대로였다.

내가 비를 너무 많이 몰고 왔나 보다. 나담 당일에도 비는 그치지 않았다. 세계 3대 축제 중 하나라는 나담은 개막식 규모가 엄청나다고 한다. 아무튼 길을 나섰다.

"작가님. 이것 좀 보세요."

머기 씨가 핸드폰을 보여주었다. 몽골글자를 알 리 없는 내가 머기 씨를 쳐다보았다.

"나담 개막식 입장권 사라는 암표상 문자예요. 어제까지만 해도 열 배를 부르더니 당일 되니까 6만 투그릭, 한국 돈으로 3만 원에 팔겠다네요. 비가 와서 암표가 안 팔릴까 봐 조바심이 났나 봐요."

"그럼 얼른 사야죠. 다 팔려버리면 어떡해요."

나도 조바심이 났다.

"입장권이 문제가 아니에요. 개막식장까지 시간 안에 갈 수 있을지 모르겠어요. 그냥 가보죠."

정말 길이 무지무지 막힌다. 정체된 자동차들과 말 탄 사람들이 뒤엉키고, 도로는 물이 넘쳐나고, 엉망진창 북새통이었다. 우리 차는 말들 사이에 갇혔다. 그 와중에 나는 처음 보는 광경에 신이 났다. 가까이에서 보니 말들이 엄청 크다. 왼쪽에는 갈색 말, 오른쪽에는 검정 말, 진짜 말들이 여기도 있고 저기도 있다. 사람들은 치장도 색깔도 과하다 싶게 화려한 전통 복장으로 차려입고 태평하게 말 위에 앉아있다.

"시골 사람들이에요." 별 거 아니라는 투였다.

"정말요?" 전혀 시골사람 같지 않았다.

시골 사람이라면 진짜 유목민이라는 건데 너무 근사하잖아. 내가 진짜 촌사람 같네. 비단옷 차려입은 사람들도 말들도 비 따위 아무렇지도 않은 듯 자동차들 틈바구니에서 여유롭게 서 있었다. 롱~한 속눈썹을 껌뻑이는 말들과 주인 젊은이 한 쌍과 눈이 마주쳤다. '시골서 온 신혼부부'라고 머기 씨가 알려준다.

나담에 온 신혼부부

몽골 청첩장

경기장 입구는 비 정도쯤 아무렇지도 않게 맞아주는 몽골사람들로 발 디딜 틈도 없어 보인다. 차량 통제가 심하여 차는 대지도 못하고 경기장 주변을 몇 바퀴나 돌다가 결국 포기했다. 조금 멀지만 한국 레스토랑 공터에 차를 세우고 걸어갔다. 비를 맞으며 질퍽거리는 길을 걸어서 경기장에 도착했다. 경찰이 출입구를 막고 있었다. 개막식이 시작되어 표가 있어도 입장 불가. '암표 안 사길 잘했네.'

"나담 개막식 다큐멘터리는 많아요. 보시면 분위기 알 수 있어요."

머기 씨가 대안을 제시했다. 달리 방법도 없었다.

경기장 주변에 장이 섰다. 먹을 것, 입을 것, 수공예품들… 볼거리 먹거리가 지천이었다. 튀김만두 가게엔 앉을 자리가 없다.

몽골 옛문자 '비치크'로 쓴 '권현숙'

그래도 몽골의 명절 음식이라는데 먹어는 봐야지. 겨우 한 자리 끼어 앉았다. 저게 만두야? 빈대떡처럼 납작하고 쟁반만큼 크다. 기름에 갓 튀겨낸 이상한 만두를 혀를 데어가며 먹었다.

사람들이 몰려있는 곳에 나도 머리를 디밀었다. 범상치 않은 인상의 남자가 큰 붓으로 그림같은 글자를 쓰고 있었다. 머기 씨가 알려주었다.

"몽골의 고대문자 '비치크' 장인이에요."

눈도 밝지. 외국인인 줄 어떻게 알고 장인이 사람들 틈바구니에서 나를 끌어냈다. 머기 씨가 물었다.

"비치크로 작가님 이름 써주겠다는데, 해보실래요?"

해보자. 작품에 쓰게 될지도 모르니까. 나는 장인이 내미는 종이에 내 이름자를 써주었다. 장인은 일필휘지로 멋들어지게 휘갈겨 쓰고, 내 엄지 지문을 찍고, 자신의 낙관을 누른 후 두루마리 족자를 건넸다. 5만 투그릭. 우리 돈 25000원에 몽골사람들도 못 읽고 못 쓰는 '비치크'로 내 이름자를 받았다. 이만하면 호사다. '성공하고 운수대통한다'는 덕담은 덤.

축제 장터에서는 사람 구경이 최고다. 전통 복장으로 멋지게 차려입은 사람들이 '나 봐라' 하듯 거리를 활보한다. 그중 이채로운 복장의 일가족이 옷자랑이라도 하듯 왔다갔다 하고 있다.

사진을 찍겠다고 하니 일부러 포즈도 취해준다. 옷자랑 다니는 거 맞네.

유별나게 높고 화려한 머리 장식을 한 젊은 남녀 한 쌍이 눈길을 끌었다. 아주 먼 곳에서 온 부족이라고 머기 씨가 설명해주었다. 그 두 사람은 맘먹고 차려입은 옷자랑을 하고 싶은지 그 길에서 여러 번 마주쳤다. 나중에는 서로 미소 지으며 아는 사람끼리의 눈인사를 나눴다.

남자들은 전통 옷 '델'을 묶는 장식 띠에 칼이나 담배 주머니, 성냥 같은 소지품을 넣어 다닌다고 한다. 여자 '델' 띠 속에는 립스틱이나 거울이 들어있으려나. 장 구경 실컷 한 다음 '수흐 바타르' 광장으로 갔다. 경기장에 들어가지 못한 사람들은 모두 그곳으로 간다. 길에 자연스레 행렬이 생겼다.

칭기스칸 동상이 신神처럼 높이 앉아 광장을 굽어보고 있는 이곳은 몽골의 심장부다. 국회의사당, 시청, 각 정부 기관들, 국립대학교, 중앙 우체국, 국립오페라 발레극장, 국립 역사박물관 등 주요 기관들이 광장을 둘러싸고 동그랗게 모여 있었다.

"이상하네요. 왜 국가 주요 기관들이 광장 안에 동그랗게 모여 있어요?"

"모아둬야 공산당이 통제하기 편하잖아요."

머기 씨의 답은 짧고 명료했다.

몽골의 독립 영웅 수흐 바타르 기마상, 거기가 포토존이었다. 나도 찰칵. 오, 저 동화적인 분홍색 궁전은 뭐지? 주변 건물들과 전혀 안 어울리는, 그만큼 눈길을 끄는 핑크 궁전은 국립오페라 발레극장이었다. 몽골 발레를 볼 기회다! 달려갔다. 아까워라. 나담 기간이라 공연이 없다. 포스터에서 본 전통 옷 느낌을 살린 독특한 발레복이 인상적이었다. 몽골은 러시아의 영향으로 발레 수준도 높고 서민들도 일상적으로 관람한다니 부럽다.

칸 동상 아래 계단은 기념사진 찍는 사람들로 붐볐다. 정장 말쑥하게 차려입은 사람들이 가슴에 '30주년' '20주년' 붉은 종이꽃을 달고서 포즈를 취하고 있다. 그런 팀이 한둘이 아니다.

"30주년, 20주년, 무슨 기념일이에요?"

"동창생들이에요. 전국에 흩어져 살다가 나담 모이는 김에 얼굴 보고 동창회를 하는 거지요."

동창회? 상상도 못 한 답이었다. 하긴 그렇네. 초원에 흩어져 사는 몽골만의 합리적인 방식이 아닌가. 가슴에 종이꽃 단 동창생들은 밀린 안부 나누느라 한창 분주하다.

"오랜만이야^^ 잘 지냈어?" 광장에서의 즉석 동창회

귀염뽀짝 망아지

재래시장 입구

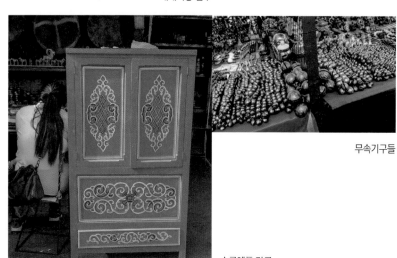

무속기구들

수공예품 가구

비가 거세어졌다. 양산을 우산으로 쓰고 족자가 젖지 않게 패딩 안에 넣었다. 주변을 돌아보니 우산 쓴 사람은 나 혼자다. 오락가락 빗속에서 몽골인들의 이색적인 생활 단면을 엿본 의미 있는 하루였다. 경기장에는 못 들어갔지만 나름대로 나담을 즐긴 셈이다. 취재 노트에서 미션 3번을 지웠다.

1. 원주민 게르에서 살아보기. (남자 인물의 유년시절 체험)

2. 말 타고 초원 달리기. (Mission Impossible. ㄷㄷㄷ)

3. ~~나담 개막식 관람.~~

4. 별 보기. (요건 공짜 미션. ★별의 참신한 묘사에 주력할

　것.)

비는 영 그칠 기미를 보이지 않는다. 창밖으로 손을 내밀어 빗물을 받아보았다. 차다. 서울은 폭염이라고, 수돗물이 미지근하다고 톡이 오는데 몽골은 늦가을 날씨다. 등 뒤에서 머기 씨가 말했다.

"몽골에선 손바닥에 빗물 받지 않아요. 수재水災 당한다고 어른들은 질색하시지요."

"어머, 그래요?" 나는 얼른 손을 거뒀다.

비가 자꾸만 계획을 변경시킨다. 빔바 씨와 백화점 구경 겸 장 보러 나섰다. 울란바토르 중심가의 '너밍 마켓' 2층 숙녀복 매장은 캐시미어 천국이었다. 사철 내내 판매한다는 100% 캐시미어 제품들은 디자인도 좋고 품질도 우수하여 선물용으로 몇 점 샀다. 지하 식품부로 내려갔다.

나의 루틴 과일들과 식품들은 서울 백화점 식품부와 맞먹는 가격이었다. '너밍'은 관광객 필수 코스여서 상품 가격을 관광객 수준으로 맞춰놓은 모양이었다. 이곳에서 쇼핑하는 몽골인들은 부유층이라는 것을 한눈에 알 수 있었다. 흰 피부에 날씬한 체형, 세련된 옷차림은 거리에서 마주치는 몽골인들과는 많이 달랐다. 서민 생활을 보러 재래시장으로 갔다.

서울 남대문시장 같은 곳이었다. 좌판 가게 과일들은 너밍의 반의 반값. 품질은 조금 떨어져도 가성비 갑이다. 사과를 잔뜩 샀다. 안으로 들어갈수록 볼거리가 무진장 많아 내 발걸음이 느려졌다. 나무조각품 동물들 특히 산양과 말은 어찌나 정교한지 그대로 예술품이었다. 바로 픽업. 양털 공예품 작은 게르에 깜찍한 문이 달려있어 살짝 열어보고 놀랐다. 안에 살림살이가 가득 차 있네. 동물 친구들에게 고향 추억 템으로 요것도 합류.

드디어 올 것이 왔다. 내가 좋아하는 옷가게 구역으로 들어섰다. 전통의상을 현대적으로 해석한 화려한 드레스는 한 벌 사고 싶게 멋지다. 집에 걸어두고 감상만 해도 제값 할 것 같아 만지 작거리는데 어, 어, 무정한 빔바 씨, 벌써 저만치 가버리네.

드레스   일상복

전통여성모자   말안장

시장 안 노점들

카페트 상점

몽골 전통 예술극장

예술극장 안

몽골 왕족의 나들이 (몽골 현대미술관 소장)

조각 작품, 말

유화 작품, 붉은 말

공룡 국민영웅 '타르보사우루스 바타르'

"몽골에 오셨으니 공룡박물관은 보셔야지요. 급한 일 마무리하고 곧바로 갈게요. 와이프가 잘 안내할 겁니다."

머기 씨는 작년부터 예약하고 온 한국 대학생 팀의 일정을 책임지고 있었다. 그 일의 마무리도 중요했다. 나는 빔바 씨 안내로 공룡박물관으로 향했다. 그런데 빔바 씨, 아기 안고 차도에까지 나가서 택시를 부르면 위험하잖아요. 내 눈에는 택시라곤 없는데 아기 엄마가 겁도 없이 자동차만 지나가면 도로에 나가서 손을 흔든다. 나중에 머기 씨에게 듣고 이해했다.

"몽골에서는 TAXI라고 써 붙이고 다니지 않아요."

"그럼 어떻게 알고 택시를 잡아요?"

"아무 차나 서면 택시고, 그냥 가면 아닌 거고, 그래요."

무슨 말인지 얼른 알아듣지 못했다. 그러니까, 자기 차를 타고 다니다가 용돈이라도 벌고 싶으면 손님을 태워 '잠깐 택시'가 되기도 한다, 그런 뜻인 거 같았다. 물론 메타기를 단 직업적인 택시도 있지만 흥정을 거치니 메타기는 있으나 마나. 우리는 '잠깐 택시'를 타고 공룡박물관으로 갔다.

박물관은 규모가 그리 크지 않은 이층 건물이었다. 입구로 들어서자 '깜짝이야' 머기 씨가 먼저 와서 기다리고 있었다. 비 때문에 대학생 팀도 일정을 취소했다고 한다. 홀 중앙에서 집중적으로 조명을 받고 있는 거대한 공룡 화석과 맞닥뜨렸다. 머기 씨가 이 화석에 얽힌 재미있고도 의미있는 이야기를 들려주었다.

몽골의 공룡 국민영웅 '타르보사우루스 바타르'입니다. 고비에서 발견한 백악기 말기 공룡인데 어느 날 보관실에서 갑자기 사라졌어요. 그런데 몇 년 후 미국 경매장에 나타났다는 정보를 입수합니다. 놀란 몽골의 고생물학자가 곧바로 미국으로 쫓아갔지요. 그때부터 화석을 되찾으려는 소송전이 시작됐어요. 하지만 국제 중재권을 가진 연방기관에서 미국 편을 드는 바람에 힘겨루기에서 몽골이 밀렸지요.

고고학자는 실심하여 국력의 약함을 한탄하며 한 술집에서 술을 마시고 있었대요. 마침 옆자리에 있던 미국의 한 변호사가 그의 얘기를 주의 깊게 들어주었답니다. 그 변호사는 미국 법에 운송에 관한 아주 작고 사소한 규칙 하나를 찾아내어 재판을 도와주었어요. 덕분에 기적적으로 몽골이 승리합니다. 경매 시작 딱 1시간 전에요. 부랴부랴 경매를 취소시키고 공룡은 마침내 조국으로 돌아오게 되지요. 자기 힘으로, 돈 한 푼 안 들이고 스스로 돌아온 겁니다. 그래서 이름에 영웅이란 뜻의 '바타르'를 붙여서 공룡 국민영웅으로 추앙받고 있답니다.

공룡 국민영웅 타르보사우르스 바타르

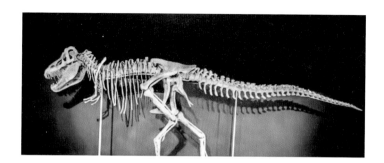

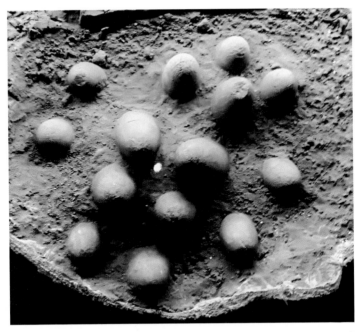

공룡 알 화석 (지름 50cm 정도 되는 큰 돌덩이 같다)

알에서 나오는 순간

공룡은 책으로, 또 장난감으로 쉽게 접해서 실존감이 떨어지는 게 사실이었다. 하지만 박물관의 화석들은 모두가 실물이었다. 이 뼈들도 살아 숨 쉬고, 감정을 갖고, 제 발로 뛰어다녔던 생명이었다. 한때는 위대한 생명이었다. 마치 생명이었음을 증명이라도 하듯 결정적 순간에 최후를 맞이한 화석들이 곳곳에 있었다. 알을 깨고 막 세상에 나오다가 화석이 된 태아 공룡, 생사를 걸고 싸우다가 굳어버린 성체 공룡, 알을 품은 채 화석이 된 암컷 공룡… 모두가 생명이었다. 생의 가장 치열한 순간에 영원이 된 화석들 앞에서 숙연해졌다.

내가 아직 생명일 때

우이드브로

희망은 무엇일까

아직 살아있음을 느끼는 것

없어질 세상을 사랑하는 것

시간의 퇴적 앞에서, 죽은 뼈들 사이에서, 살아있음을 뼈저리게 느낀다.

내가 아직 생명이구나! 나는 지금 생명이구나!

시베리아 횡단열차에 오르다

내가 손바닥에 비를 받아서 수재를 당하나? 하늘이 폭우를 쏟아붓는다. 그럼 순서를 바꾸자. 이참에 바이칼이다. 머기 씨가 난처한 표정을 지었다.

"러시아는 '노no비자'지만 몽골 재입국 때는 또 비자가 필요해요."

내 여권에 몽골 비자는 하나뿐이었다. 서울 몽골 영사관에서 '멀티 비자는 시간이 걸려요. 현지에서 받으세요.' 그렇게 안내받았다. 틀린 말은 아니지만 지금은 나담 기간, 모든 관공서는 휴무다. 며칠을 허비할 수 없어 러시아에서 해결하기로 했다. 몽골 영사관이 있는 러시아 '울란우데'에서 비자를 받고 바이칼로 들어가는 방법이 있었다.

바이칼은 가족여행이 됐다. 머기 씨 가족 셋과 나, 그리고 러시아 말이 되는 머기 씨 동생 바타 씨. 청년이 둘씩이나 있는 든든한 단체가 되었다.

울란바토르 기차역. 시베리아 횡단열차 타는 곳

시베리아 횡단열차

의심 많은 승무원

울란바토르 기차역 승강장 여승무원은 군인 같았다. 기차 출입구에 딱 버티고 서서 일일이 여권을 검사한 다음 '타도 좋다' 그런 손짓으로 승객을 태운다. 내 차례가 되어 '샌 배노?' 인사하며 여권을 건넸다. 승무원은 날카로운 눈초리로 여권 사진과 내 얼굴을 대조하면서 뭔가 발견해내려는 듯 한참이나 들여다보았다.

"뭐가 문제지요? 혹시 기차표 때문인가요? 내 표는 일행이 가지고 탔어요. 들어가서 가져올까요?"

우리 일행의 표는 머기 씨가 관리하고 있었다. 승무원이 내 서툰 영어를 못 알아듣나 보다. '타도 좋다'는 손짓을 안 한다. 나는 안에 표가 있다고 거듭 설명했다. 승무원은 잘못을 발견할 수 없었는지 마지 못 해 여권을 돌려는 주었는데 석연찮음이 가시지 않은 표정이었다. 한바탕 신경전 끝에 열차에 올랐다. 기차는 베이징에서 출발하여 모스크바로 가는 중이었다.

양옆으로 이층 침대가 있는 4인 방, 우리 팀에 딱 맞는 규모다. 그런데 세상에 이렇게 지저분할 수가. 객실은 낡았고 담요는 더럽고 침대의자는 천이 터져 속엣 것이 기어 나온다. 손이라도 씻으려고 화장실에 가려니까 머기 씨가 기차 출발한 다음에 가란다. 승무원과의 알 수 없는 신경전으로 피곤하여 더 이상 묻지 않고 기다렸다. 기차가 출발하자 화장실로 갔다.

기겁을 했다. 변기 아래로 쏜살같이 달리는 철로가 보인다. 변기로 올라오는 역풍을 쏘이며 한참을 들여다보았다. 저기서 용변을 보면 곧바로 철로행. 그야말로 바람과 함께 사라지는 기차 푸세식재래식이다. 기차가 서면 화장실도 스톱. 그래서 못 가게 했구나. 시베리아 횡단열차에 품었던 로망이 바람과 함께 사라졌다.

화장실 맞은 편 청소도구함과 그 주변은 더럽다는 말로는 설명이 안 되게 온통 시커멓다. 옷에 닿을까 조심조심 지나가다가 빠끔 열려있는 작은 철문이 눈에 띄었다. 무심코 들여다보았다. 시커멓고 텅 빈 지하 공간이 꽤 넓다. 기차 안에 왜 이런 은밀한 공간이 있을까. 좋은 용도는 아닌 느낌이었다. 인기척이 나서 돌아보았다. '보면 안 돼!' 남자 승무원의 표정이 그렇게 말하고 있었다. 중국 공안이 험악하다고 들었다. 제복 입은 승무원도 조금 무서웠다. '그렇다면 이번엔 선빵이다.' 나는 일부러 당당하게 말했다.

"이 작은 철문은 뭐지요? 기차에 왜 이런 지하 공간이 있나요? 용도가 뭐에요? 비밀 통로인가요?"

영어로 따지듯이. 어순 상관없이. 빠르고 심각하게. 표정만은 당당하게.

승차할 때 검표 여승무원의 태도에서 배운 게 있었다. 그 이유를 머기 씨에게 듣고 한바탕 웃었다. 내가 여권을 건네면서 '샌 배노?' 인사한 게 부작용을 불러왔을 거란다. '너, 뭔가 수상하구나' 승무원에게 잘 보이려는 과잉 친절, 아마도 아부?로 보였을 거라고. 우리가 입버릇처럼 하는 '안녕하세요?' 한마디 때문에 승무원이 팔을 뻗어 나의 탑승을 가로막았다는 거다. 기가 막혔다.

선빵 적중. 남자 승무원의 표정이 한결 부드러워졌다. 풀이 죽은 것도 같다.

나는 다시 열린 철문을 가리켜 보였다. 승무원은 고분고분한 태도로 안에서 부삽 같은 걸 꺼내어 뭔가 퍼 넣는 시늉을 해 보인다. 뭐지? 전혀 이해하지 못했다. 그는 같은 동작을 되풀이해 보여주었다. 아무리 봐도 석탄을 넣는 모습인데, 이 아저씨가 나를 놀리나? 지금이 무슨 증기기관차 시대예요? 승무원은 계속 석탄 넣는 시늉을 해 보였다. 장난기라고는 없다. 나는 내 손바닥에다 石炭석탄이라고 써 보였다. '炭' 자가 엉성했지만, 승무원이 고개를 끄덕였다. 정말 석탄을 넣는다구요? 그럼 이게 화구라구요? 설마 하면서도 손바닥에 또 火口화구라고 써 보였다. 승무원이 손뼉을 치며 퀴즈라도 맞힌 듯 즐거워했다.

상황을 정리해보았다. 이 공간은 석탄을 때던 곳이라는 거다.

손가락으로 쓸어보니 정말로 탄가루가 묻어난다. 그러면 이 열차는 석탄 때던 증기기관차라는 것이고, 그 말은, 옛날 열차를 그대로 요즘 열차에 붙였다는 뜻이 된다. 갑자기 이해했다. 화장실이 푸세식인 것도, 청소도구함 주변이 시커먼 것도, 기차 안에 수상한 공간이 있는 것도 모두 다.

나는 전율을 느꼈다. 이 열차는 '소설의 남자 인물이 탔던 국제열차다. 소년이 몽골에서 경성으로 들어올 때 탔던 그 옛날 열차에 내가 타고 있는 거다!' 어떻게 이런 굉장한 일이 나에게 일어났을까. 꿈을 꾸고 있는 것 같았다. 나는 승무원의 중국어 설명을 기꺼이 들어주면서 시커먼 공간에 오래도록 서 있었다.

'울란우데'까지 열여섯 시간 걸린다고 한다. 커피가 필요한 시간. 식당 칸을 찾아 나섰다. 소설의 소년이 들렀을 그 옛날 식당 칸으로 가는 내 발걸음이 달떴다.

몇 칸 지나자 느닷없이 현대적이고 깨끗한 열차 안으로 들어와졌다. 몽골문자 안내판이 보인다. 나도 모르게 몽골 기차로 들어온 거다. 아! 무슨 상황인지 알겠다. 시베리아횡단열차는 국제선이다. 노선이 지나는 나라마다 자기네 열차를 붙이는 모양이지. 그러니까 중국은 오래전부터 운행하던 열차를 그대로 달고 다니고, 후발 주자 몽골은 현대식 열차를 붙였다는 얘기가 된다. 아쉬워라. 소년이 들렀을 옛날 식당 칸 체험은 날아가 버렸네. 아쉬움 가득한 발걸음으로 커피를 찾아서 전진 전진.

고색창연한 목각木刻 장식으로 뒤덮인 이 객차는 사원寺院인가? 몽골 기차니까 기차 안에 사원이 한 칸 있을 수도 있겠지. 선뜻 들어서지 못하고 기웃거렸다. 들어가도 되나요? 물어보려고 한발 다가갔다. 입구 한쪽에 영어 메뉴판이 붙어있었다. 몽골 식당칸이었다.

커피와 샐러드를 주문하고 창가에 앉았다. 사원인 줄 알고 멈칫했던 목각 장식물을 찬찬히 감상했다. 십장생 동물들과 용인지 뱀인지 꿈틀거리는 큰 영물靈物과 덩굴식물이 휘감고 있는 어마어마한 작품이었다. 창문과 창문 사이 좁은 공간에도 전통 악기와 활, 긴 칼 등을 걸어두었다.

커피의 맛을 어떻게 표현할까. 영화 카피처럼 '세상에 이런 맛은 없었다.' 참, 여행사 언니가 그랬지. 제대로 된 식당이 아니면 아는 상표의 음식을 시키라고. 물을 시켰다. 실패한 커피는 대단한 실내 장식과 창밖 동물들 구경값으로 퉁 친다.

양들은 뽀글뽀글 모여 있고, 말들은 심심한지 괜히 달음박질하고, 느릿느릿 풀 뜯는 엄마 곁에서 송아지들은 맘대로 젖도 먹고 뛰놀고 세상 걱정 없이 평안하다. 자유로운 동물들을 바라보는 내 마음도 평안하다. 드넓은 초원에서 한가로이 풀 뜯는 동물들을 보는 내내 나는 웃고 있었다.

몽골 식당칸

포물선을 그리는 녹색 지평선, 점점이 흩어져 있는 동물들⋯ 기차는 덜컹덜컹 달리지만 창밖 풍경은 몇 시간째 변함이 없다. 늘씬한 말들과 목화솜 같은 양떼와 덩치 큰 소들이 휙-휙- 지나간다. 똑같은 풍경 같지만 다른 양이고 다른 말이고 다른 소다. 몇 시간째 같은 동물들을 바라보지만 전혀, 손톱만큼도 지루하지 않았다. 자유로운 동물들을 보는 기쁨에 내 얼굴은 계속 웃음 모드! 차창 밖으로 천국이 지나간다.

기차가 섰다. 카운터 여자가 손님들을 내몰았다. 정말 내쫓았다. 무슨 일이지? 사고가 났나? 뭔진 몰라도 분위기가 심상치 않다. 나는 영문도 모른 채 쫓겨나 오던 길 거슬러 우리 객실을 찾아갔다. 객차 한 칸을 통과할 때마다 승무원의 재촉을 받았다. 등 뒤에서 철컥 철컥 문이 잠겼다. 우리 객차 입구에서 머기 씨가 걱정스런 얼굴로 나를 기다리고 있었다.

"국경 도시 '수흐 바타르' 역이에요. 80분 정차한다는 안내멘트가 나왔어요. 지금부터는 객실에서 아무도 나가지 못해요. 곧 여권 검사가 시작될 겁니다."

시끌시끌하던 열차 안이 조용해졌다. 승강장에는 군인 몇이 열차를 향해 뻣뻣하게 서 있고, 시간은 무한정 흘러가고, 분위기는 살벌하다. 지금부터 여권 검사를 하는데 거둬가서 검사하고 문제가 없으면 돌려준다고. 승객들의 여권이 모두 돌아와야 열차가 출발한다니, 한숨이 나왔다.

경찰인지 군인인지 아무튼 제복 입은 두 사람이 우리 칸으로 들어왔다. 머기 씨 가족 세 사람이 벌떡 일어섰다. 그 바람에 내가 아기를 받아 무릎에 앉히고 차례를 기다렸다. 경찰 한 사람이 침대 밑에 둔 짐을 끌어내어 검사하기 시작했다. 다른 한 사람은 여권 사진과 실물을 대조하는데 나를 향해 뭐라고 한다.

"작가님 일어나세요. 똑바로 서 있어야 해요."

머기 씨가 빠르게 통역했다.

나는 일어서서 아기를 엄마에게 안겨주었다. 군인은 내 여권 사진과 내 얼굴을 한참이나 들여다보더니 묶은 머리를 풀라고 한다. 사진과 다르다는 거다. 피의자를 다루는 듯한 태도가 언짢았지만 머리 끈을 풀었다. 경찰은 더 이상 트집은 잡지 않고 몽골 출국신고서를 제출하라며 여권을 거둬 들고 객실을 나갔다. 짐 검사하던 경찰도 뒤따라 나갔다.

"불쾌하셨죠? 우리는 항상 이래서 아무렇지도 않아요."

머기 씨가 웃었다. 그리고 덧붙였다.

"작가님께 계속 명령했어요. 일어서라. 내놔라. 풀어라. 제출해라."

몽골사람 셋은 웃었지만 나는 봉변당한 기분이었다.

여권이 다시 돌아오기까지 두 시간도 넘게 걸렸다. 열차가 천천히 움직이기 시작했다. 나는 복도로 나가 고개를 빼고 내다보았다. 승강장에 서 있던 군인들이 열차를 향해 경례를 붙인다. 역을 빠져나오기까지 군인들은 경례도 차렷 자세로 풀지 않았다. 기차가 시야에서 완전히 사라질 때까지 그런 자세로 서 있을 모양이다.

러시아가 가까워지자 객실이 또 분주해졌다. 아까는 몽골 출국 검사였고 이번엔 러시아 입국 검사다. 그만큼 밀수가 많다는 뜻이었다. 여권 검사가 시작되기 전에 화장실 다녀오는 것은 필수다. 나도 재빨리 화장실로 갔다. 어떤 승객이 하도 문을 두드리며 재촉해서 세면도구와 기초화장품 파우치를 몽땅 두고 나왔다. 찾으러 갈 시간은 없었다. 이미 러시아로 넘어왔고 열차 객실 문은 잠겼다. 승객들은 열차 안에 갇혔다.

또 다시 지루한 여권 검사가 시작됐다. 110분 정차? 서너 시간 걸린다는 뜻이다. 우람한 여자 경찰과 젊은 남자 경찰이 우리 객실로 들어왔다. 나도 훈련이 되어 머리를 풀고 일어서서 검사받을 준비를 했다. 젊은 경찰이 위조 여권 가려낸다는 기계를 눈에 바짝 대고 들여다본다. 사진 한 번 보고 얼굴 한 번 보고.

표정으로 말한다. '빠져나갈 꿈도 꾸지마!'

거구의 여자 경찰이 벽장으로 올라가는 작은 보조 사다리를 내렸다. 군홧발로 척 올라서서 벽장에 올려둔 짐가방을 뒤진다. 옷가지들이 끌려 나오고, 음식 봉지들이 아무렇게나 바닥에 뒹굴었다. 소득이 없었는지 그냥 사다리에서 내려온다. 여자 경찰은 인사 한 마디 없이 방을 나갔다.

"우린 빨리 끝난 거예요. 아기도 있고 가족적인 분위기잖아요. 밀수로 의심되면 곧바로 끌려나가요."

머기 씨는 아무렇지도 않은 얼굴로 흩어진 음식 봉지들을 모아 가방에 넣었다. 나는 화가 났다.

"왜 몽골 국민이 러시아 관료의 횡포에 아무런 항의도 하지 않지요?"

짐 정리하던 머기 씨의 손이 잠시 생각에 잠겼다.

"몽골은 러시아 다음으로, 그러니까 세계에서 두 번째로 사회주의 국가가 됐어요. 아시아에선 최초지요. 그때부터 70년 가까이 소련의 위성국가로 살아왔어요. 1990년에 공산주의는 끝났지만 그 후로도 오랫동안 줄 서서 식료품 배급을 받았어요."

니들이 수프 맛을 알아?

"울란우데! 울란우데!"

새벽에 누군가 우리 방을 노크하며 소리쳤다.

석탄 화구 알려준 승무원이었다. '울란우데 간다는 내 말을 기억했다가 깨워주었다. 양쪽 국경에서 하도 시달려서 모두들 정신없이 곯아떨어졌다.

"바이칼… 울란우데…."

바이칼 간다며? 지금 내려. 그런 말이겠지.

"씨에 씨에. 굿바이~!"

나는 감사 인사를 하며 승무원과 악수했다.

새벽의 울란우데는 어둡고 싸늘하고 텅 비었다. 승강장 저쪽에서 검정 코트의 사나이가 나타났다. 내린 승객은 우리뿐. 또 입국 검사인가? 첩보영화에 나오는 러시아 비밀경찰 같은 모습의 남자가 우리를 향해 곧장 걸어오고 있다. 죄도 없이 떨렸다. 그 남자가 우리 앞에 섰다. 나는 여권을 손에 쥐고 머리를 풀까, 생각하며 기다렸다. 뭐지? 그 남자가 반갑게 웃으며 모두와 인사를 한다. 검은 코트 남자는 내게도 인사했다.

"바타의 장인어른이세요." 머기 씨가 알려주었다.

바타 씨 장인이 차를 가지고 우리를 마중 나와 준 거였다. 바타 씨의 아내, 즉 검은 코트 남자의 딸은 임신 중이어서 이번 여행에 합류하지 못했다. 검은 코트 남자가 웃으니 평범한 아저씨 얼굴이다. 미리 데워놓은 차 안은 따뜻했다. 썰렁한 낯선 도시에서 따뜻한 마중을 받을 줄이야. 예정에 없던 러시아 가정집까지 방문하게 되었다. 아담한 연립 빌라였다.

뜨끈한 아침 식사가 우리를 기다리고 있었다. 러시안 수프를 한 냄비 끓여놓으셨다. 나도 가끔 만들어 먹지만 이것은 '오리지널 러시안 수프'다. 잔뜩 기대하며 맛보았다. '어? 별 차이가 없네.' 장인 안드레 씨가 내 표정을 지켜보고 있다가 웃었다.

"왜요?" 내가 머기 씨를 쳐다보았다.

"맛없을 거랍니다. 마요네즈를 넣어야 제대로 된 맛이 난대요."

안드레 씨가 마요네즈를 넣으라기에 사양했었다.

"맛있는데요. 저도 한국에서 종종 먹는 아는 맛이에요."

안드레 씨는 제대로 된 맛이 아니라며 아쉬운 듯 고개를 저었다. 궁금하긴 했다. 새콤느끼한 맛의 조합이. 느끼해도 한 번 시도해 볼 걸 그랬나? 그랬으면 못 먹었을 테지만.

영사관 문 열 시간에 맞춰 처가댁을 나왔다. 마당에 엉성한 '깡통창고'들이 줄지어 있었다. 깨끗한 신축 빌라 단지에 허름한 창고들이 경관을 망치고 있었다. 기껏 눈가래 정도나 넣어두

개인 차고

는 창고일 텐데 자물쇠를 꼭꼭 채워두었다. "무슨 창고에요?" 내 질문에 안드레 씨의 러시아 말→바타 씨의 몽골어→머기 씨 의 한국어 전환으로 알아낸 답, 개인차고.

몽골영사관 철문은 굳게 닫혀있었다. 러시아에서도 몽골은 나담이다. 인터폰에 대고 사정사정하고, 휴일이라 쉬고 있는 집 옷 차림의 공무원을 불러내어 간신히 비자 받은 구구한 이야기는 생략. 아무튼 급행료 70달러 물고 비자를 받았다. 일이 꼬일까 봐 함께 와주신 안드레 씨가 환전도 도와주고, 영사관 일도 거들어주 고, '바이칼' 행 버스 타는 '그레친스크'까지 데려다주었다. 새벽 마 중에, 식사대접에, 운전기사까지⋯ 너무 신세를 졌다. '한국에 오 시면 꼭 연락주세요.' 막연한 약속을 남기고 버스에 올랐다. 안 드레 씨는 우리가 안 보일 때까지 손을 흔들며 배웅했다.

'그레친스크' 버스 터미널에 도착하니 소들이 반긴다. 덩치 큰 소들이 다가와 사람 냄새도 맡고, 길 한복판에 앉아있기도 하고, 느릿느릿 돌아다니기도 한다. 소들은 좌판 가게들도 기웃거리지만 쫓거나 하지는 않는다. 손님도 주인도 개의치 않고 소들을 비켜 다닌다.

생선가게마다 커다란 말린 생선이 있었다. '오무'라는 바이칼 특산물이라고 한다. 생선가게 옆 리어카 가게에서 아이스크림을 사 먹었다. 소 한 마리가 내게로 다가와 침을 흘린다. 커다란 황소라 가까이 가지는 못하고 손만 길게 뻗어 아이스크림을 내밀었다. 보고 있던 옆의 아저씨가 내게서 크림을 받아 소에게 주었다. 소가 맛있게 먹는 모습을 나도 아저씨도 흐뭇하게 바라보았다. 땅이 넓어서 마음도 넓은 것일까. 동물과 어울려 살아가는 넉넉한 심성에 강압적인 열차 경찰 때문에 굳어졌던 내 마음이 사르르 녹아내렸다. 달콤한 아이스크림처럼.

아이스크림 달라고 온 황소

Байкал

Байкал!바이칼 '우리 민족의 시원'始原이라는 신화가 마음을 당기는 곳.

새하얀 자작나무가 끝도 없이 이어지는 숲길을 세 시간 째 달리고 있다. 기차에서 잠을 설쳤지만 숲의 정기가 눈을 어루만져 주어 피곤한 줄을 모르겠다. 버스가 섰다. 바이칼에 도착했다. 도착하면 보일 줄 알았던 바이칼은 보이지 않는다. 머기 씨 형제가 숙소를 찾아다니는 동안 나는 시베리아의 들꽃을 채집했다. 보라색, 노란색, 자주색 야생화들은 납작한 마른 꽃이 되어 바이칼 추억의 한 조각이 되겠지.

러시아 통나무집 숙소는 식사가 부실했다. 빵 몇 조각에 홍차와 멀건 칼국수, 그게 다였다. 양이 차지 않은 머기 씨와 동생이 마켓까지 한 시간을 걸어가서 먹을 것을 사 왔다.

와~ 커피다! 나는 어린아이처럼 비닐봉지 속에서 얼른 커피를 꺼내 챙겼다. 우리는 맥주와 꼬냑 한 잔씩 하며 러시아의 첫날을 자축했다. 만두도 먹고 볶음밥도 먹었는데 이상하지, 외국에 나오면 왜 춥고 배가 고플까.

울란우데에 도착한 새벽 4시부터 시작한 오늘은 이틀만큼이나 긴 하루였다. 지금은 밤 9시. '반 백야'의 밤이 훤하다. 잠도

오지 않는다.

　숙소를 뒤흔드는 음악 소리에 복도로 나와보았다. 소리의 진 앙지는 바로 옆방, 방문을 활짝 열어놓고 남녀가 춤을 추고 있었다. 담배인지 마리화나인지를 피우는 레게머리 몽골 여자와 러시아 남자는 거의 환각 상태로 보인다. 귀에 익은 '백만송이 장미'가 흘러나왔다. 나도 참 속도 없지. 우리 노래처럼 반가워 한국말로 따라 불렀다. 숙소의 손님들은 주로 몽골사람들이었다. 웃통 벗은 남자들이 화장실도 가고 물 뜨러도 나오고 거침이 없다. 옆방의 춤과 음악은 도무지 지칠 줄을 모른다. 아무도 항의하지 않는 시끄럽지만 조용한 밤이었다.

　방이 하나라고요? 경비 아껴주려는 마음은 고맙지만 이건 아니지요. '방 따로 잡아주세요' 막 그 말을 하려던 참이었다. 빔바 씨가 시동생 앞에서 거리낌 없이 옷 갈아입는 모습을 보고 그만 입을 다물었다. 시동생 역시 팬티 바람으로 서서 아무렇지도 않게 형 부부와 이야기한다. '다른 방' 얘기를 꺼냈다가는 내가 오히려 이상한 사람이 되는 분위기였다. 하긴, 원룸 '게르'에서 일가족이 산다. 방 따로 잡아달라는 말이 쑥 들어갔다. 세 사람은 속옷 바람으로 침대 위에 앉아서 이야기한다. 일상적이고 자연스럽고 편해 보인다. 나는 내 침대 이불 속에 옷을 넣어두고 방이 빌 때를 기다려 재빨리 갈아입었다. 결국 그 숙소에서 옷을 두 벌이나 잃어버렸다. 기회 보느라 이불 속에 숨겨놓고는 깜빡.

내륙 국가 몽골은 바다는 없어도 바다 같은 바이칼이 있었다. 몽골인들의 자부심이던 바이칼도, 브랴트 공국의 수도 울란우데도 몽골 땅이었다. 1689년 조약에 의해 러시아 땅으로 합병되기 전까지는. 주민의 1/3은 몽골계로 여전히 몽골풍이 남아있었다. 옆방 레게머리 여자도 국적은 러시아일 테지만 얼굴은 완전 몽골인이었다. 식사가 시원찮아 시내로 나갔다. 과연 마주치는 사람 절반이, 아니 그 이상이 몽골계 얼굴이었다. 여기가 러시아인지 몽골인지 구별이 안 되네. 그 고생을 하고 왔는데….

푸드코트 같기도 하고 뷔페식당 같기도 한 곳으로 들어갔다. 유리 진열장 안에 들어 있는 요구르트를 꺼냈다. 여종업원이 손을 휘저으며 큰소리로 야단을 쳤다. 영문을 몰라 내려놓자 종업원이 자기 손으로 집어준다. 접시에 덜어주는 음식은 그렇다 해도 팩에 든 음료수까지 일일이 종업원의 손을 거쳐야 했다. 위생 문제만은 아니라는 느낌을 받았다.

어제 버스 정류장에서는 더한 일도 당했다. 버스 출발 시간까지 여유가 있기에 짐을 맡기고 시내 구경에 나서기로 했다. 터미널 화장실 옆 계단 밑 삼각형 공간에서 나이 든 러시아 여자

둘이 짐을 맡아주고 있었다. 가격이 꽤 비쌌다. 우리가 각자 자기 트렁크를 들고 들어서자 두 여자가 소리를 지르며 손으로 동물 내몰 듯이 우리를 쫓아냈다. 한 사람씩 들어오라는 말이라고 한다. 구舊 소련의 잔재가 여실히 느껴졌다.

시내 중심 소비엣 광장에서 어마어마한 레닌의 얼굴을 보았다. 높이 7.7m에 42톤의 동이 들어간 두상은 레닌 출생 100주년을 기념하여 세워졌다고 한다. 세계에서 제일 크고 유일하게 남아있는 레닌 얼굴은 관광객들의 포토존이 되어있었다.

바이칼 유람선 선착장에 가려고 택시를 타러 가던 길이었다. 드넓은 러시아 땅에서 세상에 이런 일이! 아는 사람을 만났다. 머기 씨의 사돈 그러니까 와이프 빔바 씨의 여동생의 시아버지를 만난 거다. 그 사돈의 팔촌 덕에 공짜 버스를 얻어 타게 되었다.

몽골 쇼핑센터 상점 주인들이 몇 년씩 계를 부어 큰맘 먹고 떠나온 여행이었다. 횡단열차는 비싸서 25인승 버스를 전세 내어 꼬박 2박 3일 달려왔다고 한다. 승차감 좋은 관광버스도 아니고 고생들 하셨겠네. 짐꾸러미들이 어찌나 많은지 뒤 차창은 보이지도 않는다. 내가 봐도 딱 밀수범으로 보이는 모습이었다. 이분들이 그 무서운 러시아 밀수검사를 어떻게 통과했을

지 훤히 그려졌다. 그런 수모를 당하면서까지, 몇 년씩 계를 부어가면서까지 '할아버지의 바이칼' '마음의 바다 바이칼'을 찾아온 것이다. 그분들이 자리를 좁혀 앉아 우리 넷을 태워주었다. 몰래 웃었다. 한국 유치원 버스구나. 반짝이는 빨간색 스티커가 그대로 붙어있었다.

잠깐! 안전벨트 채웠나요?

크락숀 눌러보기. (차에 갇히는 위험 상황 대비 훈련인가 보다)

버스 곳곳에 과거 흔적들이 남아있었다. 태권도장, 미술학원, 영어학원, 헬스클럽… 많이도 뛰었네. 폐차 직전에 구조된 미니버스가 러시아에서 새 생명을 얻어 펄펄 날고 있었다.

반 백야의 태양이 한창인 저녁, 바이칼은 모래장난하는 아이들, 썬탠하는 사람들, 수영하는 사람들로 북적였다. 그저 평범한 여름 해변이었다.

내 상상 속 바이칼은 칼바람 매섭게 휘몰아치는 얼어붙은 바이칼이었다. 모자 깊숙이 눌러 쓴 한 사람이 온몸으로 나라를 짊어지고 고뇌하며 거닐던 동토의 바이칼이었다.

여름휴가 즐기는 사람들 한쪽에서 나는 대형 튜브에 누워 바이칼의 하늘을 바라보았다. 깊고 투명한 하늘은 푸른빛도 하얀빛도 아닌 하늘빛 그 자체다. 무량청정, 무량무한이랄까. 여름 바이칼의 세속적 풍경에 실망했던 마음이 위로받는다.

바이칼의 백야

바라보다

잔물결이 살랑살랑 흔들어준다. 요람 속 아기처럼 누워서 하늘을 본다. 한가하다. 작품취재 와서 이런 날, 이런 시간이 다시 있을까!

새하얀 자작나무들, 싱싱한 숲 내음, 청아한 새 소리로 기억될 러시아의 아침. 하늘은 쾌청이다.

머기 씨 형제가 먼 수퍼까지 가서 아침 거리를 사왔다. 러시아에서 인기라는 도시락 라면을 실제로 보니 반가웠다. 이곳에서는 라면을 아예 '도시락'이라고 부른다고 한다. 간단히 요기하고 사돈의 팔촌 버스에 다시 끼었다. 쇼핑을 간다구요? 좋아요. 좋아요. 러시아 기념품을 잔뜩 사야지.

전쟁과도 같은 쇼핑. 두 시간 동안 쇼핑센터를 세 곳이나 돌았다. 공장 같은 도매 마트였는데 몽골 분들은 가루비누, 소시지, 치즈, 과자 등 생필품을 휩쓸 듯이 카트에 넣었다. 관세가 붙어도 몽골보다 싸다고 한다. 나는 그 와중에 러시아 흑빵을 찾아다녔다. 먹던 빵을 베고 자고 다음날 또 먹기도 한다는, 소설에 나오는 흑빵이 늘 궁금했다. 흑빵은 아무리 찾아도 없었다. 아쉬운 대로 갈색 빵과 치즈, 카푸치노, 납작 복숭아를 샀다. 몽골 분들의 쇼핑은 아직 끝나지 않았다. 우리는 거기서 작별 인사를 했다. 이제 몽골로 돌아갈 시간이다.

다시 시베리아 횡단 열차에 올랐다.

우와! 횡단열차 맞아? 잘못 탄 거 아니야?

러시아 올 때 탔던 중국기차와는 달라도 이렇게 다를 수가. 일단 깨끗하다. 담요도 깨끗하고 수건도 깨끗하고 필수품이 담긴 위생 봉투도 깨끗하다. 전기 코드도 여럿 있고 TV도 있다. 감동 감동. 모스크바에서 출발, 4박 5일 동안 달려 울란바토르에 도착하는 몽골 기차였다. 식당칸 갈 때 잠깐 복도에서 엿보았던 몽골 기차가 부러웠는데 드디어 탔다. 강행군에 고단했겠지. 아기 잠투정으로 모두들 새벽녘에야 잠이 들었다.

나는 홀로 깨어 노트를 했다. KTX에서는 느낄 수 없는 덜컹덜컹 아날로그 바퀴 소리를 타악기 연주처럼 듣는다. 이렇게 밤새 달려서 새벽에 도착한단다. 동물들이 자러 들어간 초원은 텅 비었다. 아무도 없는 초원은 쓸쓸하고 지루하다. 동물들이 있을 때는 따뜻하고 평안했는데….

망아지, 송아지, 아기 양들아~ 엄마 품에서 좋은 꿈 꾸렴~~~.

피 한 방울 없는 죽음

원주민 게르에 도착한 것은 한밤중이었다. 부슬부슬 비 뿌리고, 사방 천지에 빛이라곤 없는 완벽한 어둠. 꼼짝 못 하고 서 있었다. 깜짝이야! 어떤 손이 덥석 내 손을 잡았다.

"샌 배노!" 거칠고 큰 손의 목소리.

"이 댁 주인이세요." 머기 씨 목소리.

"샌 배노!" 나도 보이지 않는 목소리에게 인사했다.

투명인간과 마주한 기분이었다. 나는 손을 잡힌 채 더듬더듬 이끌려갔다. 문 열림과 동시에 펑! 빛의 폭발. 앞이 캄캄하다. 차츰 빛에 눈이 익자 눈앞의 상황에 깜짝 놀랐다. 게르 안은 사람들로 가득했다. 수많은 눈이 일제히 나를, 나만. 쳐다보고 있었다. 머기 씨가 짧게 설명했다.

"이웃 어르신들이세요. 귀한 외국 손님 맞으려고 오셨어요."

이웃이라지만 말 타고 오신 분들이라고. 귀한 손님은 이웃들이 함께 맞이한다고. 느닷없이 귀빈이 된 나는 가져간 선물부터 내놓았다. 내 예상으로는 주인 내외와 조부모님, 아이 너댓 정도였다. 넉넉히 준비한다고 했지만 이런 상황일 줄은 몰랐다.

몽골의 맹추위를 고려한 밍크 속옷은 주인 내외분께 드리고 나머지는 안주인에게 맡겼다. 양말, 바셀린, 수분크림, 핸드크림,

인삼차, 홍삼사탕, 장갑들이 어르신들께 고루 돌아갔다. 할머니 따라온 아이들이 디즈니 캐릭터 학용품을 얼마나 좋아하던지 나도 기뻤다. 게르 한가운데 화덕에서는 불길이 거세게 타오르고 커다란 냄비에서는 음식이 끓고 있었다.

"손님이 저녁에 도착한다는 기별을 받고 부랴부랴 양을 잡았소."

검붉은 얼굴의 주인장이 말했다.

초저녁, 막 잠든 양이 끌려 나와 죽임을 당했다! 지금 저 냄비 속에서 끓고 있다! 나 때문에!

주인장이 불 앞에 서 있는 아저씨를 소개했다. 양을 통째로 요리하는 '허르헉'을 잘한다고 뽑혀온 남자분이었다. 매우 수줍어하는 아저씨였는데 불과 냄비를 주관하는 모습은 당당하고 자신감이 넘쳤다. 아저씨가 꼬챙이로 쿡, 쿡, 양을 찌를 때마다 내 몸이 움찔움찔했다.

허르헉 아저씨가 살점을 조금 뜯어내어 주인장에게 맛보였다. 주인장이 됐다는 듯 고개를 끄덕였다. 양이 큰 쟁반 두 개에 나눠 담겼다. 사람들은 맨손으로 양을 뜯어먹기 시작했다. 손님인 내게도 따로 한 접시가 왔다. 주인장은 은잔에 술을 따라 마시고 곧바로 내게 권했다. 한 모금이라도 마시는 게 예의라고 한다. 정말 한 모금 마셨다. 도대체 몇 도 짜리인가. 목이 타는 듯

게르 주인 내외와 허르헉 아저씨

게르의 중심 신단

뜨겁다. 내 반응을 지켜보던 주인장과 어르신들이 손뼉을 치며 즐거워했다. 유목민들은 가슴에 은잔을 품고 다닌다고 한다. 모르는 마을을 지나다가 술을 받게 될 때 독이 들었는지 그 은잔이 알려준다고.

고기와 술이 돌아가자 게르 안은 시끌시끌 후끈후끈 잔치 분위기가 됐다. 양고기를 못 먹어도 인사치레 삼아 입에 대야 했지만 그렇게 하지 못했다. 주인장도 굳이 권하지 않았다. 모르는 척해 주시는 것 같았다.

나는 내 몫의 접시를, 양고기가 된 양을 가만히 바라보았다.

'이 책은 나 때문에 죽은 양의 피로 쓰여지겠구나!'

거나한 마을 잔치 한구석에서 나는 아직 쓰지도 않은 책을 죄 없는 어린 양에게 바쳤다.

몽골초원의 들꽃들

주거용 게르와 부엌용 게르

부엌 게르 안

쨍한 아침 햇살이 투명한 베일처럼 초원에 내려앉았다. 어젯밤 보지 못했던 초원의 파노라마 완만한 포물선 초록 지평선을 넋 놓고 바라보았다. 지구가 둥글다는 사실을 내 눈으로 확인한 기분이었다. 초원의 집 게르에는 우리뿐이었다. 지난 밤, 왁자지껄 흥겨워하던 이웃분들은 다 어디로 갔나? 가슴에 학용품을 안고 활짝 웃던 볼 빨간 아이들은 환영이었나? 어젯밤 잔치와 양의 희생이 꿈속의 일만 같았다.

초원의 집 식구는 사람만이 아니었다. 나무울타리에 모여서 '메에~메에~ 문 열어주세요' 졸라대는 양들도 식구였다. 내가 우리 안을 들여다보며 "샌 배노~" 인사하자 양들이 외면하고 돌아섰다.

"어젯밤 나 때문에 친구가 죽어서 그러는구나. 미안해! 미안해! 나도 그럴 줄 몰랐어."

웃는 소리에 돌아보았다. 머기 씨였다.

"작가님은 어린애 같으셔요. 양들은 겁이 많아서 낯선 사람이 들여다보면 외면해요. 호기심 많은 염소는 빤히 쳐다보구요. 성질이 다른 놈들을 일부러 한 우리에 넣어 키우는 거예요."

이 댁 큰아들이 양 우리의 문을 열어주었다. 양들이 몸을 부딪쳐가며 뛰쳐나가고 개들도 컹 컹 짖으며 초원으로 달려갔다. 안 주인이 차 마시라고 큰 소리로 부른다.

주인장과 나와 머기 씨가 등받이 없는 꼬마 의자에 둘러앉아 밍밍한 수태차를 마셨다. 주인장은 몽골에 대한 책을 쓴다는 손님을 맞아 들뜬 듯이 보인다. 여러 말씀을 하셨는데 가장 자랑스러워한 부분은 칭기스칸 군대의 승리 비법이었다.

"양고기나 말고기를 말려서 연기로 훈제한 다음 곱게 바수어 허리에 차고 다니지요. 밥때에 고기 가루를 물에 풀어 마시면 식사 끝입니다. 칭기스칸 군대는 각자 양 한 마리, 말 한 마리를 허리에 차고 다닌 셈이니 기동력에서 당할 군대가 없지요."

내가 열심히 듣고, 노트하는 모습을 본 주인장이 신이 나서 어젯밤 양 잡은 이야기를 시작했다. 듣고 싶지 않았지만 어젯밤 양이 어떻게 죽었는지 알아야 할 것 같았다. 혹 소설에 나올지도 몰라 귀 기울였다.

"나는 피 한 방울 흘리지 않고 양을 잡아요."

주인장이 어젯밤 썼다는 칼을 내게 보여주었다. 의료용 메스보다는 크고 과도 보다는 작은 예리한 칼이었다.

"양의 배를 그어서 작은 틈을 내지요. 그 틈으로 손을 넣어 재빨리 심장 쪽 큰 혈맥을 누릅니다. 피 한 방울 나지 않지요."

나는 몸이 움찔움찔했다. 주인장 한 마디 한 마디에 내장이, 심장이, 오그라드는 것 같았다. 양은 맨정신에 생살을 베이고,

거친 손이 몸을 파고들어 숨통을 막는 고통을 생생히 느끼며 죽어갔다. 주인이 계속 말했다.

"중요한 혈맥을 눌러서 양을 잠재우는 겁니다. 채 2분도 안 걸려요."

내 손에는 아침에 꺾은 들꽃 몇 송이가 들려 있었다. 그 들꽃을 가만히 바닥에 내려놓고 나로 인해 죽은 죄 없는 양을 위해 기도했다.

"메에~~메에~~"

죽은 양의 울부짖음인가? 환청인가? 깜짝 놀라 꼬마의자에서 떨어져 엉덩방아를 찧었다. 주인이 내 등을 툭툭 두드리며 구석자리 침대를 가리켰다. 담요 밖으로 삐죽 내민 하얀 머리… 아기 양이다! 주인장이 이름을 부르자 담요 틈새로 한 아이가 얼굴을 내밀었다. 아이는 아버지 몰래 아기 양을 집 안으로 들여서 강아지처럼 데리고 놀고 있던 참이었다.

막내가 열도 있고 설사도 하여 나가놀지 못하게 하자 양을 데리고 들어온 거라며 주인장이 웃었다. 머기 씨가 설명해 주었다.

"운이 좋은 양이에요. 손님이 계시니 선뜻 허락해주시네요. 어려서부터 사람 손 탄 양은 무리에서 받아들여지지 않아요. 결국 사람과 살 수밖에 없지요."

나는 좋아서 고개 숙이고 몰래 웃었다. 저 아기 양은 죽음을 면했다. 나는 얼른 일어나 침대로 가서 어린 양을 안았다. 순진무구한 말똥한 눈이 내 눈을 바라보았다. 그 눈에 대고 가만히 속삭였다.

"아기 양아. 두려워 말아라. 주인이 지켜주신다. 사랑받고 오래오래 살아."

"메에~" 아기 양이 대답했다.

나는 조그맣고 보드라운 아기 양의 곱슬머리에 입 맞추었다. 그리고 가만히 여린 가슴에 손을 대어보았다. 따뜻하고 부드러운 가슴 안쪽에서 심장이 뛰고 있었다. 그 힘찬 박동이 전류처럼 내게로 흘러들었다.

일곱 살짜리 영웅

게르 밖 땡볕 아래서 할머니가 요구르트를 말리고 있었다. 나는 어설픈 손으로 거들면서 젊은 시절 살아오신 이야기를 들었다. 머기 씨도 내 옆에 쪼그리고 앉아 통역해주었다. 여러 말씀 중에 양털 고르는 일이 귀에 쏙 들어왔다. 소설적 상황으로 여겨져 귀 기울여 들었다.

"양들이 털갈이를 하면 빗어서 모아요. 다 모으면 엄청난 양털

더미가 되지. 여자들이 양털더미에 둘러앉아 길고 가느다란 막대로 치면서 노래를 부른다오. 그럼 양털이 단단해져서 실도 만들고 노끈도 만들 수가 있지. 어느 날 양털을 치고 있는데 한 사내가 헐떡이며 뛰어와 살려달라는 거야. 중국 군인한테 쫓기고 있다고. 얼른 양털 더미 속에 그 사내를 숨겼지. 양털이 한 사람 목숨을 살렸다오."

나는 노트에 받아 적었다. 작품 주인공의 아버지가 처음 몽골에 와서 그런 경우를 당할 수도 있겠구나 싶었다. 숨겨준 노부부를 부모님으로 모시고 몽골사람처럼 살수도 있겠구나, 그렇게 살면서 아이가 태어나고, 그 아이는 몽골 아이처럼 자라는 거야.

마당에서 아이들이 양의 복숭아뼈로 만든 공기 같은 것으로 무슨 놀이를 하고 있었다. 손가락으로 튕겨서 목표물을 맞히는 놀이는 보기보다 쉽지 않았다. 한창 아이들과 놀고 있는데 그중 큰아이가 내 팔을 흔들며 말 매어둔 곳을 가리켰다. 말을 타자는 것 같았다.

"말을? 갑자기?" 나는 못 탄다고 손을 저었다. 열 살쯤 된, 눈이 아몬드처럼 생긴 이 댁 아들이었다. 아이는 알아들었을 텐데도 매어놓은 말을 풀어 끌고 왔다. 문득 깨달았다. 말 타는 모습을 보여주고 싶구나.

샤가이(동물복숭아뼈) 구슬치기

샤가이 손잡이

염소젖 짜기

말타기 미션 성공!

게르의 뼈대

샤가이 공기놀이

"말 타는 거 보여줄 거야?"

아이는 한국말과 바디랭귀지를 알아들은 것처럼 안장도 얹지 않은 말에 훌쩍 올랐다. 츄! 츄! 소리와 함께 냅다 달리기 시작했다. 얼마 지나지 않아 아이와 말은 지평선 근처의 까만 점이 되었다. 내 옆의 동생들이 손을 흔든다. 내 눈에는 안 보이지만 저희들끼리는 신호를 주고받는 모양이다. 갈 때와 마찬가지로 흙먼지를 일으키며 아이가 달려왔다. 나의 환호와 박수에 '별거 아닌데' 그런 표정으로 이마의 땀을 쓱 훔친다. 아이가 말을 매어두러 갔다. 아니었다. 말안장을 얹어서 돌아왔다. 그리고는 그 말안장을 툭툭 치며 나를 쳐다본다.

"나? 못 타! 못 타!" 내가 온몸으로 거부를 표시했다.

오늘 머기 씨는 대학생 팀을 배웅하러 공항에 나갔다. 나는 두 팔로 X를 해 보였다. 아이가 다른 시늉을 해 보인다. 말을 끌고 가는 모양새다.

"네가 마부를 해준다고? 그러니 타라고?"

무슨 말인 줄 알고 아이가 고개를 끄덕였다. 지레 포기한 '말 타고 달리기' 미션이 생각났다. 갑자기 머릿속이 바빠졌다.

'이 아이가 고삐를 잡아준다면 낙마는 안 하겠지. 초원을 휘달리지는 못해도 최소한 말에 올라 보기는 해야잖아. 좋은 기회야. 말 타는 기분도 모르고 쓸 수는 없어.' 나는 크게 맘먹고 고개를 끄덕였다. 아이의 도움을 받아 말에 올랐다. 그 높이에 놀랐다. 순간적인 고소공포증까지 느꼈다.

"천천히, 천천히."

아이가 고개를 끄덕였다. 알아들었다고? 정말이지?

말이 갑자기 푸르륵 콧김을 내뿜으며 목을 흔들었다. 깜짝 놀라 고함 소리를 지르며 안장을 꽉 잡았다. 아이가 웃었다. 웃긴, 나 진짜 떨어지는 줄 알았잖아.

말은 초보자를 무시하여 일부러 떨어뜨리기도 한단다. 지금 말은 생각한다. '이 사람이 겁을 먹고 무서워하는구나. 무시해도 될 사람이구나.' 이미 나를 파악해버린 말은 또 생각한다. '내가 주인만 아니면 몸을 털어 이 겁쟁이를 떨어뜨려 버릴 텐데. 그러고 싶은 걸 간신히 참고 있는 거야.'

나도 생각한다. '이 말은 순한 말이 아니다. 올라타자마자 나를 테스트했어. 언제 또 몸을 털어 나를 놀라게 할지 몰라. 초원에서 낙마하면 답도 없잖아. 차라리 겁쟁이가 되는 게 낫겠다.

"얘! 나 내릴래. 내릴래!"

못 알아들었나? 아이가 고삐를 당겼다. 말이 걷기 시작했다.

앗! 큰일이다. 해를 마주 보며 가고 있다. 태양이 얼마나 강한지 눈을 뜰 수조차 없다. 열기도 대단하다. 밤새 비 내린 서늘한 아침이어서 모자도 안 쓰고 아이들과 놀고 있다가 덜컥 말에 올랐다. 방심했다. 몽골의 거센 햇볕으로 강제 샤워를 당하고 있다. 어떡하지. 이제 곧 몽골의 자외선이 얼굴을 부풀게 하고 목에 붉은 발진을 일으킬 거다. 재난 상황이다.

"내려줘! 내려줘! 나 내릴 거야!"

다급한 내 외침을 이해했나 보다. 아이가 훌쩍 내 등 뒤로 올라탔다.

말이 뛰기 시작했다. 뭐야, 내 말을 반대로 알아들은 거야? 어떡해. 어떡해. 말은 달리고, 폭염은 내리쬐고, 바람은 거세고. 나는 있는 힘껏 안장을 움켜잡았다. 아이는 자기 속도로 말을 몰기 시작했다. 나는 겁에 질려 소리를 질러댔다. 아이가 내 한쪽 어깨를 꽉 잡았다. 내 몸이 기울 때마다 바로 세운다. 힘이 느껴지는 다부진 손이다. 작지만 믿음직한 손이다. 아이의 보호를 받으며 달리는 동안 여러 생각들이 두서없이 떠올랐다. '나를 떨어뜨리지는 않겠구나. 울란바토르 큰 병원에는 피부과가 있겠지. 썬크림, 고글, 모자는 이런 때 필요한 건데 이게 뭐야.'

문득 정신 차리고 보니 아이는 한 손으론 나를, 다른 한 손으론 말을 다루며 달리고 있었다. 창피해라. 입 다물고 조용히 간다. 아이가 무슨 말을 하는 것 같았다.

"뭐라고?" 내 소리는 바람이 쓸어가 버렸다.

아이가 계속 말을 한다. 말이 아닌가? 노래를 하나? 나는 얼

굴을 약간 틀어 귀 기울였다. 높낮이도 별로 없는 알아듣지 못
할 이국의 노래가 바람결에 들려왔다.

> 고삐를 당겨 방향을 인도해도 안 해도 마찬가지
>
> 이 길을 말은 실수 없이 잘 안다
>
> 북쪽 길은 바위도 있고 돌도 있는 험한 길
>
> 남쪽 길은 모래와 먼지가 많은 길
>
> 산길은 언덕바지 내리바지
>
> 초원의 길은 끝도 없이 광활한 길
>
> 채찍을 치거나 안 치거나 마찬가지
>
> 초원의 이 길을 나의 말은 실수 없이 잘 안다

나는 아이의 노래를 알아듣는 것만 같았다. 몽골시집을 배낭에
넣어왔다. 그 중 시 한 편을 원어민 발음으로 듣고 있는 것 같았다.

언제부터인지 나는 비틀거리지도 않고 잘 가고 있었다. 자세
가 안정되자 마음이 편해졌다. 푸르른 지평선을 바라볼 여유가
생겼다. 산 능선을 넘는 양떼구름도 눈에 들어왔다. 구름도 이
동하고 나도 이동한다. 양떼구름과 함께 몸으로 떠간다. 짓푸른
하늘 초지에 몽글몽글 떠 있는 양떼구름 몰고 바람처럼 달려간

다. 초록 지평선에 찬란한 반원이 섰다. 내 속눈썹에 맺힌 무수한 빛 방울 틈새로 바라본다. 위대한 탱그리하늘의 무지개여!

드넓은 초원을 말을 타고 달렸다. 온몸으로 바람을 느꼈다. 소설 속 열 살 소년의 눈으로 초원을 보고, 소년의 감각으로 말의 근육을 느끼고, 소년의 노래로 몽골 시를 들었다.

말 타고 초원 달리기=미션 임파서블. 부정적 예측은 빗나갔다. 아이가 내 말대로 말고삐를 잡고 천천히 걷기만 했다면 초원을 달리는 기분은 영영 알지 못했겠지. 뺨을 스치는 바람도 느끼지 못했겠지. 나는 이제 몽골의 풀 향기 섞인 초원의 바람결을 묘사할 수 있다. 우연일까. 소설의 아이도 등 뒤의 아이도 열 살 동갑내기다.

"작가님 말도 탔다면서요?"

내가 겁이 많다는 걸 진작부터 눈치챈 머기 씨가 놀렸다. 둘러앉아 칼국수를 먹으면서였다.

"나담 최고 인기는 어린 기수가 동갑내기 말을 타고 달리는 '말경주'예요. 초원의 흙먼지를 뒤집어쓰고 바타르가 먼 길을 달려서 우승했어요. 일곱 살 바타르가 선두로 들어오던 그때를 생각하면 지금도 벅차요. 몽골사람에게 말 경주 우승은 평생의

자랑거리고 명예지요.”

소년의 이름이 바타르였구나. ‘영웅’ 멋진 이름이다.

“작가님 운 좋으시네요. 우승자와 우승말을 타신 거예요.”

내가 우승자와 우승마를 타고 달렸구나! 역시 그랬구나. 어린 아이답지 않게 늠름하고 의지가 되던걸. 말도 그랬어. 주인의 뜻을 이해하고 순하게 태도를 바꿨지. 무섭다고 소리 지르는 왕초보를 손님 대접해줬어. 고마웡!

“소감 한 마디 하셔야죠.”

머기 씨가 귀띔했나 보다. 아이가 살짝 나를 쳐다보았다.

“바타르. 바야를라!고마워요.”

아는 몽골어가 고작 그거였다. 바타르가 쑥스러운 듯 빙긋 웃었다.

밖에서 주인장이 머기 씨를 불렀다.

“잠깐 나갔다 올게요.”

머기 씨의 부재로 방 안에 침묵이 흘렀다. 바타르 엄마가 벌떡 일어나 책 같은 것을 가지고 왔다. 나담 ‘말경주’ 사진첩이었다. 바타르가 얼굴을 붉히며 모르는 척 국수 가닥을 입에 넣었다.

어린 기수들이 흙먼지를 일으키며 달려오는 광경은 장관이었다. 먼지 아지랑이 속을 달려오는 기수들 속에서 바타르를 찾아보았다. 물론 찾지 못했다. 몇 장을 넘겼다. 밤색 말과 어린 소년이 흙투성이 얼굴로 활짝 웃고 있다. 일곱 살 바타르였다. 소설 속 '그 사람'의 유년이 마음에 그려졌다.

"초원을 가르쳐줘서 정말 고마워. 말, 바람, 하늘이 내 가슴에 들어왔어. 바타르 덕분이야. 영웅과 함께 말을 달린 오늘, 평생 잊지 못할 거야. 바타르, 바야를라!"

알아들을 리 없지만 내 마음이 전해졌나 보다. 소년이 얼굴을 붉히며 남은 국수가닥을 입안으로 쓸어 넣었다.

"입어보실래요?"

머기 씨는 커다란 털 뭉치를 한 아름 안고 있었다. 무겁고 거칠고 커다란 털코트는 너무 커서 손도 나오지도 않고 길이는 발목 복숭아뼈에 닿았다.

"늑대코트에요."

흠칫했다. 머기 씨가 언제 입어보겠느냐며 코트를 입혀주었다. 늑대 껍질을 뒤집어쓰고 뻣뻣이 서 있는 나를 찰칵 찍었다.

"한겨울에 늑대 털보다 따뜻한 건 없어요."

"이런 거 입고 있으면 늑대가 공격하지 않아요? 복수할 거 같아요."

머기 씨가 주인장에게 물었다. 역시 방법이 있었고 그 이야기는 흥미로웠다.

늑대코트를 입고

"사냥한 늑대는 그 통가죽 안에 건초를 채워 넣어서 늑대의 형상을 만들어요. 그것을 기다란 장대에 매달아 게르 문에서 열두어 걸음쯤 떨어진 곳에 세워두지요. 오가는 사람들이 '이 게르에 대단한 사냥꾼이 사는구나' 여기고 마적들도 감히 쳐들어오지 못합니다. 늑대 가죽이 완전히 마르면 정말 살아있는 늑대같아 보이지요. 그러면 늑대무리들도 근처에 오지 않고 그 집 가축들도 헤치지 않아요. 그런 다음에야 늑대 털가죽으로 겉옷을 만들어 입는다고 합니다."

주인장이 우리를 게르 안으로 데리고 들어갔다. 중앙 제단 밑에서 뭔가를 꺼냈다. 놀랍게도 방금 얘기한 그 늑대 통가죽이었다. 대단한 사냥꾼이었던 할아버지 때 것이라는데 부피는 작아지고 가죽은 낡고 헤졌지만 위용은 살아있었다. 주인장이 내 이마에 손을 대고 뭐라고 중얼거린다. 내가 머기 씨를 쳐다보았다.

"축원하시는 거예요. 잠깐만요, 흥미로운 말씀을 하시네요. 늑대는 죽었지만, 영혼은 죽지 않는다. 이 통가죽 늑대가 이 댁 수호신이래요. 아까 작가님이 입은 늑대 코트도 특별한 신분의 늑대였답니다. 늑대 왕이나 왕족이었을 거랍니다. 늑대왕 털가죽옷은 칭기스칸 왕족들만 입었다네요. 좀 전에 주인장이 작가님께 '강한 운이 들어옵니다' 그렇게 축원하셨어요."

내 얼굴 맞아?

원주민 게르에서 돌아와 나는 시간 시간 거울을 들여다보았다. 아무 일도 일어나지 않았다. 얼굴이 호빵이 되지도 않았고 목이 홍당무가 되지도 않았다. 몽골의 살인적 자외선에 한 시간 넘게 노출됐다는 게 믿기지 않는다. 서울에서 이 정도 자외선에 노출됐다면 '피부과 한 달 각'이다. 게다가 여기는 몽골이 아닌가. 이건 기적이야!

얼떨결에 소년의 말에 올랐는데 나담 말 경주 우승자였고, 그 우승 말이었다. 지레 포기했던 미션을 멋지게 완수해 버렸다. 나도 모르게 감사 인사가 터져 나왔다.

"Баярлалаа! Баярлалаа! Баярлалаа!" 감사! 감사! 감사!

울란바토르의 달동네

머기 씨의 정신적 파파이신 신부님 성당을 보러 갔다. 울란바토르 달동네에 성당과 병원과 학교를 짓고 이십 년 동안 빈민을 돌보신 곳이다. 하수도조차 없는 이런 척박한 곳에서 이십 년을 어떻게 견디셨을까. 몽골 개론 삼아 보여주신 USB에서 잠깐 스쳐 간 한 컷이 생각났다.

게르 문 앞에 앉아 멀건 국수를 드시는 신부님은 영락없는 막노동꾼, 엄숙하게 차려입은 사제와는 '안드로메다'만큼 먼 모습이었다. 물론 묻지는 않았다. 본 척도 안 했다. 설명해 주신 다른 영상들 보다가 건너뛴 그 영상이 뚜렷이 떠올라 괜히 죄송스러웠다. 머기 씨와 나는 신부님 성당을 나와 근방에 있다는 무당 집으로 향했다.

북방 샤머니즘의 본류로 알려진 몽골에는 '백白무당'(무업을 대물림하는 세습무)과 '흑黑무당'(신이 몸에 실리는 강신무)이 있다. 사회주의 정권은 무당들을 체포하고 숙청하여 전승의 맥을 끊어놓았다. 그래도 비밀리에 의식을 수행하는 몇 안 되는 무당들이 명맥을 유지해왔다고 한다. 소설의 또 다른 주인공이 무속에 관심 있는 다큐 감독 지망생이다. 그녀가 현장을 취재하듯 흑무당을 만나러 가는 길이다.

"무당이 굿을 보여줄까요?" 나의 관심사는 굿이었다.

"웬만한 규모가 아니고는 시작도 안 합니다."

머기 씨가 고개를 저었다.

골목길은 흙먼지로 앞이 보이지 않았다. 사람들이 바짝 마른 땅을 쓸어대는 바람에 먼지가 구름처럼 일어나고 있었다. 이 동네 흙은 인절미의 콩가루만큼이나 곱다. 청소하려면 물을 뿌려야지 어이가 없었다.

"걷기만 해도 흙먼지가 풀풀 이는데 왜 쓸어서 먼지폭풍을 일으키나요?"

"빈민구조 사업이지요. 청소를 해야 나라에서 돈을 주니까요."

잘못된 청소가 일상적으로 행해진다는 얘기였다. 청소하는 사람도, 동네 주민들도 정기적으로 흙먼지를 마시고 오히려 병이 날 것 같았다

무당집은 먼지폭풍 너머에 있었다. 저 거대한 폭풍을 뚫고 가야 한다. 흙먼지를 한 숟가락쯤 먹을 각오를 해야 한다. 벌써 눈도 따갑고 목도 칼칼하다. 문득 ≪에어 홀릭˚≫ 취재 때의 악몽이 되살아났다. 그때 멋모르고 화생방 훈련에 참가했다가 눈 따갑고 기침하고 눈물 콧물 범벅으로 생고생을 했다. 그보다는 낫겠지. 적진을 뚫듯 돌진하는 거야. 나는 맨손으로 코와 입을 틀어막고 얍! 뿌연 먼지폭풍 속을 질주했다.

---

* ≪에어 홀릭≫ : 뽀시래기 사관생도가 독수리 전투조종사로 거듭나기까지 그들 세계 특유의 사랑과 우정, 피와 땀, 삶과 죽음을 그린 장편소설.

흑무당과 한 판

       무당집치고는 평범했다. 사회주의 시절, 무속을 금지하여 가정집처럼 위장해서라고 한다. 몽골사람들이 단것을 좋아하여 초콜릿을 한 상자 샀다. 약속이 되어 있어 금방 문이 열렸다. 젊은 여성이 우리를 거실로 안내했다. 연두색 비닐 소파와 작은 테이블뿐인 덤덤한 거실이었다. 할 일도 없고 할 말도 없이 앉아있기 사십 분. 자꾸만 핸드폰 시계를 보는 나에게 머기 씨가 한 마디했다.

"한국시계가 몽골에선 안 맞아요. 오늘 중엔 만나겠지요."

  이 무당집에 오기까지가 쉽지 않았다. 머기 씨 어머니의 지인 소개로 무당과 통화가 됐다. 외국인이라는 말에, '원한다면 신당은 보여주겠다. 굿은 보여줄 수 없다. 내가 외국인에게 굿을 해줄 의무도 없고 대충 장난으로 할 수도 없다. 그랬다간 신령님께 벌 받는다.' 막상 돈 얘기는 꺼내지도 못하고 통화가 끝났다.

  아까 본 젊은 여성이 나타나 머기 씨에게 간단히 말했다. 일방적으로 통보하는 느낌이었다. 돈 얘기였나 보다. 나는 머기 씨를 통해 10만 투그릭한화 5만 원을 건네고 기다렸다. 몽골 수준으로는 비싼 편이지만 까닭이 있었다. **진짜 흑무당**은 믿을만한 사람 소개 아니고는 만나기 어렵다고 한다. 무당이라고 나서는 몽골사람은 많지만 다 가짜라고. 지금 만나러 온 흑무당은 최상급 오트강여자무당으로 외국에도 널리 알려진 유명인이라고 한다. 굿은 단념했고 흑무당의 태도와 분위기를 관찰하고 신당 구경하는 정도로 마음을 접었다. 다시 나타난 젊은 여성이 우리를 이층으로 안내했다. 비로소 신당으로 들어왔다.

신당이라고 특별한 것은 없었다. 우리나라 무당집처럼 울긋불긋 요란하지도 않고 제단도 없고 무신도巫神圖도 없었다. 한쪽에 몇 가지 작은 무구들을 늘어놓은 테이블이 전부인 간소한 신당이었다. 오히려 한구석 유리장 안에 잔뜩 넣어둔 사진과 상패들이 구경거리였다. 오, 훈장도 있네.

"무당이 되기 전 의사였을 때 받은 거네요."

멀쩡한 의사가 갑자기 신병 들어 무당이 된 경우라고 한다. 상패와 기념품에 새겨진 글자들도 읽어달라고 부탁했다.

"전국의 내로라하는 무당들이 해마다 무속의 성지 바이칼 알혼섬에 모여서 대규모 굿판을 벌여요. 그때 무당들끼리 신력神力을 겨루는 '기싸움'을 하지요. 이 상패들은 그 기싸움에서 받은 것들이네요."

그러니까 '진짜 흑무당 중에서도 나는 최상급이다' 일종의 증명서 같은 것이었다.

"'뭘 원하는가?' 묻는데요?" 머기 씨의 말에 뒤돌아보았다.

기척도 없이 한 아주머니가 소파에 앉아있었다. 유명한 흑무당 맞아? 실망은 잠깐이었다. 훑어보는 눈초리, 거침없는 말투, 거만한 태도… 무엇 하나 예사롭지 않았다. 대뜸 묻지 않던가. 뭘 원하는가? 미처 준비가 없던 나는 얼결에 소설 속 두 남녀, 강배두(몽고늑대)와 백인하(늑대신부)의 생년월일을 써서 건넸다. 오트강은 목구슬을 줄줄이 엮은 긴 염주를 잡고 양쪽에서 잡아 오며 점을 치기 시작했다. 딱 맞게 끝나면 좋고, 남으면 나쁘다고. 구슬이 한 개 남았다. 나쁘다. 소설에서 백인하는 강배두를 찾아 몽골로 온다. 나쁘다는 것은 강배두가 죽었다는 뜻인가? 물어보았다.

"남자가 죽었나요?" 용한 무당이 속을까, 두근거렸다.

무당이 이번에는 나에게 수맥 잡는 쇠붙이를 잡으라고 한다. 앞으로 향하면 나쁘고 뒤로 향하면 좋다는 뜻이란다. 무슨 답을 주려고 자꾸 이런 걸 시키나. 아무튼 하라는 대로 했다.

"이 사람은 없는 사람이다." 오트강이 단언했다.

"없는 사람… 무슨 뜻이에요?"

소설 속 가상인물이어서 없다고 하는 것인가? 들켰나?

"세상에 없는 사람이다."

가상인물이라는 말로 들렸다. 더는 묻지 못했다. 그래도 그냥 물러설 수는 없었다.

"여자에 대해서도 말해 주세요."

부디 내 목소리가 떨리지 않았기를.

"텅 빈 사람이다."

역시 가상인물이라는 말인가? 확인이 필요하다.

"텅 빈 사람이 무슨 뜻인가요?"

"'기'가 약해. '재물운'도 없다."

소설의 '늑대 신부'는 성공한 성악가다. '기'가 약한 사람은 예술을 소명으로 받아들이지 못한다. '늑대신부'는 맨몸으로 역사의 탁류를 거스르며 운명적 사랑과 생명 같은 음악을 지켜내는 강한 캐릭터이다. 재물운? 재벌가 외동딸에게 논할 말은 아니지. 나는 자신감을 회복하고 다시 물었다.

"여자는 살아있나요?"

"저승에 갔다 왔군. 죽을 뻔했다. 무슨 일이 있었는지, 크게 아팠는지."

나는 말문이 막혔다. 무슨 일이 있었고 크게 아팠다. 저승에 갔다 왔다. 죽었다가 살아났다. 나도 무당도 마치 실존 인물에 대하여 말하고 있는 것 같았다.

"여자가 당신에게 중요한 사람인가? 당신 어머니인가?" 예상치 못한 질문에 "맞아요." 대답했다. 머뭇거리면 들킨다. 목소리도 떨지 않았다.

"몽골 무당은 그냥 나쁘다, 어떻다, 말 만해서 그 사람 마음을 상하게 하지 않는다. 고쳐준다. 나는 치유해 주는 사람이다. 이것이 몽골 무당의 능력이다. 나는 중생을 고통에서 벗어나게 해 주려고 최선을 다한다. 그게 무당의 일이다. 어머니 대신 당신이 받아라."

무당이 검은 채찍을 들고 베란다로 나갔다. 따라오라는 뜻이다. 나는 머기 씨에게 다급하게 말했다.

"무서워요. 싫어요."

"알았어요. 외국인이니 양해해 달라고 할게요."

머기 씨가 베란다로 나갔다. 두 사람이 무슨 말인가 나누더니 무당이 머기 씨를 똑바로 세웠다. 나 대신 의식을 행하려는 것 같았다.

오트강은 낡은 패트병의 수상쩍은 갈색 물을 스프레이에 옮겨 담더니 머기 씨에게 뿌렸다. 머리부터 발끝까지. 스프레이가 끝나자 머기 씨 어깨를 우악스럽게 잡고 앞뒤로 마구 돌려가면서 채찍으로 때리고 주문을 외운다. 마귀를 쫓아내는 의식이라더니 과연 무시무시하다. 이십 분을 넘기고서야 의식이 끝났다.

무당이 내 앞에 섰다. 채찍을 들고 있다.

"당신, 원하는 게 뭔가?"

목소리에 화가 묻어있다. 당황스럽다. 취재원을 화나게 해서는 일이 되지 않는다. 솔직하게 말했다.

흑무당

"굿하는 모습 보고 싶어요."

"다들 그러지. 세계 여러 나라 방송국에서 굿하는 모습 많이 찍어갔다. 보통은 하루거리고 박사가 연구할 때는 며칠도 한다. 당신은 정말 나의 굿하는 모습을 보고 싶은가?"

"팀에 yes." 외워둔 몽골말이 튀어나왔다. (오키^^)

"정식으로 옷 입은 모습을 보고 싶나?"

"바야를라!Thanks!" (나이스 샷!^^)

오트강은 자신을 믿지 않는 나에게 무당으로서의 위력을 보여주고 싶은 것 같았다. 무복을 입기 시작했다. 주렁주렁 뭐가 많이 달린 검은 옷을 여러 겹 입고, 깃털 달린 큰 모자를 쓰고, 가죽 장화를 신었다. 가닥가닥 끈들이 잔뜩 달린 모자를 쓴다. 복장을 갖추고 돌아섰다.

사탄이 나타났다!

모자의 끈들이 얼굴을 완전히 덮었다. 섬뜩하다. 오트강이 붓글씨로 쓴 누런 책을 들고 말했다.

"이 책을 다 읽으려면 대여섯 시간 걸린다. 협력 무당도 필요하다."

돈을 더 내라는 뜻으로 들렸다.

"얼마를 낼까요?" 묻자, 머기 씨가 가만있어 보란다.

오트강이 북을 들었다. 한쪽 면만 가죽으로 메운 특이한 북이었다. 무당은 안쪽 손잡이를 잡고 북을 치면서 영靈을 부르기 시작했다. 무당은 북을 통해서만 하늘의 신령과 연결된다고 한다.

둥~ 둥~ 둥~ 둥~

"북을 쳐서 신령님을 불렀다. 조금이라도 굿을 해야 한다."

"책 읊는 것도 굿의 일종인가요?" 내가 작은 소리로 물었다.

"모르겠는데요." 머기 씨도 고개를 갸웃했다.

"외국인 상대로 복장 갖추고 제의를 보여주면 최소 1000달러는 받는다고 들었어요. 작가님에게 보여주려나 봐요."

우리나라 굿과는 다른가 보다. 오늘 나 횡재했네.

조금만 한다더니 끝내지를 못한다. 그렇게 하면 신을 놀리는 거나 같다고 한참이나 북을 치며 책을 읊었다. 악귀를 쫓을 때 쓰던 채찍이 북채였다. 온 방에 향 내음이 가득하다. 우리를 안내했던 젊은 여성은 새끼무당이었다. 조그만 악기를 입에 대고 손가락으로 튕기며 소리를 낸다. 음악으로 신을 즐겁게 해주는 거란다.

한 시간 남짓, 제의가 끝났다. 오트강이 내 앞에 섰다. 얼굴도 보이지 않는 흑무당, 으스스하다. 나에게 던진 말을 머기 씨가 통역했다.

"당신은 왜 내 의식을 받지 않나? 나를 불신하나?"

당황했다. 오트강은 나에 대한 감정이 좋지 않다. 믿지도 않으면서 왜 왔나, 불쾌해하는 눈치다. 오트강이 무복을 벗고 아주머니로 돌아왔다. 일인용 소파에 깊숙이 앉아서 깊은 눈길로 나를 바라본다. 노려본다.

"당신 속에 나쁜 기운이 보인다. 쫓아내지 않으면 네 안의 악신이 너의 운을 막는다."

나쁜 기운이 보인다고? 악신이 운을 막는다고? 이것은 저주가 아닌가. 상대는 쎈 흑무당이다. 저주할까 봐 두려웠다.

"내가 쫓아내 주겠다. 막힌 운이 열리고 기가 생긴다."

무당이 나에게 수맥 잡는 쇠붙이를 내밀었다. 엉거주춤 일어나 그것을 잡았다. 쇠붙이가 X자로 앞을 향해 섰다.

"나쁘다. 운이 열리기를 원하는가?"

무당의 물음에 고개를 끄덕였다. 그러자 갑자기 나에게 갈색 물을 뿌리고 채찍을 들었다. 휙휙 소리를 내며 채찍이 등과 다리에 휘감겼다. 소리는 아픔보다도 심리적 공포감을 불러일으켰다. 오트강이 내게 다시 수맥침을 잡게 했다. 뒤로 휙 돌아갔다.

"봐라. 당신 속의 악신을 쫓아냈다."

"손바닥 보여달래요. 아까 한 것처럼요."

머기 씨가 무당의 말을 전했다.

참 그랬지. 무당은 처음 우리를 보자마자 손바닥을 내놓으라고 했었다. 쇠젓가락 같은 것으로 손목부터 중지까지와 약지까지의 길이를 양손 각각 쟀다. 응? 양손의 길이가 다르네.

나는 아까처럼 손바닥을 내보였다. 무당이 쇠젓가락으로 다시 길이를 쟀다. 어? 똑같아졌잖아. 신기해라.

"치유됐다. 회복되고 채워졌다. 운이 열리고 기가 생겼다. 이젠 나를 믿나?" 무당이 내 눈을 똑바로 들여다보았다. 나는 얼떨결에 "믿어요" 대답하고 "바야를라" 인사까지 했다.

'악신이 네 운을 막는다' 그 말에 낚인 것일까, '막힌 운을 열어준다'는 말에 혹한 것일까. 몽골 흑무당의 제의를 취재하러 와서 악신 쫓아내는 의식을 받고야 말았다. 기에 눌렸다. 후회되고 찝찝했다. 머기 씨는 아무렇지도 않아 보인다. '그래, 아무 것도 아니야. 무당의 엄포일 뿐이야.' 나는 물티슈로 남아있을 갈색 물기를 닦았다. 꼼꼼하게 닦아냈다. 이 정도로 흑무당의 제의가 씻겨질까, 의심하면서. 그렇긴 해도 오트강이 정식으로 복색을 갖추고 모시는 신령에게 마음을 다하는 모습은 꽤 감동적이었다.

카자흐스탄 공동묘지

열 살 소년이 아버지가 총탄 세례받고 죽는 순간을 목격했다. 러시아 붉은 군대는 어머니와 소년까지 겨냥했지만 둘러서 있던 동네 몽고사람들의 거센 항의로 간신히 목숨을 건졌다. 소년과 엄마는 무덤이랄수도 없는 행려자공동묘지에 아버지를 묻는다. 소년은 무덤 속 아버지에게 맹세한다. 아버지. 제가 빨리 어른이 되어 다시 모시러 오겠습니다. 꼭! 다시 오겠습니다!

나는 머기 씨에게 소설 한 부분을 들려주었다. 내 머릿속 그림과 유사한 장소를 발견해서 강한 이미지를 받고 싶다는 의도도 전했다.

"행려자묘지. 그런 곳이 있을까요? 황량하고 쓸쓸한 곳이면 좋겠어요."

소설 속 두 연인의 재회에 꼭 필요한 단서가 되는 곳. 조마조마한 맘으로 기다렸다.

"알아요. 딱, 그런 느낌의 공동묘지 있어요."

망설임 없는 즉답. 정말 1초의 망설임도 없었다.

우리는 울란바토르에서 그리 멀지 않은 노천탄광촌으로 갔다.

공동묘지는 폐광이 된 탄광 마을 외곽에 있었다. 한창 때는 외지 광부들이 밀려들었는데 떠돌이 카자흐스탄 사람이 가장 많았다고 한다. 그들 떠돌이 광부들이 많이 묻혀서 카자흐스탄 묘지라는 이름이 붙었다.

드넓은 황무지 한 귀퉁이에 시늉만의 철책과 철문이 있었다. 입구에서 묘지는 한참 멀다. 있으나 마나 한 엉성한 철문을 밀고 들어갔다.

카자흐스탄 공동묘지 입구

돌무덤

러시아 마을의 전쟁공로자 무덤

입구 한구석에 매표소 같은 작은 공간이 관리실이었다. 무덤 쪽으로 난 창유리 안에서 할머니가 뜨개질 바구니를 무릎 위에 놓고 졸고 있었다. 노크 소리에 고개를 든 할머니가 퀭한 눈으로 우리를 올려다보았다. 백발에 뼈만 앙상한 노파는 이미 반은 무덤에 들어가 있는 모습이었다.

"묘지 보러 왔는데요. 들어가 봐도 될까요?"

머기 씨가 공손히 물었다.

"얼마짜리?"

사무적인 목소리. 비로소 관리인다워졌다.

"네? 아, 네에… 일단 둘러보고…." 머기 씨가 머뭇거렸다.

"부모님이 돌아가셨나?"

"…할머님이…."

관리인이 서류를 내밀었다. 머기 씨가 이름과 전화번호를 적었다.

잡초 우거진 돌밭을 십여 분쯤 들어가자 무덤들이 나타나기 시작했다. 그냥 도독한 돌무더기들이었다. 사람 하나 누우면 저 정도구나, 싶게 딱 그만큼씩만 돌로 덮었다. 최근 것으로 보이는 앞의 무덤들에는 똑같은 비석들이 서 있었다. 사선으로 자른 얇은 돌판에 이름과 생몰연대만 적었다. 뒤로 갈수록 오래된 무덤이었다. 돌비석은 깨지고, 비목碑木은 썩어가고, 무명 씨 자리에는 그조차도 없었다.

이렇게 쓸쓸하고 황량한 공동묘지가 실제로 있을 줄은 몰랐다. 나는 생각도 걸음도 멈추고 멍하니 바라보았다. 죽은 자들의 마을은 나를 압도하며 책상머리 상상을 산산이 부서뜨렸다. 이런 곳에 아버지를 묻고 온 소년의 마음을 짐작할 길이 없었다. 이 감정, 이 먹먹함을 두 눈 부릅뜨고 뇌리에 새겨 넣었다.

뼈들의 침묵 위로 두런두런 바람이 분다. 한여름이 맞나 싶게 서늘한 바람에 한기가 스민다. 패딩의 모자를 당겨썼다. 바로 앞 비석의 생몰연대에 눈이 갔다. 이 사람은 젊어서 죽었다. 세상에서 멸시받고 버림받은 사람이 죽기에 맞춤한 나이, 서른셋.

안쪽으로 들어갈수록 오래된 무덤들이 허물어져 가고 있어 무서웠다. 작품에는 '늑대신부'가 한글로 쓴 비석을 찾는 장면이 나온다. (그렇게 쓸 생각이다) 그 장면을 생각하며 정말 '늑대신부의 마음으로, 사랑하는 사람을 찾는 심정'으로 낱낱이 살펴보겠다는 애초의 목표와 용기는 사라져버렸다. 도망치듯 돌아 나왔다.

관리실 유리문 안으로 졸고 있는 노파가 들여다보였다. 들려야 하나? 우리는 잠시 망설였다. 뜨개질 바구니에서 떨어진 붉은 털실 뭉치가 문턱에 멈춰있었다. 노인은 깨어있을 때 무엇을 볼까? 노인의 눈으로 바라본다. 창 너머로 보이는 것이라곤 멀리 무덤뿐. 노인은 한 곳만을 바라보겠지. 눈을 뗄래야 뗄 수 없는, 자기 자리로 찜한 그곳만을.

우리는 조용히 돌아섰다. 노인의 깊은 잠을 깨울 필요는 없다. 어쩌면 영원히 깨지 못할 꿈을 꾸고 있는지도 모르고….

으스스 떨며…

별을 주우러 왔어. 너에게 주려고

비도 참 줄기차게도 내린다. 우기에 왔으니 당연한 일이지만 야속하네. 마지막 밤까지도 '비'라니. 별이 주먹만 하다고? 고원 발 아래가 온통 '별밭'이라고? 별똥별이 소나기처럼 쏟아진다고? 그런데 나는 그 유명한 '몽골 별' 하나 구경 못하고 떠나게 생겼다.

전국이 비 예보다. 전국 평균이 그렇다는 것이지 밤 열 시 현재 울란바토르는 비 100%. 상황은 명확한데 도무지 포기가 안 된다.

"전국 예보를 봐도 오늘 내일 계속 '비'네요. 사막도 마찬가지에요."

머기 씨가 수시로 날씨를 확인하며 알려주었다.

밤은 깊어가고, 비는 줄기차게 퍼붓고… 결정을 내려야 할 시간이다. 마감에 쫓기듯 몸이 졸아드는 느낌이다. 이 밤에 비를 뚫고 별을 보겠다고 나선다면 미친 짓이겠지. 알지만, 그렇지만, 몽골이 나오는 작품에 몽골 별이 빠질 수는 없다. 별은 어디에서나 볼 수 있다. 도시의 불빛이 닿지 않는 시골 밭고랑에서나 인적 드문 산길에서나 눈만 들면 볼 수 있는 것이 별이다. 하지만 그 어느 것도 몽골 별이 아니다. 소설의 '늑대 그 사람'이 바라보던 그 별을 보고 싶다. '그 사람'이 눈물 그렁한 눈으로 올려다보았을 그 별을 보아야 한다. '부칠 곳 없는 정열을 가슴에 깊이 감추이고 적막한 얼굴'*로 바라보았을 그 별이어야만 한다.

몽골에서의 마지막 밤, 기회는 지금뿐이다. 그렇다고 이 밤에 비를 뚫고 별 보이는 곳을 찾아가자고 할 염치는 없다. 내 무리한 부탁을 다 들어준 머기 씨에게 너무나도 미안한 일이다. 두 마음이 싸운다. 염치를 차리느냐, 후회를 남기느냐. 그때 머기 씨가 말했다.

"제 생각엔 100퍼센트 비 오지만 작가님이 가겠다면 가죠."

먼저 말해 주다니. 고마움에 앞서 용기가 났다.

"별을 못 봐도 후회 없게 최선을 다해 보고 싶어요."

"그래요. 가요."

선선한 머기 씨 대답에 몰래 울컥했다.

"사막 쪽으로 내려가 보죠. 기대는 하지 마시구요. 그런데…."

"네. 말씀하세요."

무슨 말이든 들어주고 싶다. 들어주어야 한다.

---

* 가곡 '수선화'의 노랫말. 김동명 시. 김동진 곡.

"밤에 와이프와 아이만 남겨두고는 안심이 안 돼요. 함께 가야겠어요."

뜻밖의 제안이었고 가벼운 제안이었다.

"그래요. 좋아요. 아기는 괜찮겠지요?"

잠든 아기를 안고 강제로 합류 당한 빔바 씨를 보자 너무나 미안해서 그만두자는 말이 목까지 올라왔다. 표정에 드러났나 보다. 빔바 씨가 웃으며 말했다. 머기 씨가 통역했다.

"남편이 일 나가면 며칠씩 아기와 둘만 있다고요. 오늘 함께 가게 돼서 오히려 좋다네요." 그리고 빔바 씨가 또 말했다.

"작가님 덕분에 러시아도 가보고 바이칼 가족여행도 하고 감사하다고 인사 전합니다. 추억에 남을 사진도 많이 찍어서 좋답니다."

빔바 씨의 말에 눈물이 날 것 같았다. 빗속에 별을 찾아가는 미친 기행에 동행하면서 말이라도 그렇게 해주니 얼마나 고마운가.

우리는 야반도주 하듯 한밤중에 비를 뚫고 출발했다. 암담한 마음으로, 무거운 침묵 속에. 차창 윈도 브러시가 쉴 새 없이 왕복하고, 하늘에서는 번쩍 번쩍 번개가 빛을 쏘아댔다.

포장도로가 끝나고 덜컹덜컹 험한 길로 들어섰다. 어딘지 모를 암흑 속을 오로지 헤드라이트 불빛을 지팡이 삼아 더듬더듬 달려갔다. 번쩍! 번쩍! 번개가 친다. 그 엄청난 순간적인 빛 속에 드러나는 것은 아무것도 없다. 황무지를 달리는 모양이다. 예뻐라. 아기는 칭얼대지도 않고 잘도 잔다. 억수같이 퍼붓는 빗줄기를 보면서도 기적을 고대하는 내 마음은 도무지 꺾일 줄을 모른다.

벌써 두 시간째 사막을 향해 달리고 있다. 폭우도 번개도 개의치 않고 아기는 쌔근쌔근 잘 자고, 앞자리 부부도 도란도란 대화를 나눈다. 들어도 들리지 않는 몽골말 뒷자리에서 나는 지치지도 않고 똑같은 기도만 되풀이하고 있었다.

'별을 보여주세요. 늑대 그 사람이 본 그 별을 보여주세요. 몽골 길도 열어주시고, 머기 씨 같은 맞춤 리더도 보내주셨어요. 기적을 베풀어주셨잖아요. 별도 보여주세요. 우기雨期가 무슨 상관이에요. 하실 수 있잖아요. 오늘 밤, 꼭 별을 보여주세요.'

차창 밖은 여전히 비 내리고, 번개 치고, 천지 분간 없이 어둡다. 눈앞에 장막이 쳐진 듯 캄캄한 어둠을 바라보면서 왈칵 눈물이 쏟아졌다. 내가 아무리 떼쓰고, 따지고, 애원하고, 원망해도 비는 그치지 않는다. 번개도 멈추지 않는다. 나는 고뇌에 휩싸였다. 차창을 후려치는 빗줄기가 오트강의 채찍만큼이나 아프다. 무당을 진짜 믿은 것은 아니었다. 아니야. 한순간 흔들렸다. 앞을 향하던 수맥봉이 휙 돌아간 순간, 차이 나던 손 길이가 똑같아진 순간, 신기하고 두려웠다. 미혹됐었다.

"작가님. 주무세요? 앞 차창 좀 보세요. 달이 보여요."

머기 씨가 소리쳤다.

정말 달이, 날카로운 초생달이, 앞 차창에 손톱만 하게 보인다. 나는 숨을 멈추고 바라보았다. 손톱 만한 초생달을, 내 작은 숨결에도 사라져 버릴 것만 같은 얇고 예민한 존재를.

"먹구름 틈새로 달이 보이네요. 저 아래는 비가 그치고 있나 봐요."

머기 씨 목소리가 밝다.

'십 분만, 오분이라도 좋아요. 보여주세요.' 나는 막무가내 아이처럼 지치지도 않고 생떼를 썼다.

머기 씨가 새로운 제안을 했다.

"조금 더 가면 민속촌이 있어요. 아기와 와이프는 거기서 자게 하고 작가님과 저는 더 아래 지방으로 내려가 보죠. 두 시간만 가면 사막이에요."

우리나라 민속촌 같은 곳으로 백 년 전 몽골의 생활 모습을 볼 수 있다고 한다. 아침이 되면 게르 짓는 것도 보고, 아예 게르를 통째로 싣고 이사 가는 모습도 볼 수 있으니 작품에 도움이 될 거라고 했다. 그리고 덧붙였다.

"오늘 밤 별을 보면 기적이지요. 계속 비가 와도 작가님께 후회를 안 남기니 저도 좋아요."

너무 고맙고 너무 미안하고… 나는 아무 말도 못했다.

빗속에 민속촌으로 들어갔다. 게르들은 텅 비었다. 우리는 샤워실에서 가까운 21번 게르에 짐을 풀었다. 빔바 씨와 두 살짜리 젝에가 침대에 눕는 것까지 확인하고 머기 씨와 나는 밖으로 나왔다.

빗줄기는 많이 약해졌지만 하늘은 여전히 먹통이다. 너무 캄캄해서 곁에 있는 머기 씨도 보이지 않는다. 별이 보일 기미는 어디에도 없다. 네 시간 동안 빗길을 운전한 머기 씨에게 들어가 쉬라고 권했다.

"전 괜찮아요. 그리고 제가 봐야 알죠."

그건 그렇지. 그런데 저 빛은 무엇일까. 지평선을 따라 부연 빛이 넓게 퍼져있었다. 빛이라기엔 미약하고 희미한 빛 기운같은 것이 지평선에 부옇게 퍼져있다. 완벽한 어둠이 아니면 절대 볼 수 없을 안개 같은 빛 기운.

"저 빛은 뭐지요? 설마 먼 데 번개가…번개는 아닌 거 같은데요?"

"울란바토르 불빛이에요."

머기 씨의 대답은 너무도 예사로웠다.

울란바토르? 거기서 여기가 어딘데 그 불빛이 보인다고? 게다가 울란바토르는 여느 대도시처럼 불야성을 이루는 도시도 아니다. 어떻게 아득히 먼 도시의 불빛이 수만 리 떨어진 지평선 너머에까지 보인단 말인가. 납득하기 어려웠지만 눈에 보이는 현실을 부정할 수는 없었다. 땅에 거칠 것이 없으니 아무리 멀어도 보인다고 밖에 달리 해석할 길이 없었다. 정말이지 몽골은 상상을 초월하는 곳이다. 게르에서 아기 울음소리가 들려왔다. 머기 씨가 잠깐 들어가 보겠다며 자리를 떴다. 암흑 속에서 게르를 찾아가는 머기 씨가 신기했다.

한 자리에 가만히 있을 수가 없었다. '십분만요. 오분만요.' 떼를 쓰면서 어둠 속을 돌아다녔다. 밤의 초원에는 야행성 동물들이 어슬렁거린다고 한다. 들었지만 일부러 생각 안 났다. 큰 동물보다 더 공포의 대상인 '야생 마우스(鼠)' 조차도 생각 안 했다. 아무 생각이 없었다. 정신 나간 사람처럼 "오분만요. 오분만요." 중얼거리면서 어둠 속을 헤매고 다녔다.

앗! 큰 돌부리에 걸렸다. 발을 앞으로 꺾어보니 깜짝 놀라게 아프다. 하필 접지른 오른쪽 발목을 또 다쳤다. 그 자리에 주저앉아 어둔 하늘을 올려다보았다. 별은커녕 먹구름만 잔뜩 끼었다. 어둠 속에서 생각에 잠겼다. 내 욕심으로 이 빗속에 머기 씨가족까지 생고생을 시키는구나. 우기에 와서 비를 그쳐달라고?
이 무슨 생떼란 말인가. 아무리 작품에 핑계를 댄다해도 내 욕심
이고 나의 무지다. 게다가….

당신 속에 나쁜 기운이 보인다. 쫓아내지 않으면 네 안의 악
신이 너의 운을 막는다.

내가 무슨 짓을 한 것인가. 사람을 무서워했다. 주술적 미끼
에 두려움을 느꼈다. 악신을 쫓아내고 운을 열어준다는 말에
'믿는다' 고백했다. 그 벌을 받는가 보다. 낮에는 해가 나다가도
밤이면 비가 와서 먹구름이 별을 가렸다. 몽골에서 지낸 보름
동안 별 한 개 보지 못했다. 이유가 있을 거란 생각이 들었고, 알
것 같았다. 취재하러 가서 무당의 주술을 받았다. 운을 열어준
다는 말에 흔들렸다.

"작가님 어디 계세요? 작가님! 작가님!"

머기 씨 목소리가 멀다.

"여기요. 저 여기 있어요." 큰 소리로 대답했다.

"거기 가만 계세요. 제가 갈게요."

머기 씨가 용케도 나를 찾아왔다.

"저기 보세요. 구름이 흩어지고 있어요. 어쩌면… 별을 볼 수

도 있을 거 같아요."

나는 '저기'가 어딘지도 모르면서 하늘을 보았다. 눈 크게 뜨고 뚫어지게 어둠을 응시했다. 아무것도 보이지 않는다. 갑자기 머기 씨가 외쳤다.

"보이세요? 구름 뚫린 거 보이세요? 별 보이세요?"

"어디요? 어디요? 아, 보여요!"

어둠 한가운데가 뚫렸다. 하늘에 구멍이 났다. 그 틈으로 작은 별 몇 개가 보인다. 구멍이 점점 커진다. 별들도 많아진다. 먹장구름이 밀려가고 있다. 훅~ 훅~ 밀려가고 있다. 누군가 볼에 잔뜩 바람을 넣어 후욱- 불어 날려 보내는 것 같다. 나는 먹장구름이 밀려가는 모습을 멍하니 바라보았다. 보고 있으면서도 믿기 어려운 장엄한 광경을 넋을 놓고 보았다. 뚫린 하늘에서 툭, 툭, 툭, 별이 켜졌다. 주먹만 한 별들이 나타났다.

하늘이 열렸다. 둥근 연못처럼 우묵한 하늘에 노란 별, 하얀 별, 주황색 별들이 나타났다. 나는 아이처럼 소리쳤다.

"가장 큰 별, 너는 북극성이야! 작은 별 무리, 너는 북두칠성. 노란색, 넌 큰곰자리 해. 하얀 별 너는 백조야! 주황색 별들 너희는 카시오페아!"

나는 아는 별자리 이름들을 호명했다. 맞고 안 맞고는 상관없었다. 먹구름 뚫고 얼굴 내민 별들에게 이름을 주고 싶었다. 눈이 시도록 별들을 보면서 계속 이름을 불렀다.

앗, 별똥별이다! 진짜 직선이네! 순간 빛나고, 순간 사라지는, 빛나는 직선. 반짝이는 샤프심. 하늘에서 쏘아대는 화살별. 시어진 눈에서 눈물이 흐르는 줄도 몰랐다.

"오늘 밤 정말 기적이 일어났군요. 별도, 별똥별도 다 보셨네요. 작가님은 진짜 운이 좋은 사람이에요."

내가 막 떼를 썼거든요. 십 분만! 오분 만! 창피해서 말은 안 했다. 그래도 별에 대한 말은 하고 싶었다.

"몽골 별은 입체감이 있네요. 우리나라에서는 저런 별 보지 못했어요."

"한국은 습도가 높잖아요. 하늘에 늘 엷게 김이 서린 상태라서 그럴 거예요. 아무래도 별의 선명도가 떨어지죠. '몽골별은 입체감이 있다' 그 말 참 좋네요. 처음 듣는 유니크한 표현이에요. 아쉽네요. 이렇게 별을 좋아하시는데 아주 조금밖에 보여드리지 못했어요. 언제 한 번 더 오세요, 맑고 건조한 날. 하늘의 구십 퍼센트가 별이에요. 정말 제 주먹만큼씩 해요. 손 뻗으면 닿을 것 같다는 말 실감하실 거예요. 어, 어, 구름이 다시 밀려오네요."

사방에서 먹구름이 몰려오기 시작했다. 나는 얼른 핸드폰 시계를 보았다. 02:46. 하늘이 좁아지며 구름이 시시각각 초 단위로 별들을 삼키기 시작했다. 하늘이 완전히 닫히기까지 십오 분 정도 걸렸다. 덤으로 받은 십오 분 동안 나는 별들을 맘껏 주워 담았다. 북극성, 큰곰, 백조, 카시오페아… 진짜 몽골 별들로 가슴이 그득해졌다. 문득 궁금해졌다.

"혹시 처음 별 본 시간, 기억하세요?"

"제가 작가님 찾아올 때가 두 시 이십 분이었어요. 그리고 십 분 후쯤부터 별이 보이기 시작했어요."

그렇다면 별이 보이기 시작한 것은 02:30. 하늘이 열렸다가 다시 구름이 몰려오기 시작한 시간은 02:46. 하늘이 완전히 닫히기까지 15분.

∴별을 본 총 시간은 약 30분이다. '십 분만, 오 분만'했는데 무려 삼십 분씩이나! 반짝이는 별똥별까지 다.

그때 현지인 몽골 전문가 머기 씨가 말했다.

"이런 기적은 처음이에요. 그동안 경험한 날씨에 관한 저의 모든 지식이 흔들리고 솔직히 자신이 없어지네요. 이것이 운 좋은 작가님 때문인지… 그건 잘 모르겠지만요."

'그러게요. 저도 잘은 모르겠어요. 확실한 것은 우기에 별을 보여주셨다는 거죠. 그것도 내가 바라던 '5분만'보다 무려 여섯 배나 더 오래요.'

머기 씨에게 마음속으로 대답하고 어두운 하늘을 올려다보았다. 그리고 나지막이 "바야를라!" 소리내어 감사 인사를 드렸다.

그런데 별똥별이 뭐야. 1초 남짓 그 황홀한 '찰나의 빛남'을 '별의 똥'이라니. 나는 그 신비로운 직선의 사라짐을 예쁜 이름으로 부르고 싶었다. 무슨 이름이 어울릴까.

순간별, 찰나별, 직선별, 화살별, 빗금별… 역시 어렵네.

나는 내맘대로 '빗금별'이라 부르기로 한다. 한순간 반짝 빗금을 그으며 사라지지 않던가. 그 '빗금별'들은 어디쯤 떨어졌을까. 날 밝으면 하나쯤 주울 수 있으려나.

"그만 들어가시지요. 큰비가 올 것 같아요."

어둠 속에서 목소리가 말했다.

"네. 먼저 들어가세요. 저는 조금 더 있을게요."

나는 기적의 순간에 조금 더 머무르고 싶었다.

먹구름이 훅-훅- 밀려가고 별들이 드러나는 장면은 그 어떤 첨단 CG로도 흉내낼 수 없는 장엄한 광경이었다. 조금 전 매직이 일어난 하늘은 언제 그랬냐는 듯 어둡고 잠잠하다. 나는 아무것도 보이지 않는 하늘을 하염없이 바라보며 생각했다.

내가 매일 밤, 천공天空 가득한 별들을 보았다면 이런 감동은 느끼지 못했을 거야. 장대비와 먹구름으로 일부러 별들을 가리웠던 이유가 있겠지. 하늘이 내게 잠깐 보여준 기적이라는 이름

민속촌 입구

21번 게르의 아침

지난 밤 기적에 감사하며!

언제 비 왔나?

의 무거운 숙제. 몽골에서의 끝이 내게는 시작이구나! 강한 예감에 몸이 떨렸다.

　내가 운 좋은 사람이라니, 몰랐다. 돌이켜보니 모든 순간이 기적이었다. 테러국에서의 무사 귀환도, 잊혀진 조선학교의 발굴도, 몽골 길이 뻥 뚫린 과정도. 내가 홀로 벽 앞에 설 때, 홀연히 나타나 손을 내밀어준 카메오 천사들이 있었다. 때론 친구의 얼굴로, 때론 낯선 이방인의 모습으로. 모두가 기적이고 은혜였다. 이제는 안다. 내가 지독히 운 좋은 사람이라는 거. 넘치도록 사랑받고 있다는 거.

　고맙습니다!
　슈크란! 물쭈메스크! 바야를라!

　오래전에 멋있어서 외워둔 헬라어로
　나의 카메오 천사들께 감사인사를 올린다.
　Ο Θεός, σας ευχαριστώ!** 호 떼오스, 사스 유카리스토.

** 　Ο Θεός, σας ευχαριστώ! 호 떼오스, 사스 유카리스토. 하나님, 감사합니다!

≪늑대신부≫에 이미지를 준 실제 건물들

강배두 아버지의 통나무집 병원 – ≪늑대신부≫ 중에서

강배두가 사는 집 –병원의 뒷모습

몽골집 어머니의 피아노

늑대신부 백인하와 몽고늑대 강배두가
약혼한 교회

 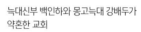

여행기? 그 이 상!

혼배낭

발행　　　2023년 7월 5일 초판1쇄

지은이　　권현숙
펴낸곳　　헤르몬하우스
펴낸이　　최영민
인쇄제작　미래피앤피

주소　　　경기도 파주시 신촌로 16
전화　　　031-8071-0088
팩스　　　031-942-8688
전자우편　hermonh@naver.com
등록일자　2015년 03월 27일
등록번호　제406-2015-31호

ISBN　　　979-11-92520-53-7 (03810)